星海社
FICTIONS

事件現場のソクラテス

尼野ゆたか

Illustration／慧子

星海社

Illustration　慧子
Book Design　円と球
Font Direction　紺野慎一＋阿万愛

事件現場のソクラテス

尼野ゆたか
presented by
Yutaka Amano

Illustration 慧子

☆星海社FICTIONS

目次

第一章　柊木玲

人間の欲望は、

その意味を、他者の欲望のうちに見出す。

ジャック・ラカン『エクリ』

人は様々なものを忘れがちだ。冷蔵庫の野菜の消費期限、メッセージアプリのパスワード、恋人の誕生日。ありとあらゆる情報は、日々忘却の危機に晒されている。

「東京」が東西に広がっているという事実も、その一つに挙げられるだろう。

天を衝《つ》くビルが並ぶオフィス街、出で立ちも髪もカラフルな若者たちが闊歩《かっぽ》する路地。海沿いにそびえるタワーマンション、群れなす観光客が撮影する巨大な提灯。そういう東京なりTOKYOなりのイメージを担う諸々は、自治体としての東京都においては東側に密集している。あくまで、東京の一部に過ぎないのだ。

西に行けば行くほど、その様相は変化していく。巨大なホームセンターがある、畑もある。大字《おおあざ》もあれば、村さえ存在する。そして、それらおおよそ「東京」のイメージとはかけ離れた様々な存在は、関東山地に属する山々の偉容で劇的に締めくくられる。

「もう山梨だろこれ」

鷺島《さぎしま》叡太《えいた》郎《ろう》は、思わずそう呟いた。

視界の彼方に広がる山々は、とにかく厳つい。表面はごつごつとしていて、くぼんだ部分は日が当たらず陰になるほど深い。地表から高々と隆起しつつ、その表面をも激しく凹《おう》凸《とつ》させる。地殻変動という作用が持つ力の偉大さに圧倒される。

『百メートル先、右方向です』

黙して山への敬意を示す叡太郎に代わって、カーナビが機械音声を車内に響かせた。宛がわれた乗用車の中は静かで、音声はさほど大きくせずともしっかりと聴き取れる。エンジン音や振動が抑えられており、快適な車内環境が実現されているのだ。

スポーツタイプで、アクセルを踏めば優れた加速性能を発揮する。一方警察車両らしく、車載拡声器や着脱式の赤色灯もついている。オプション全部盛りといった感じだ。

「見習い勤務期間」という肩書きにしては、随分上等な車を運転していると言える。これは、叡太郎がそんな車に相応しいスキルを有したスーパー警察官だというわけではなく、与えられた任務によるものである。

「今日呼び出したのは他でもない、君に任せたいことがあってね」

椎名《しいな》良三《りょうぞう》警視監は、執務机の向こうから叡太郎に微笑みかけた。年の頃は五十代。恰幅のよい体格と、見開けば零れ落ちそうなどんぐり眼から、親しみやすさが滲《にじ》み出ている。

「それは、顧問の活動のサポートだ」

張りのある低い声で、椎名は言った。

「顧問、ですか？」

耳慣れない言葉に、叡太郎は目をしばたたかせる。そんなシャーロック・ホームズか何かのような存在が日本の警察にいるなどという話は、聞いたことがない。

「そう、顧問だ。より具体的に表現するなら、捜査顧問となるだろう」

警視庁警務部長。椎名の肩書きは、冗談を言うにはあまりに重い。人事に加えて会計や教育も担い、警察内部の被疑者の取り調べを行う監察官も所属している中枢部署——それが警務部だ。そのトップである警務部長の持つ権限は、大変大きい。東京都を所管し、四万人以上の警察官を擁する警視庁であるならば、尚更だ。

「その顧問が中々癖の強い人でね。サポートを任された人間は難儀しがちなのだ」

椎名は苦笑をこぼした。釣り込まれるように、叡太郎もつい笑みを浮かべる。

冷静に考えれば胡散臭い上にきな臭い話で、にこにこ拝聴している場合ではない。しかし、聞く者を思わず和《なご》ませる何かが、椎名の声にはあった。さすが二十一世紀の序盤も終わろうとしているこのご時世に、「仏の椎名」なんて二つ名を奉られているだけはある。

「だからこそ、君に頼みたいんだ。期待の新人である君にね」

椎名の声は茶目っ気溢れるものだった。話をしているのが霞が関二丁目の警視庁本部庁舎ではなくNYPD《ニューヨーク市警》本部だったなら、ウインクの一つでもついてきたかもしれない。

「期待の新人かあ」

そう呟いてから、欠伸《あくび》が一つ出た。勤務時間中にたるんでいる自覚はあるが、まあ仕方ない。ここは角ごとに売人が立っているサウスブロンクスの路地ではなく、人より山の方が多い西多摩の入り口である。もう一つくらい欠伸をつけてもいいかもしれない。

歩行者はあまり見かけない。車社会だということが伝わってくる。建物はさほど高くなく、視界において山と空が占める割合は高い。

『目的地周辺です』

カーナビに表示されている地図と周囲を、叡太郎は繰り返し見比べる。捜査顧問なる存在の不思議さもさることながら、それ以上に巨大な謎があるのだ。

「――やっぱりなのか」

目の前に広がる光景を眺めながら、叡太郎は半ば愕然《がくぜん》として呟いた。

三階建ての校舎、広い運動場、そして体育館。そこは――小学校だった。

「ほんとにここなのかなあ」

不安を独語に変えながら、叡太郎は開けっぱなしの校門から自動車で乗り入れた。かつては教職員用だったのだろう駐車スペースに、車を停める。

エンジンを切り、キーを抜く。微かなエンジン音も消え、車内は静謐《せいひつ》に満たされる。

車から降りても、その静けさは引き継がれていた。日曜日の学校の物寂しさ。誰かがいるのが当たり前の空間に誰もいない、あのがらんとした頼りなさが、叡太郎を取り巻く。

体育館は、校門とは対角の位置にあった。丁度、運動場を横切っていく形になる。

廃校になる前からそのままなのだろうか、サッカーゴールや朝礼台などがぽつんぽつんと置かれている。端の方には、雲梯《うんてい》や鉄棒などお決まりの設備の姿も見えた。

運動場は、大規模な更地といった趣《おもむき》である。今後雑草が生えてきたらどうするのだろう――と考えてから、いやと打ち消す。今自分がすべきことは、運動場の整備の心配ではない。運動場がついてくる物件に好き好んで住むような人と、どう上手くやっていくかだ。

叡太郎は、体育館に着いた。金属製の引き戸は閉ざされている。

扉の脇の靴箱には、いくつかスリッパが入っていた。病院の待合室にあるような、緑色のシンプルなスリッパである。甲の部分には、マジックで「来客用」と書かれている。

「さて」

スリッパに履き替えた叡太郎は、扉の前で腕組みをした。どうしたものか。

扉の周りを観察してみる。呼び鈴もなければ、防犯カメラやセンサーの類《たぐい》もない。叡太郎がアクションを起こさない限り、いつまで経っても気づかれないかもしれない。

「仕方ないなあ」

そう呟くと、叡太郎は扉をノックした。素材によるものか、音は思ったより重く響く。

少し待ってみる。特にリアクションはない。代わりに、どこからか鶯《うぐいす》の鳴き声が聞こえてきた。ホー、の部分が途切れ途切れで、まだ練習中といった感じの鳴き方だ。

「いらっしゃいますか」

中に声をかけてみる。やはり返事はない。鶯がまた鳴いた。

もしかしたら、顧問は不在なのではないか。そんなことに、叡太郎は思い当たった。今ここにいるのは、叡太郎と鶯だけなのかもしれない。

ぼんやり帰りを待つのは得策ではない。見ない顔の人間が車で廃校に乗り付けて、体育館の前でぼけっとしているというのは、近隣住民には何ともあやしげな光景と映るはずだ。車のドアには一応警視庁と書かれているが、遠目にはよく分からないだろう。

通報を受けた所轄の警察官が来る様子を想像して、叡太郎はげんなりした。「警務部長のご指示で来ました」と説明して相手を畏《かしこ》まらせたり、名乗るなり「もしかして、鷺島とは」と驚かれたりするのは、あまり楽しいことではない。

「――よし」

叡太郎は腹をくくると、扉に手をかけた。鍵はかかっていない。ノックよりも更に重い音を引きずりながら、扉は開いていく。

中を見て、叡太郎は言葉を失った。想像を絶する光景が、そこには広がっていたのだ。

「なん、だよこれ」

改めて言うまでもないことだが、体育館は広い。バスケットボールやバドミントンのような、コートを走り回る競技のために、十分なゆとりを確保して設計されているのだ。

その広い空間を、あるものが埋め尽くしている。それは――本棚だ。

そう、本棚である。見上げるほどに大きな本棚が、何列もずらりと並んでいるのだ。どの本棚にも、本が隙間なく詰め込まれていた。スペースを徹底的に使い切っている。

「お邪魔、します」

声をかけてみる。相変わらず返事はない。体育館に誰かいるのかいないのかは、入り口に立っているだけでは分からない。そびえる本棚が視界を塞ぎ、奥まで見通せないのだ。

おっかなびっくり、叡太郎は中に足を踏み入れた。スリッパがぱたぱたと音を立てるが、存外反響することはない。本棚と本が、音を吸収しているようだ。

それなり以上には本が好きなので、ついつい背表紙に目が行く。本のジャンルは様々だ。

全書叢書《そうしょ》の類から推理小説の単行本まで、硬軟とりまぜて並んでいる。では統一感がないかというと、そんなこともない。蔵書には一本の太い軸が通っている。

どの本棚にも、何やらややこしい題名の本の一群がある。おそらくは、哲学書なのだろう。『中世思想原典集成』『「絶対矛盾的自己同一」とは何か』『フィヒテのイェーナ期哲学の研究』『非神秘主義：禅とエックハルト』——何の話をしているのか分からない本が目白押しである。全集も多い。『アリストテレス全集』など、三種類くらい並んでいる。

原書らしきものも沢山ある。大学での第二外国語はドイツ語だったので、一応意味くらいは分かる。しかし「Das Wesen des Christentums」と言われたところで、キリスト教《Christentums》の本質《Wesen》だか実体《Wesen》だかの話をしているのだろうと当たりを付けるくらいしかできない。

恐れおののきながら歩いているうちに、一つの本棚の前に踏み台が置かれているのを叡太郎は見つけた。木で作られた武骨なものだ。

踏み台の上には、一冊の本が置かれていた。三木《みき》清《きよし》著、岩波新書『哲学入門』。赤色の表紙の中央には、魔法のランプのようなイラストがあしらわれている。

カバーはない。旧赤版と呼ばれる、古い時代のものだ。岩波新書に限らず、昔の文庫や新書には元々カバーがなかったりする。そういう本には半透明のパラフィン紙が巻かれていたりするが、この本は裸のままだった。

かといって、雑に扱われている感じはない。日に焼け色褪《あ》せているが、本としての面構えが良い。年を経て熟成された「知」が滲み出ているようで、みすぼらしさとは無縁だ。

入門か、なるほどと軽い気持ちで手に取って頁を開き、

「——うおっ、と!」

次の瞬間叡太郎は衝撃を受けた。とは言っても、開いた途端内容に衝撃を受け哲学に入門したとかそういうことではない。凄まじいほどの書き込みがなされていたのだ。

至る所に鉛筆で真っ直ぐな傍線が引かれ、文字も書き込まれている。書き込みには日本語のものもあればドイツ語のものもあり、随分高度な話をしているようだ。

下手ではないが、とにかく雑な字である。読みながら、凄まじい勢いで物事を考え書き付けているようだ。余白に入りきらなくなると、大きな付箋を貼って追加までしている。

この本の全てを己の糧としてみせる、その過程は残さず記録し活かしてみせる。そんな気迫を感じる。本は楽しく読んで後はさらりと忘れてしまう叡太郎からすると、圧倒される。この本棚の主にとって、本と対話するところまで踏み込んで初めて「読書」らしい。

圧倒されつつ本を踏み台の上に戻すと、叡太郎は再び歩き始める。

歩くうちに、叡太郎は海を泳いでいるような気持ちになってきた。行けども行けども、見えるのは水面ばかり。振り返っても同じ。ただただ無数の波頭が揺れ動いているだけだ。水面は本棚で、波頭は本の背表紙というわけだ——

「——っ」

叡太郎は、息を呑み足を止めた。本棚の海が突然終わり、別種の空間が出現したのだ。学習室、といった雰囲気のスペースだ。中央を占めているのは、古びた大きいデスクで

ある。灰色で、いかにもスチールっぽい質感で。右側に引き出しがついていて、オフィスやコワーキングスペースではなく職員室や事務室に似合う。そんなデスクだ。

デスクの上には様々なものが載っている。目立つのが辞書類だ。広辞苑など定番の中型辞典から、アルファベット表記で遠目には何の辞書か分からないものまで、幅広い。

次に目に入るのは、道具類である。電気スタンド、ノートパソコン、ペン立て、鉛筆削り。総じて古びているという印象だ。ノートパソコンはやたらと分厚くて重そうだし、鉛筆削りはハンドルを握ってぐるぐる回すタイプのものだ。電気スタンドは蛍光灯ではなく電球で、LEDではないかもしれない風味の光をデスクの上に投げかけている。

その明かりで、一人の男性が本を読んでいた。

丁度叡太郎に背を向ける形で椅子に腰掛けていて、その顔は窺《うかが》えない。椅子は背もたれの低いOAチェアで、うなじを覆うほどに伸びた髪や、少し痩せた背中がよく見える。

男性は、自分やデスクの周りに本を山と積んでいた。海があれば山もある。紀伊半島のような体育館だ。

様々な状況を勘案した上で、この男性こそ捜していた捜査顧問に違いないと叡太郎は結論した。というかそうでなかったらびっくりである。

しかし、叡太郎は彼に声をかけられずにいた。なぜなのか。それは、男性が本を読む姿に圧倒されてしまったからだった。

ただ、椅子に座りデスクに向かって本を読んでいるだけである。だというのに、その迫力に思わず後退《あとずさ》りさせられてしまう。伝説の剣豪とか悟りを開いた名僧とかいった存在は、こういう空気を放っているのではないだろうか。どちらにも直接お目にかかったことはないので、推測に過ぎないが。

男性は本を読み進める。ただ単に頁をめくるのではない。定規を当てて鉛筆で線を引く。余白に何か文字を書き込む。書き損じたのか、あるいは表現が気に入らなかったのか、消しゴムで消して書き直す。

それは真剣勝負であるかのように、叡太郎には感じられた。一頁一頁と、一文一文と斬り結ぶようにして、男性は本を読んでいる。

叡太郎の脳裏に、さっき手に取った『哲学入門』の姿が蘇る。あれは闘いの記録だったのだ。この男性と、本との――

「何だ」

本を読む姿勢のままで、男性が口を開いた。

「――あ、ああ。どうも」

叡太郎はびっくりする。こちらの存在に気づいていたらしい。

「警視庁捜査顧問の、備前京輔《びぜんきょうすけ》さんでいらっしゃいますか?」

「ああ」

男性は、そっけない返事をよこした。えらく無愛想だが、考えてみればこちらは名乗ってもいない。向こうからすれば居住スペースにずかずか踏み込んできた見知らぬ相手なわけで、にこやかに応対する筋合いもないだろう。

「お邪魔いたしております。この度新しくサポートを仰せつかりました、鷺島です」

そこで叡太郎は、改めて姿勢を正すと自己紹介した。

「ふむ」

軽く息をつくと、男性は椅子を回転させてこちらを向いてきた。

はっきりとした眉と、その下にある切れ長の目が印象的だ。瞳の放つ光は理知的で、同時にどこか物憂げにも見える。

顎の周りと鼻の下には、無精《ぶしょう》ひげを生やしている。長い髪と相俟《あいま》ってかなりやさぐれた印象になりそうなところだが、清潔感は保たれている。すっと鼻筋が通っていて、整った面立ちをしているのも大きいかもしれない。

あえてたとえるなら、お洒落な古着屋の店員をやっていそうな雰囲気だ。民族音楽風味のＢＧＭが流れる店内で、柄物のワンピースを畳んでいる姿が似合うに違いない。

ただし実際に着ているのは、何と言うこともない上下スウェットであり、お洒落という表現とは結構な距離がある。まあ言ってみれば部屋着なのだから、こんなものだろうが。

「お取り込み中のところ大変恐縮ですが、少しだけお時間よろしいですか？」

そんな叡太郎の言葉に、男性——京輔は応とも否とも言わず、ただこう答えた。

「哲学と対話しているのだがな」

そして京輔は立ち上がる。背丈は叡太郎より高いが、威圧感はない。本を読んでいた時の近寄り難さも、すっかり消えている。

京輔は、すたすた速やかに歩み寄ってきた。

「何でしょうか」

叡太郎は後ろに下がった。たとえ近寄りがたい空気がなくとも、いきなり素早く近寄られては狼狽《うろた》えてしまう。

「警官というのであれば、警察手帳を拝見したい」

京輔は、そう言ってきた。

「警察官は職務の執行にあたり、自身が警察官であることを示す必要がある時には警察手帳を呈示しなければならないはずだ。住居に上がり込まれた側の民間人から要求された場合とは、その『警察官であることを示す必要がある時』に該当すると思量されるが」

「あ、はい。失礼しました」

叡太郎は、慌てて制服の左胸ポケットに手をやった。縦長の警察手帳を取り出すと、開いて写真と名前と階級が見えるようにする。

「ふむ」

腕組みをしたまま、京輔は手帳を覗き込んできた。

「叡知の叡か。哲学的でいい名前だな」

そして、感心したような口ぶりでそんなことを言う。

「はあ。ありがとうございます」

生まれて初めての角度からの褒められ方に、叡太郎はすっぽ抜けた反応をしてしまった。

「随分と若いように見えるが、階級は警部補なのか」

「ええ、まあ」

一方、この手の感想は初めてでもない。ドラマやアニメ等の影響で、警部や警部補とは経験豊富なベテランがなるものというイメージが固まっている。叡太郎のような見るからに警察官になりたての青二才が警部補の肩書を持っていると、驚かれることもしばしばなのだ。

「ああ、今度のサポート役はキャリア警官なのか。理解した」

頷くと、京輔はきびすを返しデスクに戻った。そして、鉛筆片手に読書を再開する。

「へ？」

初めてとか初めてでないとかという次元を超えた行動である。意図が全く摑めない。

そして時が流れた。静かな体育館に、相も変わらず鶯の声だけが響く。「ホー」の部分のタメが鳴く度にまちまちである。鶯は、春先は鳴くのが上手ではない。毎日鳴いているうちに、少しずつ上達していくのだ。

「――いやあ、しかしすごい蔵書ですね。量だけじゃなくて内容の幅も広くて。あと、よく読まれてる本だって雰囲気も伝わってきます。本の顔つきがいいですよね」

鶯が三回鳴いたところで、叡太郎は口を開いた。感じたままの、素直な印象だ。

「学生の頃書店でアルバイトしてたんですけど、個人経営の小さな店だったので。ここにある本の方が冊数多いんじゃないかなあ」

叡太郎としては、とりあえず雑談のボールを投げたつもりだった。

「『古来読書の法について書いた人は殆どすべて濫読《らんどく》を戒めている。多くの本を濫《みだ》りに読むことをしないで、一冊の本を繰り返して読むようにしなければならぬと教えている』。三木清という、戦前に活躍した哲学者がそう言っている。『それは、疑いもなく真理である』ともな」

投げたボールは、切れ味鋭いフルスイングでもって打ち返された。

「ドイツの哲学者であるショーペンハウアーは、『読書は自分の頭ではなく、他人の頭で考えること』だと表現した。『読書にいそしむ限り、実は我々の頭は他人の思想の運動場にすぎない』。『ほとんどまる一日を多読に費やす勤勉な人間は、次第に自分でものを考える力を失って行く』。ショーペンハウアーらしい、皮肉の利いた言い回し《レトリック》だ」

椅子を回して叡太郎の方を向くと、哲学講釈を繰り出してきたのだ。

「『多くのばあい、我々は書物の購入と、その内容の獲得とを混同している』ともショーペンハウアーは言った。多く本を蔵し博《ひろ》く読めば、それでよいというものではないのだ」

叡太郎は面食らい、三度《みたび》後退った。哲学的な割に、話の内容は理解しやすい。しかし、本が沢山ありますねと言ってこう返ってきたら動揺するというものだ。

話し終えると京輔はデスクに向き直り、再び剣豪ないし名僧のオーラを放ち始める。散々読書の問題点を列挙しておきながら、また読書に戻っている。どういうことなのだろう。

体育館は静けさを取り戻した。引き続き鶯が鳴く中、合間合間に性急なさえずりが交じる。こちらは燕《つばめ》だろう。鳴き声の息の長さが対照的で、よいコントラストを描いている——などと鳥の歌声に耳を傾けている場合ではない。

「あの、すいません」

叡太郎は、再び京輔の背中に声をかけた。

「何だ」

傍線を引きながら、京輔が答える。筆圧が強いのか、ざあっと小気味良い音が響く。

「実は挨拶以外にも用事がありまして」

叡太郎が言うなり、京輔は椅子を回転させてこちらを向いた。

「田中美知太郎《たなかみちたろう》という哲学者がいる。戦後、京都大学で長くギリシャ哲学を教えていた」

再び哲学の話らしい。

「彼はアリストテレスの『哲学は驚きに始まる』という考え方を引いた上で、『その問いを純粋な気持ちで追求するには、心や生活の余裕が必要だ』と説いた。俺は哲学の学徒たらんと志《こころざ》している。時間的なゆとりは何よりも大切にしたい」

話し終えると京輔はまた椅子を戻し、本に何やら書き込み始める。

「今、問いを深めることができているという実感がある。用事なら後にしてくれ」

警察の協力依頼が、哲学的な志でもって拒否されてしまった。叡太郎は途方に暮れる。

「事件の捜査へのご協力をと、椎名警務部長たってのお願いだったのですが」

弱り果てて、叡太郎はそう言った。ほぼ泣き言だったが、予想外の効果を発揮した。

「捜査への協力」

京輔が、読書の手を止めたのだ。

鉛筆をデスクの上に置き、また拾い、また置く。何やら迷いが感じられる。

「難事件があるそうで。お時間がよろしければお連れしろと」

さてはこの切り口か。ここぞとばかりに、叡太郎は畳み掛けてみる。

京輔は置いた鉛筆を拾いかけ、遂にやめた。哲学の世界から、帰ってきたようだ。

「『しかし事実としては、外部からの強制がないと仕事はなかなか出来ない』、か」

京輔はそう呟くと、改めて叡太郎に向き直った。

「三木清の言う通りだな。——よし、いいだろう。早速出発だ」


「やあ、お久しぶり」

京輔の姿を見るなり、椎名は明るい声を出した。

「いやあ、気に入られているじゃないか」

そして、続いて部屋に入ってきた叡太郎をにこにこ笑顔で見てくる。

「え？　いや、そうでしょうか」

返事はしつつ、内心で首を傾げる。こっちは、読書を優先して放置されたり哲学的に叱責されたりとえらい目にあってきたのだ。何をどう見たら、そんな評価に繋がるのやら。

「どんな事件だ」

椎名の言葉を肯定も否定もせず、京輔は訊《たず》ねた。無礼もへちまもない単刀直入さだ。

ちなみに京輔は、部屋着から着替えていた。春物のジャケットにオフィスカジュアル調のパンツという、言葉にすると何ということもない組み合わせだが、様になっている。

「うんうん、少し待ってくれたまえよ」

そう言うと、椎名はスマートフォンを取り出した。京輔の態度は、特に気にしていないらしい。慣れているのか、あるいは器が大きいのか。

「ええと」

顎を後ろに引き、目を細めながら、椎名はスマートフォンをちょんちょんと操作し始めた。私物ではなく、職務用として支給されたものだろう。

「これをちょっと見てくれるかな」

そう言って、椎名はスマートフォンをこちらに向けてくる。液晶画面に映し出されているのは、動画投稿形式のＳＮＳだ。

「あ、スマホお持ちじゃないんですよね。ＳＮＳはご存じですか？」

椎名が、悪戯《いたずら》っぽい目つきで京輔に言う。

「知っている。スマートフォンを所有していないのは、維持費用と必要性とを検討し不要と判断したからだ。ＳＮＳの存在も、現代社会における位置づけも把握している」

京輔が、大いに不満げなリアクションをした。椎名は愉快そうに笑う。

「相変わらず楽しいですなあ。――さて、それでは改めて」

まだまだおちょくりたそうな素振りを見せつつも、椎名は動画を再生した。

『緊急で動画回してます』

一人の男性が、話を始める。場所はどこかのオフィスだろうか。パーティションらしきものを背負う形で撮影している。

『お前を殺す、という手紙が届いてます。それも何度も』

年は三十前後。髪の色が派手である。鮮やかな緑。お金のかかった色艶だ。

『警察に連絡して対応をお願いしています』

『脅迫には屈しません』

男性の表情も声も、硬く強ばっている。動画SNSの作法通りの軽快な編集がかえってちぐはぐで、何とも言えない異様さが滲み出ている。

『僕は僕の意見をこれからもはっきりと発信していきます』

男性があれこれと主張して、動画は終了した。

「しかし忙《せわ》しないね。話と話の間をカットして詰めるんだよね、若い人の動画って。テンポはいいけど、おじさんは疲れちゃうなあ」

苦笑しながら、椎名はスマートフォンの画面を自分に向ける。

「この派手な頭の男性は、とある出版社で働く編集者だそうだ」

「察するに、本を売るべくあえて過激な発言をして目立とうと試みたのではないか」

椎名の言葉を聞くなり、京輔は口を開く。

「そして、ただの『アンチ』では済まない相手に目を付けられたといったところか」

叡太郎も似たことを考えていた。どちらかと言えば裏方な編集者が、やたらと派手な頭の色で動画を配信していること。「屈しない」「意見をはっきり配信する」という表現。それらを脅迫というキーワードでまとめれば、描ける絵面はとりあえずそんな感じだ。

「さっきの緑色の頭の男は警察に相談し、警察の方でも捜査を開始した。しかし何らかの理由で捜査は行き詰まり、一方脅迫は続いている」

京輔は話を進める。

「そこでしびれを切らした緑頭が、動画をＳＮＳ上にアップロードしてしまったわけか。あるいは捨て身で話題性を狙う意図もあってのことかもしれんな」

「概《おおむ》ねその通りだね。『犯人を刺激しないように』とは伝えていたそうなんだけど。ちょっとまずいから、消してもらうようお願いするとのことだよ」

椎名が、渋面を作る。

「この動画へのリアクションは、我々警察としては芳《かんば》しいものではない。威信に関わるまでは言わないけれど、捜査能力を疑問視するものも散見される」

「それで俺が呼ばれたわけだな。脅迫というのはどういうものだ」

京輔が質問する。突然「ニーチェはこう語った」みたいなことを言い出すのかと身構えていたのだが、今のところ捜査顧問なる肩書きに相応しい振る舞いをしている。

「捜査資料を用意してある。顧問に捜査を依頼するといって、特別に借り出してきたよ」

そう言うと、椎名は机の引き出しからコピー用紙の束を取り出した。

「あ、鷺島くんも見て頂戴。個人情報てんこ盛りだから、その辺は注意してね」

部外者の如く突っ立っている叡太郎に、椎名がそう言ってくる。

「分かりました」

返事をする声が、緊張で上ずる。本物の捜査資料を見るのは初めてだ。個人情報。警察の法令遵守《コンプライアンス》。へまをすれば、「警察の正義」に傷を付けてしまう──正義。

──お巡りさんはな、正義の味方なんだ。

そんな声が、ふと耳の奥で響いた。小さく息を呑み、身を硬くする。

──じゃあ、正義の味方の味方は誰だ？　それは勿論、正義だな。だから、正義を裏切っちゃあいけないんだ。背中合わせになって、お互いを守りながら頑張るんだよ。

懐かしい声だ。温かく、優しく、そして二度と聞くことはできない、そんな声──

「これは驚いたな」

京輔の声がして、叡太郎は我に返った。慌てて、何事もなかったかのように装う。

「今の時代に封筒と便箋《びんせん》か」

資料を見ながら、京輔が呟く。しわのついた茶封筒と、罫線が引かれただけの地味な便箋。確かに、現代的な雰囲気は薄い。

「そうなんだよ。アナログ派同士、気が合うかもね」

含み笑いしながら、椎名が混ぜっ返す。

「俺がスマートフォンを持たないのは主義なり信条なりに基づいた行動ではない。あくまで合理的な計算と検討に基づいた判断だ。よって脅迫犯と派閥を結成する謂われなどどこにもない」

京輔が怒り、椎名は嬉しそうに笑う。椎名の気持ちは分かる。ついからかいたくなる反応だ。

ぷんすかしながら、京輔は資料をめくった。次は、便箋をアップにしたものだ。

『お前みたいなやつが本を殺したんだ。口だけの無能なゴミめ。今度は俺がお前を殺してやる。せいぜいあの世で芥川龍之介《あくたがわりゅうのすけ》に詫びるがいい。処刑人・羅刹幻馬《らせつげんま》』。「筆が滑った」といった言い逃れを自ら封じる、直球の殺害予告である。「素性を隠すため」といった誤魔化しが一切通用しない、痛々しすぎる差出人名もインパクトが大きい。

「癖のある字ですね」

それはさておき、気になる点に叡太郎は触れた。宛名を見た時から感じていたことだ。曲線であるべき部分も真っ直ぐになりがちで、平仮名が片仮名じみた雰囲気を放っている。漢字のとめはねには無頓着だが、刂《りっとう》の右側だけは必ずはねていて、その長さもほぼ一定だ。筆跡鑑定に関して専門家ではない叡太郎でも、すぐに特徴を挙げられる。

「差し出し元の地域がばらばらだな」

封筒の消印をアップで撮影したものを見ながら、京輔が言う。関東、関西、山陰、甲信越――確かに幅広い。郵便局の名前だけでは、どこなのか分からないものも多い。

「複数犯とか？」

叡太郎は、そう呟いた。炎上上等だったのなら、大勢に嫌われていたのではないか。

「考えにくい」

すぐさま京輔がそう言った。間髪入れぬ速やかな否定で、しょんぼりしてしまう。

「さっきお前が指摘した通り、これは随分と癖のある字だ。簡単に真似できるものではない。また炎上も辞さないタイプの投稿者を脅迫するなら、している側が『我々は軍団である』といったアピールをする方が、手法としては順当なはずだ」

「それは、そうですね」

納得が行く。「みんな言っている」は今もなお強力なプレッシャーを有する言葉だ。

「ちなみに被害者は、脅迫状そのものは公開していない。なので模倣犯の線もないよ」

椎名が補足する。

「『わざわざ日本各地を移動しながら脅迫状を出している』という結論が導き出されるな。熱意溢れる犯人だと言えよう。そもそも不熱心な脅迫というのもあり得ないが」

資料を読み終えると、京輔は顔を上げた。

「消印等からポストを特定して、犯人を絞り込めないのか」

「難しいね。どの郵便物がいつどこのポストに投函《とうかん》されていたのかは判別できないんだ。

コンビニとか大通りに面したところとか、監視カメラのある場所のポストなら集荷時間から調べられなくもないけど、そういうところは注意深く避けられている。指紋もない」

そう言うと、椎名はふと苦い顔をした。

「かつて少年漫画を標的にした脅迫事件があったけれど、犯人の特定に至った決め手はインターネット上に残った足跡《そくせき》だった。アナログな手法で徹底されていたら、正直お手上げだったかもしれない」

「なるほどな。──よし。概ね犯人像は摑めた」

京輔は頷いた。

「ええ？」

叡太郎は仰天する。どう考えても絶望的な流れだったはずだ。

「ほう、それは？」

椎名が、興味津々といった様子で質問する。

「欲望は常に、他者の欲望への欲望である。そういうことだろう」

京輔は呪文を唱えた。

「え？」

叡太郎は混乱した。

「あの、もう一回お願いできますか」

「欲望は常に、他者の欲望への欲望である。そういうことだろう」

京輔は、呪文を一字一句再現した。やっぱり意味不明である。

「何がどうなってるんだろう、って顔だね。まあ僕も同じ気持ちだけど」

椎名が言う。面白くて仕方ないという顔をしている。

「俺が直観したのだ」

資料を机に置くと、京輔が言う。

「はあ、勘ですか」

叡太郎が思わず呆れると、京輔は不満そうな顔をした。

「直感ではない。直観だ」

わざわざカンにアクセントを置いて、京輔が言い直す。聞いている方からしたら、いずれにせよチョッカンでしかない。

「観察の観の直観だね」

資料を机の引き出しに戻すと、椎名が苦笑した。

「山勘ではないんだよね？　理屈じゃない形で本質を直接観る、みたいな」

京輔のやり方にならい、言葉にアクセントを置きながら椎名は言う。

「そうだ。推理など論理的思考に頼らず、対象を直に捉えることを指す」

「僕は割と理系型でね、未だにすっきりとは飲み込めないんだけど」

「自然科学の類とて、直観と無縁ではない。ニュートンはリンゴが地面に落ちたのを見て、そこから万有引力の大きさを表す$6.67430(15) \times 10^{-11}\ m^3\ kg^{-1}\ s^{-2}$という重力定数を算定したわけではない。『ものがお互いに引き合う力を持つ』という本質を、まず捉えたとされるのだ。推理するのではなく直観し、その直観から普遍的な法則を導き出したわけだな」

「なるほど」

言い換えられて、叡太郎は理解ができた。ナントカ定数の公式はよく分からなかったが、叡太郎にとってチョッカンは直観になった。

「いや、でもですね。欲望の欲望が欲望でと言われましても」

しかし、その直観の内容は未だ分からない。正直、ナントカ定数と大差ない。

『欲望は常に、他者の欲望への欲望である』だ。フランスの精神分析家であるジャック・ラカンの言葉で――」

「まあ、まあ。言葉を介さず理解したものを、すぐに言葉で説明するのも難しいだろう」

難解な京輔の説明に、椎名が割って入った。

「現場での行いを通じて説明してみてはどうかな。論より証拠だ」

そして、叡太郎の方を見てくる。

「というわけで、鷺島くん。彼と一緒に、被害者に事情を聞きに行ってもらえないかな」

「ええっ？」

突然の指示に、叡太郎はたじろぐ。

「でも、僕は所轄の署員でもないですし」

封筒の宛名には、文京区とあった。一方、叡太郎は別の区の警察署に所属している。事件は現場を所轄する署の警察官が捜査にあたるのが大前提だ。ドラマでは野良猫の如く「縄張り」にこだわる警察だが、あながちフィクションではなかったりする。

「大丈夫、大丈夫。顧問はそういうの気にしないで捜査していいことになってるから」

雑に太鼓判を押しながら、椎名はにこやかに言った。

「初陣だな、鷺島くん。頑張ってくれたまえよ」


通常、都心部において人々は電車で移動する。勿論電車網が発達していて便利だからなのだが、もう一つ「車では移動しづらい」という理由も無視できない。

「大変だなあ」

叡太郎は呻《うめ》いた。文京区は都心オブ都心でもない地域だが、やはり人は多い。歩行者やら自転車やら電動キックスケーターやらが、有形無形のプレッシャーを与えてくる。

『次の交差点、右です』

カーナビは、西多摩を走っている時より遥かに口数が多い。信号が多い故だろう。

カーナビが賑やかな一方、助手席に乗った警視庁捜査顧問・備前京輔は寡默だった。默って、叡太郎が貸したスマートフォンを操作している。

『お客様は神様だ、って昭和の言葉があるじゃないですか。まあそれはそうなんですよ。版元にとって、本にとって、読者は神様なんです。読者が、全ての鍵を握ってるんです』

京輔は、被害者のアップした動画を見ていた。

『僕たちは数字を見られます。何部刷ったものが、どういうジャンルのものが、どういうパッケージングをしたものが、どれだけ動いたか、概ね把握してます』

『僕たちは仕事でやってます。数字を見たらそれに応じて動かないといけない。自分は社会人だけどってマウントとってくる人なら、当然分かりますよね？』

何本もの動画を、京輔は無言で見続けている。どれもこれも喧嘩腰の語り口なので、横で聞いていて少しくたびれてしまうほどだ。

『同じようなものばかりだ？　そういうのが売れるからです』

『有名人が書いた小説ばかりだ？　そういうのが売れるからです』

『ナントカ大賞受賞みたいな宣伝が多い？　そういうのが売れるからです』

『地味でも作り込んだ良作がない？　あるけど売れてないだけです』

『売れ線に媚びない硬派な作品がない？　あるけど売れてないだけです』

『作家の個性が発揮された独特な作品がない？　あるけど売れてないだけです』

そこまで切れ目なくまくし立ててから、一旦間が空く。そして結論が投げつけられる。

『神様が、怠けてるんですよ。だったら我々子羊はそれに応じるしかないってことですね』

「内容についてどう思う。意見を聞かせろ」

動画が終わるなり、突然京輔が口を開いた。

「え？　意見ですか？」

「うむ。『書店でのバイト経験がある』と言っていただろう。どう感じた」

信号が変わった。前に目を戻し、叡太郎は車を発進させる。

「そうだなあ。びっくりした、っていうのが大きいですね」

少し考えてから、叡太郎は口を開く。

「出版社の人や作家さんが、SNS上でもの申すっていうのはしばしばあることだと思います。でも、読者全般に対して石を投げるっていうのはほんとに珍しいんじゃないかなあ」

ずけずけ言っちゃうよ、毒吐いちゃうよというポーズを取る関係者はよくいる。しかしその矛先は大体業界の仕組みだったり、社会の風潮だったり、時代の流れだったりというのが普通だ。読者の姿勢を正面から批判するというのは、しかも編集者が素性を明かしてそれをやるというのは、結構な驚きである。

「毒舌にも、ある程度予定調和なところがある。そこを崩しているということか」

「そうですね。今のご時世、本を買ってくれる人ってありがたいんで」

一読者として、本の質が落ちたとは感じない。しかし、時代はどんどん不利な方向へ流れている。様々な競合相手が、人々から時間とお金を奪う。動画SNSもその一つだ。

「売る側にいると、ありがたいと思う側の視点に立つようになるのだな」

「――ああ、確かに」

はっと気づかされる。考えてみたら、動画についても「読者全般を批判しているなあ」などと客観的に眺めていた。書店員ではないのだから、自分は批判される側なのだが。

「他の書籍ではどうなのだ。この男は、小説の話を書籍全てに敷衍《ふえん》しているようだが」

「全てに敷衍かあ。まあ、やりがちかも知れませんね」

　書店員が本当に売りたい本を選ぶという大賞が存在するが、それは文学賞である。新書（京都が嫌いだったり、スマホを使いすぎると脳に影響があったり、バッタを倒しにアフリカに行ったりする本）や人文書（ブルシットなジョブや、サピエンスの全史や、これからの正義の話などについて書かれた本）でも賞はあるが、出版社や大手の書店が主催していることが多い。

「今の話でいうなら、流行り廃りの流れみたいなものがあるのは小説に限らないとは思います。これは書店員やったことある人なら、みんな言うんじゃないかな」

　あるパターンの装丁が流行ると、それを踏襲したものが増える。タイトルが、長くなったり短くなったりする。一つのテーマがもてはやされると、どっとそちらに雪崩を打つ。そして実際、そういう本はある程度はっきりと動くことが多い。

「まあ、僕がバイトしてたのも何年も前の話なんですけど」

　大学の一年生から、三年生までのことだ。その後はキャリア官僚試験の勉強にかかりきりで、何とか合格してからも忙しかった。本もあまり読めていない。

「なるほどな。興味深い話だった」

　京輔は動画を止めて、読書を始めた。変わらず、鉛筆で線を引き書き込みを入れている。

　何を読んでいるのか確認してみる。小松貴《こまつたかし》『昆虫学者はやめられない』。タイトルも表紙も、親しみやすい雰囲気だ。挑みかかるような京輔の表情だけが、唯一浮いている。

「つくづく、本が好きなんですね」

そんな感想が、口をついて出た。

人が本を読む理由は様々だ。知識を得るため、仕事で必要なため読むという実務的なもの。気分転換したくて、一時《ひととき》楽しみたくてという趣味的なもの。叡太郎は後者だ。読書には、他のコンテンツにはないゆっくりとした没入感がある。色々なことから離れたく思った時、世の中から遠ざかりたく感じた時、叡太郎は本を手に取ってきたものだ。

だからこそ、京輔の読書はひと味違うと感じる。目標を達成するための道具としてでもなく、目的を果たすための手段としてでもなく。本を読むという営みをただ愛して、読む。時折そんな人間と出会ってきたが、京輔の姿は彼ら彼女らを彷彿とさせる。

「つくづくも何もなく、俺は読書を大いに好んでいる」

書き込む手を止めて、京輔は言った。やや心外そうだ。

「だって備前さん、ショーペンハウアーがどうのこうのってすごく不満そうだったから」

「あれは不満の表明ではない。『読書家ですね』と褒められて、『その通り。わたしは読書家だ』と答える読書家がどこにいる」

今になって、叡太郎は突如繰り広げられた読書論の意味を理解した。あれは「いえいえ、そんなことないです」の京輔バージョンだったらしい。

「謙遜していたんですね」

叡太郎の言葉に、京輔は難しい表情をする。

「返事がしづらい。謙遜していた、と自分で認める行いは謙遜的とはいえない」

気分を害してしまったようでもある。親しく話してくれたのに、何か失敗したようだ。

『百メートル先、左です』

困り果てたところで、カーナビが助け船を出してきた。

「左折、左折と」

わざとらしく口にしながら、叡太郎はウインカーを出す。周囲を確認しつつ、京輔の様子を窺ってみる。

変わらず、京輔は読書に耽《ふけ》っているように見えた。その内心は、判然としない。

捉えどころがない、とはこういうことを言うのだろうか。小説ではよく見かける一方実際にはそんなに使わない表現を、叡太郎は胸の内で転がすのだった。


「文京区のイメージは、東京大学があったり出版社が多かったりするところから『知的』というのが一般的だと思われる。しかし、お洒落さを重視した建物もあるのだな」

目の前の建物を見上げながら、京輔は言った。

「なんかお洒落な建物は知性が低いみたいな言い方ですね」

叡太郎の突っ込みに、京輔は顔をしかめる。

「そういうことではない。――ところで」

そして、叡太郎の方を向いてきた。

「質問だが、それは重くないのか」

「ああ、何キロだったかな。とにかく重いですよ」

身に付けた耐刃防護衣――要するに防刃ベストを見やりながら、叡太郎は答える。キロ単位で重さを量る服など普通着ないので、結構キツい。

「地域警察官が地域警察業務に従事する際には、常時着装するよう義務づけられているのだったな。俺の所に来た時は、少し違う業務内容だから着ていなかったのだな」

京輔が、淀みなく推測を口にする。

「はい。犯罪捜査ですし、基本的には刑事に準じてスーツですけど、今回は脅迫犯が近くにいるかも知れませんからね。――さあ、行きましょうか」

叡太郎も、建物を見上げる。なるほど、確かにお洒落なつくりの建物である。外壁には植栽が施されていたりと、サステナブルな配慮も窺える。

信緑社《しんりょくしゃ》。とある大手版元からのれん分けのような形で設立された、新興に属する出版社である。人気作家の小説を沢山出版しており、バイト時代にもしばしば扱ったものだ。単行本についているしおり紐《スピン》が個性的だったのを、よく覚えている。

叡太郎は建物に足を踏み入れた。京輔が後ろからついてくる。

建物に入るなり、叡太郎はへえと感心する。屋内の作りも、実に瀟洒《しょうしゃ》なのだ。しおり紐《スピン》にこだわるだけあって、内装にもある種の意識が行き渡っている。警察署だ交番だという建物は宿命的にこういう設計思想と縁遠いので、何だかちょっと羨ましくもある。

などと考えているうちに、お洒落内装とは趣の異なる雰囲気を纏《まと》った人間が現れた。ありがたいことに、刃物で武装した犯人ではなく、二人組の警察官である。

いずれも見るからに柔道有段者といった風情の、屈強な体つきを誇っている。叡太郎と同じく防刃ベストを着ているが、何ということもないに違いない。

二人とも、こんな若造知らんぞという表情をしている。叡太郎は慌てて名乗った。

「目黒署の鷺島です」

変化は劇的だった。叡太郎の名字を聞くなり、二人とも直立不動の姿勢を取ったのだ。

「お疲れ様です！」

体育会系そのものの暑苦しい挨拶が、お洒落オフィスに響き渡る。

「いえ、とんでもないです」

答礼しつつ、叡太郎は複雑な気分を噛みしめた。度々あることだが、未だに慣れない。

「捜査顧問のサポートで参りました」

叡太郎がそう説明すると、二人は当惑したような表情を見せた。捜査顧問って何者だという感じだ。正直その気持ちはよく分かる。叡太郎とて、あまり把握できていないのだ。

「備前だ。よろしく頼む」

京輔が名乗った。端的な自己紹介だ。むしろ、端的すぎてかえって胡散臭い。開示された情報と言えば名字くらいである。二人の怪訝《けげん》そうな雰囲気が増していく。

「お二人は、巡回に来られたのでしょうか」

階級は自分の方が上だろうが、叡太郎は丁寧に接する。新人もいいところの叡太郎が、えらそうにできる点など何もない。

「はい。例の殺害予告の関係で」

二人組のうちの一人が、そう説明してくれた。

「お疲れ様です。あの、被害者の方はこちらにおいでですか」

「三階にいます。先ほど会ってきたばかりです。呼んできましょうか」

もう一人が、今にも走り出しそうな素振りを見せる。

「いえ、いえ。どうぞお気遣いなく。分かりました、三階ですね」

京輔の方を向き、会いに行くかと目線で確認する。京輔は頷いた。

「エレベーター、こちらです」

二人組の警官は、揃って小走りで駆け出す。結局走らせてしまった。警官たちは、上行きボタンまで押してくれる。

「いえ、そんな。お気遣いなく」

謹《つつし》んで遠慮する叡太郎だが、二人とも遠慮されてくれない。更にへりくだってくる。

エレベーターが到着し、扉が開いた。叡太郎が逃げるように乗り込むと、警官の一人がわざわざ外から手を伸ばして三階のボタンまで押してくれる。

「それでは！」

警官たちは、敬礼で見送ってくる。大袈裟過ぎるが、さりとて答礼しないわけにもいかない。叡太郎も、敬礼を返す。

扉が閉まっていく。閉まりきる直前、二人に揃って変化が生じた。その表情に、緊張と不安とが交錯したのだ。もしかしたら、何かのチェックにでも来たのかと思われたのかもしれない。だとしたら、申し訳ないことをしたものだ。

京輔の様子を窺う。表情に変わりはないし、口を開く様子もない。あの警官たちの態度について聞かれたらどう答えよう、と懸念していたが、杞憂に終わったようだ。

特に会話もないまま、三階に到着した。エレベーターの扉が開く。

そこは、イメージにあった「編集部」とは少なからず様子が違っていた。原稿やら本やら封筒やらが積み重なった、乱雑なデスク。くわえ煙草でしかめ面の、気難しそうな編集長。締め切りを破り、缶詰になって書かされる作家。いずれも不在である。

代わりにあるのは、すっきりとした配置のオフィスだった。観葉植物が適度に配され、気の利いた形のシーリングライトが下がっている。柔らかい色味の壁紙、デザイナーによるものと思われるスタンディングデスク、スマホを見つめる緑色の頭の男性。

「玉置《たまき》陸《りく》さんですか？」

少し離れたところに男性の存在を確認して、叡太郎は声をかける。

男性は、びくりと顔を上げた。背もたれの高い椅子から、慌てて立ち上がる。

「いえ、お気遣いなく」

あえて早足で近づく。気に掛かるところがあるのだ。

「すいません」

男性――玉置の様子だった。ひどく落ち込んだ雰囲気を漂わせている。まあ、「お前を殺す」という手紙を何通も何通も送りつけられて、平静でいられるはずもないだろうが。

「警視庁の鷺島です。事件について、お話を伺えませんか」

立ち上がったままの玉置の側まで行くと、警察手帳を見せながら名乗る。

「はい。その、先ほどお話ししたばかりですが」

玉置の様子から、叡太郎は彼が悄気返《しょげかえ》っている理由を察した。あの二人は、単に巡回で来ただけではなかった。所轄の署が厳つい警察官を揃えて、絞り上げたのだろう。

致し方ない面もある。いたずらに犯人を刺激されては、捜査が台無しになる。予告で済まず、実際に身に危険が迫るおそれも大きくなる。

「ええ。繰り返しお話しさせて恐縮ですが」

内心で、叡太郎は少しばかり戸惑う。玉置の雰囲気は、動画から受けるものと随分違っていた。動画ではもっと刺々しく、また挑発的な態度だった。しかし、実際の玉置は、大人しく優しそうだ。

「我々としても、犯人検挙には全力を尽くしたく思っております。何卒ご協力頂ければ」

話しながら、叡太郎は、慎重に計画を立てる。まずは、安心して話せるよう信頼を築く必要がある。あの二人には悪いが、「いい警官と悪い警官」戦略を採るのが有効かもしれない。怖い警官の次に優しい警官が来れば、より心を開きやすくなるものだ――

「これは何だ」

叡太郎の計画は、実行を待たずして速やかに阻止された。

「ゲーミングチェアというものか」

京輔が、突如雑談を始めたのだ。玉置の椅子の後ろに立ち、真剣に観察している。

「え？　あ、はい」

玉置は目を白黒させる。

「座り心地はどうだ」

「いいですよ。首肩腰にも来ないですし。ゲーミングチェアっていうだけあって、長時間座ることを考えて設計されてるんですよね」

「沢山種類があるはずだが、どういうものがいい」

「そうですね。実質コピー品みたいなのが大手の通販サイトでも出回ってるんで、ネットで買うときは注意した方がいいかもです」

真面目に答えつつ、玉置が叡太郎の方をちらちら見てくる。この人は何者ですかということだろう。確かに、分かりやすく警官な出で立ちの叡太郎と違い外見では正体不明だ。

「こちら、捜査顧問の備前さんです」

叡太郎は、京輔を紹介してみた。

「備前だ」

ゲーミングチェアの観察を続けながら、京輔はそれだけ言った。叡太郎の紹介に何か付け加えようという意思さえ見えない。

「はい、よろしくお願いします」

玉置は、少し距離を取り気味で会釈をした。無理もないことだ。外見以外の部分でも正体不明である。いい警官と悪い警官と変な人。混沌とした構図が生じてしまった。

「――あ、お茶お出ししますね。少々お待ちください」

ようやく我に返ったか、そんなことを言って玉置は離れた。

「ああ、いえお構いなく――」

「頂戴しよう」

叡太郎の遠慮を、京輔は遠慮なくぶち壊してくる。

「――あの、ちょっと備前さん」

京輔の傍若無人ぶりをたしなめるべく、叡太郎は話しかけた。

「何だ」

京輔は、玉置が離れたのをいいことに背もたれの感触を確かめている。

「相手は脅迫の被害者ですよ。もう少し気を遣って――」

「慣習としての遠慮の意義は、理解している」

背もたれを持って椅子の回転具合を確かめながら、京輔が言う。

「だが、俺は玉置陸と対話しにきた。白熱するかもしれないし、脱線するかもしれない。茶でもあった方がよいだろう」

「同僚の編集者にはリモートで仕事をお願いしてます。巻き込まれたら大変ですし」

ぽつぽつと、俯きがちに玉置は話し始める。

「なるほど」

三人がいるのは、応接スペースだった。向かい合わせにソファが置かれ、ローテーブルがその間にある。テーブルの上には、湯気を立てる三人分の茶と急須が置かれている。お茶を淹れる道具についても、一通り揃っているらしい。

「社長も出張で、出社してるのは僕だけですね。会社を空にするわけにはいかないので」

「今会社でお一人なんですか？」という質問に、玉置は丁寧に答えてきた。

「責任感がおありですね」

叡太郎がそう言うと、玉置は苦笑を漏らす。

「僕がやらかしたことなので」

手にした方眼罫のメモ帳に、手早く書けるよう略した表記で印象を書き付ける。――セキニンカンアリ。マジメ。

「動画は、お一人で？」

彼にまつわる部分から、聞いていく。彼自身について情報を集めて、少しずつ全貌を浮き上がらせるというアプローチである。

「はい。そうですね。社長は、まあ自分で会社作っちゃうだけあって大らかで。始めて半年くらいですけど、ほぼ炎上しっぱなしなのにやらせてくれてます」

――こ人プレイ。「人」は画数の面から漢字を用いる。

「始められた理由は？」

「編集者には、作家さんにガンガン宣伝しろって圧を掛ける人もいます。でも、僕は作家さんには作品作りに集中してほしいと思ってます」

――ジブンノヿゟ《コトより》ダレカノヿ《コト》。

「方向性は、結構過激だったと思うんですけど。あれもご自身で？」

「はい。僕は他業種で仕事をしてました。その時は、出版業界って斜陽だ斜陽だいう割に宣伝が上手じゃないなとか、全然熱心じゃないなとか思ってました」

――大人Cガよくハナス。

「でも現場に来てみると、そう簡単なことじゃないって分かりました。それで、勝負することにしたんです。何とかして目立とうと、髪の毛染めたりして」

「殺害予告についてアップしたのも、それで？」

「――いえ、分からないです。警察の人には、動画投稿を中断するように言われていたんですけど、落ち着かなくて。別に中毒になっているとかでもない、とは思うんですけど」

――ドーヨー大。フアンマギラスタメ？

「作家には作品に集中してほしいといったな」

出し抜けに、それまで黙っていた京輔が口を開いた。

「はい」

気圧されながら、玉置が返事をする。

「編集者も、編集者の仕事に集中するべきではないのか。最も重要なのは、作品作りのサポートだと一般的には思われている。客観的な視点から、作家が気づいていないことを指摘したり行き詰まっているところを解消したりする。そういうイメージだ」

叡太郎が止める間もなく、京輔は立て板に水とばかりに話す。

「それは、その通りだと思います。担当する作家さんとは、しっかりタッグを組んでやろうと心がけてます。自分は最初の読者だから、そう思って取り組んでいます」

玉置が答える。「対話」が生まれてしまった。仕方なく、叡太郎は見守る。

「真剣さはよく分かった。その上で聞きたいことがある。動画についてだ」

京輔は、真っ直ぐ玉置を見つめて話す。

「『金の亡者定期』『通報しました』『頭の色飽きた』。こんな通りすがりのいい加減なコメントにも、逐一《ちくいち》丁寧に返信をしているな。三桁に届くような数が来てもだ」

「炎上ビジネスだと思わせないためです。僕の言葉でないと、それは証明できないから」

玉置が答える。

「自分でやったことは、自分で責任を取る。その姿勢は一貫しているな。感心する」

そう言うと、京輔はお茶を口にした。何となく、叡太郎も同じように一口啜《すす》る。しっかり茶葉から淹れたものだけあって美味しい。

「しかし、編集者としての責任を果たすというのは、そうやって粗雑な悪意に対して立ち向かい続けることなのか？」

お茶をテーブルに戻すと、京輔は話を再開する。

「玉置よ、君は編集者とは作家にとって最初の読者だと言ったな。顔を隠した悪罵《あくば》に傷つけられながら、その務めを十全に果たせるのか？」

「それは」

玉置は何かを言おうとした。しかしできなかった。自分のお茶を手に取ろうとした。それもできなかった。京輔の言葉に、心の深いところを刺されたようだ。

「『あなたは毒のある蠅《はえ》に刺されて、疲れている。百か所も傷を負って、血を流しているではないか？』『蠅たたきとなるのはあなたの運命ではない』。フリードリヒ・ニーチェの言葉だ。どう思う」

玉置は黙り込んだ。硬い表情で、ただ俯く。

「備前さん」

見かねて、叡太郎は割って入る。邪魔をするなとも言わず、京輔はお茶を口にした。

「――やり過ぎたな、と思います」

玉置は答えた。沈黙で答えず、きっちりと言葉にした。誠実な人柄が、伝わってくる。

「そうだな、やり過ぎだったんだ」

誰にともなく、玉置は呟いた。

その表情は、どこかすっきりしていた。気づいていたけれど、気づかないようにしていたこと。それを引っ張り出して、改めて眺めて、納得がいった。そんな雰囲気があった。

「色々見失っていたのかも、しれません」

深く息をつき、玉置は再び自分のお茶に手を伸ばした。今度は、ゆっくり飲むことができそうだった。


独身の若い警察官は、基本的に寮生活を送ることになっている。

「——疲れた」

寮の自室に帰ると、叡太郎はばったりベッドに倒れ込む。激動の一日だった。

——あの後、京輔は車の中で特に何も言わなかった。本も読まず、窓の外を眺めて何事か考えていた。対話から得るものがあったようだが、それが共有されることはなかった。

なるほど、対話なるものを通じて玉置には何らかの示唆を与えていた。おそらくとても意味のあることだったとは思う。しかし、それは捜査と関係ないことだ。特に何ができたわけでもない叡太郎に、偉そうなことは言えないのだが。

そう、何ができたわけでもない。大体叡太郎はいつもそうだ。これまでの人生でも、何かを達成した覚えはない。

——いけない、いけない。鬱々としている場合ではない。やることはまだあるのだ。

叡太郎はズボンのポケットからスマートフォンを取り出すと、短文投稿型のＳＮＳで検索を始めた。勤務時間外だが、そうも言っていられない。

玉置は、ＳＮＳのアカウントを非公開にした。動画を消すだけではなく、アカウントそのものを他人から見られないようにしたのだ。

――黒子役が飛び出していって勝手に燃えるとか、何やってんだって感じですよね。

玉置は、そう言って苦笑していた。

『某編集者、アカウント鍵かけてた』

しばらく検索して、ようやくリアクションを見つけた。

『例の人、炎上しすぎてついに灰も残らなくなったか』

『まあそうなるよね。誰も幸せになってなかった』

時間がかかったのは、この通り玉置や会社のことが名指しされていないからだ。これは分かる。玉置の動画に反応するのはいわゆる「読書アカウント」ということになるが、実社会での繋がりの延長線上でやっている、半分実名のような人たちが多い。自然、物言いもある程度コントロールされたものになる。ああいう炎上アカウントには、露骨に貶《おとし》めるようなあだ名がつけられるものだが、それもせいぜいが「緑の人」くらいである。

再投稿《リポスト》や返信《リプライ》から、アカウントを辿る。関わりたくない人は、そもそも何のリアクションもしない。逆に言えば、何らかのリアクションをしている人は、この騒ぎに興味があるということになる。犯人に繋がるような何かを探すには、そこから辿るのが一番だ。

『例の件、殺害予告があったって本当なのかな。さすがにひくわ』

『虚言でしょ。構ってもらいたくて言って、反応がすごくてビビって消したんじゃない』

『いやいや、本当にあったかもしれないよ。動画ひどかったし』

反応は、冷淡だった。気遣う声すらない。胸が少し痛くなる。

やはり、読者に矛先を向けるのはやりすぎだったのではないか。タブーには、タブーになるだけの理由がある。どうして、ああなってしまったのか。

玉置は誠実な人間だ。そして、良心的で良識的でもあるはずだ。動画が炎上し続け、遂には自分を見失って読者批判をしてしまったとは推測できる。しかし、それだけとも思えない。何か他に、もっと大きな理由があるのではないか――

『信緑社といえば、柊木玲《ひいらぎれい》の件は未だに根に持っている』

そんな投稿が、何か記憶を刺激した。投稿者のプロフィールに飛んでみる。「読書好き。お昼寝至上主義。無言フォロー失礼します。」特に目立つ記述はない。「好きな作家→宮部《みやべ》みゆき、芥川龍之介、エラリー・クイーン、柊木玲。」――柊木玲。

「ひいらぎ、れい」

口の中で呟く。やっぱり何か引っかかる。範囲選択《ハイライト》して、検索してみる。

検索結果の一番上はWikipediaだ。当人のSNSアカウントやブログなどは見当たらないので、とりあえずWikipediaに飛んでみる。

日本の作家。瑞雲《ずいうん》新人賞受賞作『アニュス・デイ　この世の罪を除き去る神の子羊よ』

でデビュー。著名作家たちから、「新時代の書き手」として絶賛される。寡作ながら、論理的な文章と緻密な構成で高い評価を得ている——若干主観交じりの、厳密に言うとWikipediaのルールに抵触する記述でプロフィールが綴《つづ》られている。文学賞の候補になっていたり、作品がドラマ化されたり。そういう経歴が、どうだと言わんばかりに続く。

「ああ」

記憶が蘇り始める。書店でアルバイトしていた頃、何か騒ぎがあった気がする。

著作一覧の項目へと移る。最後の出版年月日は、四年前。信録社から刊行されている。

記憶が、明確な像を結んだ。頁の残りを読む。しかし、「その記憶」についての記載はなかった。Wikipediaにはあまり積極的に載せられないタイプの出来事だ。

検索ページに戻り、検索ボックスにタッチする。関連用語がサジェストされる。「柊木玲編集者」。記憶が、より鮮明になる。

「そうか。もしかしたら」

がばりと身を起こすと、もらっておいた玉置の名刺を名刺入れから出す。

名刺には、携帯の番号が記載されていた。時間は、この際気にすべきではないだろう。

「江戸川区というと、下町というイメージがある。しかし、こういう邸宅もあるのだな」

目の前の住宅を眺めながら、京輔は言った。

「江戸川区民が今でも長屋に住んでるみたいな言い方しないで下さい」

「そういうことではない。下町という言葉に、俺は貧乏といったようなイメージを持たせてはいない。単純な感想だ」

「江戸川区はいいとこですよ」

京輔と並んで、叡太郎は家を眺める。

確かに、屋敷と表現するのがぴったりの建物だ。瓦葺《かわらぶ》きの、大きな住居。入り口の門など、何と言ったか屋根がついている種類のものだ。

「まずは、僕がお話ししますね」

叡太郎は、そう念を押しておく。京輔はうむと頷き、腕組みをした。

「よし」

小さく深呼吸をすると、ドアホンを鳴らす。

『はい』

年配の男性の声がした。

「警視庁の鷺島です」

ドアホン越しに警察手帳を見せつつ、声を小さめにして話を続ける。

「大木《おおき》敬《けい》さんはご在宅でしょうか。とある事件について、お話を伺いたく思いまして」

大木敬。柊木玲の本名である。玉置に連絡して住所と本名を聞き、訪ねてきたのだ。

『はい、わたしが敬です。――分かりました。ひとまずお入りください』

男性が言う。声色に、やや当惑した様子がある。

「日曜日に失礼します」

そう返して、叡太郎は頭を下げた。

『いえいえ』

ドアホンが切れた。同時に門から解錠音が響く。遠隔操作で開けたらしい。

敷地に足を踏み入れる。池はある、松は植えてある、信楽焼の狸《たぬき》は置いてある。いやはや立派なお家、紛うことなき豪邸である。

「これだけの敷地があれば、結構な書庫が作れるだろうな」

京輔も感心している。ポイントにズレがあるようにも感じられるが、突っ込まないでおく。というよりも、その余裕がない。

緊張しているのだ。推理通りなら、玉置を苦しみから救うことができる。「自作自演では」などという不名誉な噂も一蹴できる。大きな責任が、両肩に乗っているのだ――

「ふむ」

歩く叡太郎を見ながら、京輔は頷いた。

「何ですか」

地面に埋められた飛び石を辿るようにして、玄関へと移動する。到着したところで、引き戸が内側から引かれた。

「どうも」

中から、一人の男性が現れた。彼が、大木敬——すなわち、柊木玲だろう。

声から受ける印象通りの、恰幅のいい男性である。年の頃は椎名と同じくらい。壮年、という感じだ。服装は、ゆったりとくつろいだ部屋着だ。しかし京輔が体育館で着ていたようなスウェットではなく、ワンマイル以上のお出かけもこなせるシックなものである。

柊木玲の顔を、叡太郎は初めて見た。兼業作家であり、仕事の関係で差し障りがある——という理由から顔出ししていなかったからだ。

「警視庁の鷺島です。こちら、捜査顧問として協力して頂いている備前京輔さんです」

放っておくとずかずか家に上がりこみかねないので、早めに京輔の紹介もしておく。

「備前です。よろしくお願いします」

京輔は、彼にしては丁寧な口調で名乗った。さすがに、明らかに年上の相手に向かってタメ口で「俺と対話しろ」などとは言い出さないようだ。

「こちらこそ。——さ、立ち話もなんですから」

会釈をすると、柊木は二人を招き入れた。

「お邪魔します」

柊木に続き、敷居をまたぐ。後ろから京輔もついてくる。

中は、実に屋敷だった。外から見て屋敷なのだから当然と言えば当然なのだが、靴箱の取っ手から廊下の建材に至るまで、質感からして高級さが感じられる。

「こちらへ」

柊木は、二人を一つの部屋に案内した。入るなり、思わずおおと声が出そうになる。いわゆる応接室である。椅子や机はいかにもアンティークなものだし、壁に掛かっている絵や花を生けられた花瓶は明らかにセンスが良い。これは誰々の絵ですねとかいつの時代の焼き物ですねとか具体的に指摘はできないが、逸品だということは分かる。最も驚かされたのは、壁一面を占める本棚だった。京輔の体育館にあったのは、ただ本を収納するためだけに存在する武骨なものだったが、こちらは木目も美しい調度品《ファニチュア》だ。

「お茶をお出ししますね」

柊木が言う。

「頼みます」

京輔がすかさずそう答えた。打てば響くようにお茶を所望しないでほしい。

「はい。では少々お待ちください」

笑顔で会釈すると、柊木は部屋から出て行った。作家と言うよりは名士といった感じの、落ち着いた中にも重みと押し出しの強さを感じさせる立ち居振る舞いである。

しかし、と叡太郎は思う。応接間に本棚。自分で「これが俺の蔵書だ」と来客に披露するのは何だか気が引けるが、人がやっている分には「いいなあ」と感じてしまう。

「ふむ。重修緯《じゅうしゅうい》書集成《しょしゅうせい》が全巻揃っているな」

しかし、実際にど真ん前に立って堂々と観察するのはいかがだろうか。

「ちょっと備前さん。初対面の人の家の本棚をあんまりじろじろ見ないでください」

「何かの目的のために集めたような本棚だ」

「しかも若干失礼気味な評価を下さないでください」

「お前なら同じ直観を得られるはずだ」

「そんなこと、言われても」

仕方ないので、備前の横に並んで本を観察してみる。

「——確かに」

見てみると、なるほど京輔の表現には一理あった。歴史の本、科学の本。いずれも入門編の新書に始まり、学術書や論文集に至っている。勉強の足跡がそのまま辿れるような本棚である。

「いやいや、お恥ずかしいですな」

柊木の声がした。振り返ると、三人分のお茶と和菓子を載せた盆を持った柊木がいた。

「あああっ、失礼しました」

慌てて叡太郎は詫びた。

「とんでもないです。むしろ、興味を持って頂けて嬉しいです」

にこにこしながら、柊木は三人分の茶菓子をテーブルの上に置いていく。

「確かに、どれも小説を書くための資料として集めたところはあるかもしれません」

その手が、ふと止まった。

「調べて分かったことだけを書いて、果たして小説だと言えるだろうかとも思いますが」

「そんなことはないのでは？」

京輔が首を振る。

「書いたものが小説として、芸術として成立していれば、そこには書いた人間の言葉が宿っていると言えましょう。『自己を告白せずにはいかなる表現もできるものではない』」

「芥川ですね」

にやりと笑うと、柊木は本棚を見やる。

「人をお招きする部屋に本棚を置くのは、『俺は沢山本を読むぞ』とアピールするようで複雑だったりもします。ですが、生活スペースに置くと家内が邪魔がるので」

「お連れ合いは、読書の習慣がおありではないのですか」

京輔が訊ねる。

「家内は本を読まなくてね。休みの日にも、習い事だ友人とお茶だと言ってすぐに家から出て行ってしまう。今日もそうです。——どうぞ」

柊木が、椅子をすすめてくる。

「ありがとうございます」

叡太郎は、礼を言って腰掛けた。座り心地の良さに、思わず感嘆してしまう。おそらく、大体どんな体形の人にも合うのだろう。いいものとは誰にとってもいいものなのだ。

「ふむ」

隣に座った京輔も、目を少し見開く。同じ感想を抱いたのだろう。

「本が好きなのですか」

向かいに座ると、柊木は二人にそう聞いてくる。

「ええ。学生の頃は書店でアルバイトしてました」

叡太郎はそう答えた。対して、京輔は頷くだけだった。愛想が良いとは言えないが、「本好きが高じて体育館に住んでいる」などと言われるよりはましだろう。

「あなた方くらいの若い人が本が好きだと言ってくれるのは、本当に嬉しいことです」

そう言って頷く柊木は、いかにも大人の落ち着きと分別を身に付けた人物であるかのように見える。しかし、それだけの人物ではない。――叡太郎の「推理」通りなら。

「本当に読むだけです。先生のように、素晴らしい作品を発表しているわけでもなくて」

「作家と読者は、対等な存在ですよ。書くか、読むかの違いしかありません」

世評の高い作家なのに、とても謙虚な態度であるかのように思える。

「わたしなど、もう長いこと新作を発表していませんしね」

一方で、そう言って俯く彼の横顔は、何か別種の翳《かげ》りを帯びているようにも見える。

「先生は、信緑社とお仕事をなさっていましたね」

その翳りの正体を確かめるべく、一歩一歩近づく。

「はい」

柊木の表情に、変化はない。ただ、思ってもいなかったことを聞かれて驚いたという雰囲気である。あるいは、そういう印象を与えるように振る舞っている。

後者であるなら、随分と世慣れている。作家、というもののパブリックイメージからは大分離れている感じだ。それこそ、京輔の方がよほど文士っぽい。

叡太郎が抱くある疑念が、強まる。柊木玲が起こした「とある騒動」は、世慣れた人間ならまずやらないようなことだった。この齟齬《そご》に、何かが隠れているのではないか。

「立ち入った話で恐縮ですが。信緑社さんと、以前確執があったというのは本当ですか」

慎重に、話を切り出す。

「ああ」

そう言って、柊木は表情を隠すように俯いた。

「いやはや、お恥ずかしいことです」

しばし時間をかけてから、顔を上げる。そこには、元の悠揚《ゆうよう》迫らぬ笑みが戻っていた。

——柊木玲は、かつてSNSにアカウントを持っていた。日常的な話題を投稿するだけの平和な運用をしていたが、ある日突然、信緑社の編集者に不満を表す投稿を行った。「他業種から来た若者で、独自の意見を持っている」「すり合わせが大変で、疲れることもよくある」と。

編集者への不満をSNSで漏らす作家は、時折いる。しかし、個人が特定できるような形で投稿することはほとんどない。相手が誰であるかはぼかすのが普通だ。

普通やらないことをあえてした場合、それは余程のことであると受け取られる。柊木の投稿には、結構な数の返信がついた。それは、どれも編集者を批判するものだった。

柊木はその後「話し合い問題は解決した」という風に投稿し、新作は信緑社から発表された。しかし評判は芳しくなく、「無能な編集が作品を駄目にした」と再び騒ぎになった。その後、柊木玲の新作は発表されなくなり、ＳＮＳのアカウントは消え、「意欲を失ってしまったのではないか」「干されたのではないか」と更なる疑心暗鬼を生んだ。

当時、叡太郎のバイト先でも話題になり、叡太郎もいくらかその騒ぎを追っていた。その時のことを思い出し、推理したのだ。

「タッグを組んでやろうと心がけている」と、玉置は言っていた。きっと、熱心に作品の内容に関与していくタイプの編集者なのだろう。そんな彼と柊木は馬が合わず、評価されない作品を書いてしまった。低評価な作品のせいか、はたまた炎上が出版社から敬遠されたのか、いずれにせよ作家としての活動に支障も生じた。

そのことを、ずっと根に持っていたのではないか。そしてある日、その相手が炎上しているの見て、つい魔が差したのではないか。

脅迫文については、わざと適当な文章を書き、幼稚な名を名乗り、自分に疑いが向かないように小細工をしたというわけだ。

「玉置陸さんをご存じですね？」

叡太郎は玉置の名を出した。さあ、仕上げである。

「はい。彼はわたしの担当編集です」

表面上、狼狽える様子も見せずに柊木は返事をしてきた。

「その彼が、何者かに殺すと脅迫されています」

「何だって。玉置くんが?」

瞬間、柊木は大いに驚いた。叡太郎も一緒になって狼狽える。ちょっと予想外の反応だ。

「――なるほどな」

横で、京輔が腕を組む。一人だけやたらと落ち着いている。

「彼は、大丈夫なんですか?」

腰を浮かし、ほとんど詰め寄るようにして柊木は訊ねてきた。

「ええと、はい。大丈夫です」

柊木の問いに、叡太郎はようやくそれだけ答える。

「そうですか。それは良かった」

椅子に再び腰を下ろし、ふと柊木は呟いた。

「――なるほど」

叡太郎の「推理」を理解したのだろう。急に気まずさに襲われる。もしかしたら自分は、疑うべきでない相手を疑ったのか。

「書くものを」

京輔が叡太郎に言ってきた。メモ帳とボールペンを出して渡す。

「ここに『羅刹幻馬』と書いてみてください。悪鬼羅刹の羅刹に、幻の馬です」

京輔は、メモ帳とペンを柊木に差し出した。

「はあ、分かりました」

突然の要求に当惑した様子を見せながらも、柊木は言われた通りに書いた。

「これでよろしいですか？」

端正な字だ。字画は整い、とめはねも刂以外の部分までしっかりとしている。

「誤魔化す方法はいくらでもある。だが、そうではないと俺は考える」

京輔が言ってくる。

「――僕も同意見です」

字の佇まいが別物である。上手い下手以前に、筆記用具で文字を書くという行いへの敬意が段違いなのだ。きっちり書く力のみならず、きっちり書こうという意思に決定的な差がある。

「すいません、僕は」

言い訳しようとするが、言葉が浮かんでこない。無理もないことだ。誰かを脅迫犯だと疑ったことについて、弁解の余地などあるはずはない。

「どうかお気になさらず。むしろ、わたしに話を聞きに来られるのは当然でしょう」

柊木は、穏やかに微笑する。

「これだけは、言わせてください。わたしは、彼のことを嫌ったり憎んだりなどしてはいません。むしろ、感謝しているんです」

そして、話を始めた。

「彼は、読書好きが新卒で出版社に入った、というタイプではありませんでした」

柊木の顔に、何か懐かしいことを思い出すような表情が浮かぶ。

「それだけに視点が何とも独特で、ぶつかることもしばしばでした。ある時、電話での打ち合わせが深夜までかかったことがあって」

その様子が、やがて悔いの色へと変わる。

「彼ほど若くないわたしは、すっかり疲れてしまって。ついつい、ＳＮＳに愚痴めいたものを書き込んでしまいました。そうしたら、大事になってしまって」

「――じゃあ、仲直りしたっていうのは本当だったんですね」

叡太郎の言葉に、柊木は首肯した。

「彼にはあべこべに謝られてしまいました。作家には作品に集中してもらうべきなのに、僕のせいですいませんと」

作家には小説に集中してほしいという言葉を、玉置は日々実践していたようだ。

「さて、そろそろ良いだろう。対話を願いたい」

京輔が、タメ口で柊木に申し込む。結局こうなるらしい。

「ええ、構いませんが」

面食らった様子を見せつつも、柊木は頷いた。

「玉置陸に感謝しているとはどういうことだ」

そう訊ねると、京輔は菓子を一つ頬張る。

「わたしは、小説を書くのは好きですが、『プロとして応える』というのがどうも下手で」

柊木が話し始めた。

「ふむ。得心がいった」

京輔が納得し終えた。タイミングが早すぎる。また直観したのだろうか。

「柊木玲という作家は、『論理の冴え』というものを求められがちだったな。論理は分かりやすい。人それぞれということがない。『冴えた論理』なるものは、すなわち誰にでも同じ解釈を与えるものだ。それに飽き飽きしていたか」

「熱心な方ほど、論理を褒めてくださいます。ですが、やはりそればかりというのは」

「Wikipediaにも書かれて、大変だったな。──なるほど、分かったぞ」

京輔はばっと立ち上がる。

「論理とは磨き上げるものだ。曖昧さを排し、一つの形を追求するものだ」

そしてすたすた歩き、本棚の前に立った。

「これらの本は、逆だ。みな広げるためのものだ。柊木さん、貴方は自分の作品世界を更に広げたく思っていたのだな」

「はい。──でも、難しくて。読者の方々の求めているものが明確だと、そこから外れれば『そんなものは求めていない』『作者の自己満足だ』と厳しい批判を頂戴します」

寂しそうな笑いを浮かべながら、柊木は話す。

「わたし自身は、そういう葛藤はプロ意識の欠如ではないかと思いました。読者が求めるものに応えてこそ、プロフェッショナルではないかと。苦手なくせに、そう焦りました」

最初の印象とは全く違う表情だ。この繊細さもまた、彼の一面なのだろう。

「どの編集者さんも、そういう方向でご指摘をくださいます。手綱を取るのが、彼らの重要な仕事なので。しかし、彼は違った。わたしの書きたいものを読みたいと言ってくれて。そして読んで、楽しんでくれた。心からの感想と、忌憚《きたん》ない意見とをくれたのです」

目に浮かぶようだった。まだ頭が緑色でないだろう玉置が、喫茶店で熱弁を振るう。それを、柊木が照れ笑いしながら聞く。一生懸命さのあまりコーヒー一杯で居座り、店主から次の注文を遠回しに促されるような。きっと、そんな打ち合わせだったのだろう。

「そして出した本は、力いっぱい書いたものだった。玉置くんも喜んでくれたし、わたしも満足できました。──でも」

柊木は肩を落とした。

「読者からの反応は、今一つでした。玉置くんは褒めてくれましたが、わたしは売り上げの面で応えられなかった。それから、どうも書けなくなってしまったのです」

「──なるほど」

叡太郎の中で、一つの謎に答えがもたらされた。なぜ玉置が読者に対して牙を剝《む》いたのか、ということだ。当人が意識してのことかは分からない。しかし彼がそうしたのは、明らかに柊木のためだった。彼のために、戦ったのだ。

「玉置くんは、なぜ殺害予告を受ける羽目になったのですか？」

柊木が、心配そうに聞いてくる。

「それは、ですね――」

叡太郎は、捜査情報の漏洩にならない程度に現状を伝えた。

「――よく分かりました。そうですか、そんなことが」

一通り説明を聞くと、柊木は肩を落とした。

「わたしはあれ以降、SNSから離れておりまして。そんなことが、起こっていたとは」

すっかり悄然《しょうぜん》としてしまっている。見ていると胸が痛くなる。

「大丈夫です。彼の身の安全は我々警察が全力で守ります」

そう言って、叡太郎は柊木を元気づけた。

「よく分かった。そうか、そういうことか」

京輔はすっかり納得している。見ていると不安が募る。

「薄々感じていたが、やはり間違いなかった。あの玉置という男は、編集者失格だ」

不安は的中した。京輔は、そんなことを言い放ったのだ。

「失格？」

柊木の顔色が変わった。否、気色ばんだと表現した方がいいかもしれない。それだけ、玉置のことを信頼しているのだろう。

「備前さん。あなた一体なんてことを」

叡太郎もたしなめる。むしろ正反対の、編集者の鑑《かがみ》というべき存在ではないのか。

「何てことをと聞かれれば、分かりきったことだと答えるしかない」

ほとんど不遜とも言えるような態度で、京輔は言った。

「どこがですか。作家を全力でサポートする、立派な編集さんじゃないですか」

京輔の言葉を、叡太郎は速やかに打ち返す。柊木が食ってかかったりしたら、対話が生まれるのではなく対立が生じてしまいかねない。

「作品作りに関わる。装丁や帯の宣伝文句を考える。企画会議で、作品の良さについてアピールする。そのように、陰に日向に編集者は作家のことを助ける仕事なのだろう。しかし、決してやってはならないこともある。作家の気持ちを代弁することだ」

京輔は、柊木を真っ直ぐ見る。

「作家は文人だ。文人たるもの、己のことは己の文筆でもって語るべきではないのか。作家を悩ませてスランプに陥らせるだけでも、問題なのだ。その上語ることさえ勝手に代わるとは、言語道断ではないのか」

腰を浮かしていた柊木は、そのまま座り直す。そして唇を真一文字に結んで、しばらく考え込み、やがて哀しそうに呟いた。

「つまり、書けなくなったら筆を折れということですか」

今度は、京輔がはっとする番だった。

「追い詰めるつもりはなかった。詫びさせてくれ」

京輔は謝罪の言葉を口にする。そして、真剣な目で考え込み始めた。

「書けなくなっている作家は、価値のない作家だというわけではない。それはなぜか。小説を書く、小説を読むというのは人間的な営みだからだ」

　考えがまとまったか、京輔は口を開く。

「故に、人間が経験するあらゆる困難がその営みには反映されうる。疲れきっていると誰とも話したくなくなる。言葉が出て来なくなるのだな。言葉を物語として綴り合わせたものが小説なのだから、疲弊すれば同じことが起こるというわけだ」

　例を挙げながら、京輔は話す。

「焦ることはない。作家に締め切りなど本来ない。『死』でもなおそうだ。その前に『白鳥の歌』と呼ぶべき何かを完成させられたならさせられたで、未完のまま終わったなら未完のまま終わったで、そんな事実そのものが芸術となり得る」

　淡々とした口調は変わらない。しかし、そこには熱があるようにも感じられた。

「ただ、そのうちにある何かを表すにあたっては、やはり自分で筆を執るべきではないかと思うのだ。柊木さん、あなたは、自分の書きたい作品というものを明確に持っている。それは、内なる可能態《デュナミス》――つまり想像力《イマジネーション》や創作意欲《クリエイティビティ》が、形になろうとあなたを動かしているということに他ならない。自分自身の内にあるものを、単なる散文ではなく物語として表現したい。それは、根源的で人間的な衝動だ。大事にしてはもらえないだろうか」

　柊木は、黙っていた。しかしその瞳には、何か違う光が宿っていた。叡太郎は、それが何なのか容易く言葉にはできなかった。容易く言葉にすべきではないようにも、思えた。

「――待った待った」

いつの間にか対話のペースに巻き込まれ、捜査とは関係のない話が一つ解決してしまっている。いや、解決することはいいことなのだろうが、警察官と捜査顧問として訪れた以上、警察官と捜査顧問がやるべきことを少しはやるべきだ。

「備前さん。話を聞いていかがでしたか」

菓子に手を伸ばす京輔を、叡太郎は押しとどめる。

「大変得るものがあった。改めてじっくり咀嚼《そしゃく》し、哲学的な思索を深めたい」

「哲学の話ではないです。捜査の話です」

「ああ。それか」

今思い出したと言わんばかりの口調でそう言うと、京輔は結局菓子を手に取る。

「犯人の手がかりは全く摑めていません。手がかりや情報を集めてそれを元に――」

「不要だ」

菓子をもぐもぐしながら、京輔はそんなことを言った。

「は?」

「直観は裏付けを得た。お前たち流に言えば解決だ」

菓子を飲み込み、今度は茶を啜る。

「こういう事件は、人間関係などから都合良く推理できるものではないということだ」

「いやでも、僕たちがしたことって多分個人的な対話だけだと思うんですけど」

都合良く進んでいるのはどっちだという感じである。

「——よし、少しばかり説明しよう」

京輔は立ち上がった。

「今回は、ジャック・ラカンの思想を援用する」

そして、応接室を歩きながら、話し始める。

「ラカンが専門とした精神分析は、心の病を治療するための一つの手法だ。洋画で、心身の不調を抱えた登場人物が治療として催眠術をかけられるシーンがあるだろう。あれは精神分析の手法だ。染みの絵がどう見えるか被験者に答えさせるロールシャッハテストや、箱庭を作ることで心の問題にアプローチする箱庭療法も、同様だ」

そこまで話すと、京輔は叡太郎を指さしてきた。

「俺が最初に動画を見た時、得た直観のことを覚えているか」

「ええと、欲望の欲望による欲望のための欲望？」

「違う。『欲望は常に、他者の欲望への欲望である』だ」

そう言われても、あまり違いが分からない。似たようなものではないか。

「ラカンは『欲望の第一の対象は、他者によって認められること』と考えた」

「承認欲求、みたいなものですか？」

柊木が訊ねる。

「その通り」

京輔は、今度は柊木を指さした。仕草がやや大袈裟で、会心の質問が来たのだろうということが分かる。

「ただ、巷間で言われる『承認欲求』よりも一歩踏み込んで検討している」

指を降ろすと、京輔は言う。

「ラカンは言う。『人間の欲望が形作られるのは、他者の欲望としてである』と」

格好いい台詞だ。だが、一方で文章の意味がぱっと取りづらい。

「欲望が／形作られるのは。他者の／欲望として？」

細かく切ってみる。何となく分かるような気もするが、やはりいまいちだ。

「先ほどの言葉と繋げてみればいい。『他者に認められること』イコール『他者の欲望として形作られること』だ」

「何だか、淫靡《いんび》な雰囲気がありますね」

柊木が呟いた。大袈裟な表現だが、実のところ叡太郎も似たことを考えた。

「必ずしも性的な意味とは限らない。子供がスポーツ選手に憧れるのをイメージしてみてくれ。自分もああなりたい、と憧れている様子だな」

馬鹿正直に、イメージしてみる。大リーグで活躍する日本人選手をテレビで見たエータローくん。投打二刀流で大暴れする姿に感動。すっかりファンになってしまいました。早速、バットの素振りと投球練習を始めます。目指せエースで四番。

「具体的に何に憧れているのか？　何を欲望しているのか？　ラカンの考え方を字面通り

受け取れば、こうなる。『他者から憧れられる存在であること、それに憧れている』。『自分も、他者から憧れられる存在になりたい』」

エータローくんは空想します。二刀流になれば、自分もあの人みたいに大人気だ。今は真似しているけど、いずれ真似されるようになるぞ。そうしたら、同じクラスのミカちゃんに、キャー素敵って言ってもらえるかも。

「この場合、『他者の欲望』、すなわち憧れの対象として自分を形作る。それが自分の欲望である。こういうことになる」

「――なるほど」

何だか、身も蓋もない見方だ。欲望というものに対して、シニカルすぎはしないか。

「それはつまり、こういうことですか」

柊木が訊ねる。

「箱根駅伝に憧れる若いランナーがいるとする。ラカンに言わせれば、彼は箱根を走っている選手たちというよりは、箱根を走る人間が沢山の人間の憧れを集めていることに憧れている。こういうことになりますか」

柊木も大体似たことを考えていたらしい。クラスメイトの女の子ゲットだぜみたいな路線だった叡太郎の方が、より俗っぽいようだ。

「似た部分もある。だが、もう少し厳密に話す必要がある。ラカンは他者を二つに分けているからだ。『大文字の他者』と『小文字の他者』がそれだ。――イメージしづらいだろうが気にするな。アルファベットの国の人間の発想だ。大小だけを気にかけておけ」

ん？　となりかけた叡太郎の内心を察したかのように、京輔がより丁寧に説明する。

「小文字の他者。それは、具体的に存在する一人一人の人間だ。大文字の他者。それは我々がイメージとして共有している、もっと大きな何かだ」

「たとえば？」

柊木が問う。その目は興味に輝いている。難しい本を沢山読むだけあって、元来こういう話が好きなのだろう。

「西洋なら『神』。我々なら『世間』や『世の中』が近いだろう。具体的な一人一人の人間ではなく、実際に見たり触れたりすることはできない存在。しかし、一人一人の人間よりも巨大で、強力に我々を従わせる存在だ。その『大文字の他者』から賞賛を受けられた、と感じた時、人間の承認欲求は真に満たされる。ラカンはこう考えた」

そこまで話して、京輔は小さく頷く。

「箱根駅伝は良い例だ。箱根駅伝という舞台、その伝統。単なる『東京箱根間往復大学駅伝競走』ではない、人々がイメージとして共有する『箱根』。その『箱根』に欲されることを、そのランナーは欲しているということだ。単に憧憬を集めることではなく、な」

なるほど、ミカちゃんゲットだぜはラカン的にはあまり適切ではないらしい。日本の野球史上に名を残すぜ！　長嶋《ながしま》、大谷《おおたに》、エータロー！　くらいの感じがよいのかもしれない。

「作家なら、権威ある文学賞を取りたいとか、永く読み継がれる作品を書きたいとか。そういうことですな。誰か一人に褒められるのではなくて」

柊木が、自分に引きつけて納得する。

「『文壇の権威』は分かりやすく大文字の他者だ。『後世からの評価』も同様だな」

言ってから、京輔はふと考え込む。

「『読者』も近いかも知れんな。本を出す側の人間が『読者』という時、具体的な数字が存在しているにもかかわらず、あるいは一人一人が確かに生きた人間として存在しているにもかかわらず、もっと大きな何かをイメージしているはずだ」

そして、そう付け加えた。すると玉置は、あえて大文字の他者に反抗する道を選んだ、ということになるのかもしれない。

「なるほど」

柊木は小さく呟いた。何か、腑に落ちるところがあったらしい。

「さて。今回の事件の犯人は、その『大文字の他者』からの承認を欲している。そう俺は直観した。そしてそれは、間違いないと確信した」

京輔が断言する。言葉は力強いが、今一つ腑に落ちない。

「どんな『大文字の他者』なんですか？」

叡太郎はそう訊ねた。そこが分からないのだ。『大文字の他者』として文学賞の例がでたが、まさか玉置を脅すことで芥川賞にノミネートされたりするわけでもなかろう。

「先ほど大文字の他者の例として『世間』の話をした。これが関わっているのだ」

よく聞いてくれた、と言わんばかりに京輔は頷いた。

「阿部謹也《あべきんや》という日本の学者は、かつて『世間』を『年賀状やお中元やお歳暮を交換し合うような人間関係』と定義した。定期的に連絡をやり取りし、互いの顔が分かるような間柄だ。しかし今の世の中では、もっと新しいものが代替している。――ＳＮＳだ」

京輔は、話に合わせて部屋を歩く。

「タイムラインは、いわばお手軽な『世間生成装置』だ。定期的に連絡はやってくる。それぞれの顔は、アイコンという形ですぐに思い浮かぶ。繋がりという点でも役割を果たしている。誕生日だと呟いていればお祝いのリプライをしないと何となく気まずいし、いいねをされたら自分も返しに行ったりする」

一人一人の人間よりも大きい何か、と考えれば、確かにタイムラインは当てはまると叡太郎には思われた。アカウントの集合体として成立しているが、しかし誰かが代表している訳ではない。仮に誰かがアカウントを消しても、タイムラインはそのまま続く。

そんな曖昧な存在でありながら、一方で見ているうちに段々こちらの考えを左右するようになってくる。揃って褒められているものは、良いものであるように思えてくる。逆に批判されているものは、問題ある存在であるように感じられてくる。

「さて、イメージしてみてくれ。一人の本好きがいる。彼は自分と似た趣味嗜好を持つ人たちをフォローし、タイムラインを作り上げる。そこは居心地が良い空間だ。本の話をする。本以外の話もする。ＳＦの定義で喧嘩をしたり、何かのランキングが気に入らないと遠回しに批判したりする。至って平和な日常だ」

歩きながら話す京輔の姿は、白熱講義を繰り広げる大学教授か何かのようでもある。

「だが、そこにとびきりの異分子が現れる。緑色の頭をした編集者だ。彼の動画が、読書ファンの間に好ましからざる小波《さざなみ》を生み出す。当人の志はどうあれ、受け手は揃って彼を悪く言う。タイムラインに、緑色の頭をした編集者への悪意や敵意がしばしば流れる」

柊木が、痛ましそうな顔をした。小さく頷き、京輔は話を続ける。

「本好きは、初めのうちはただ眺めているだけだった。しかしある時、ふと気づく。——世間のみんなから忌み嫌われている存在。それを倒すなり懲らしめるなりすることができれば、自分は『世間』の役に立てるのではないか？」

京輔は、叡太郎と柊木の顔をそれぞれ見てきた。

「これが、『欲望は常に、他者の欲望への欲望である』ということだ。タイムラインという『世間』の欲望。忌々しい誰かを、やっつけてほしいという願い。一人一人の投稿に微かに混じるそんな意思の積み重なりが、大文字の他者となって犯人を動かしたのだ」

叡太郎は静かな驚きに満たされる。京輔は動画を見て、そのことを直観したのか。

「承認欲求に飢えていて、なおかつその『世間』に強い思い入れがあって、その他様々な偶然が重なって、犯人は遂に出版社に殺害予告を送りつけた。少し工夫すれば、郵便物から足がつくことはない。ハードルは低かったはずだ」

京輔は腕を組む。

「動画を見ていて、脅迫状が届き始めた時期というものはすぐに分かった。ほんの僅《わず》かだが、明らかに動揺が感じられた。犯人も手応えを感じただろう。自分が懲らしめているという実感に満足していたかもしれない。――そして、更に予想外の出来事が起こった」

「玉置さんが、脅迫されたことを公表してしまったんですね」

叡太郎の言葉に、京輔はゆっくりと頷いた。

「犯人は狼狽えたと考えられる。新しく脅迫状が届いていないことが何よりもの証拠だ。しかし、やがてあることに気づく。そう、『世間』の評価だ」

叡太郎は、ＳＮＳを検索した時のことを思い出す。本好きたちの、冷淡な反応。それは犯人への遠回しな共感としてタイムラインでは表現されていたはずだ。

「おそらく犯人は、幸せの絶頂にいるだろう。だが、いつまでもは続かない。ＳＮＳは、大文字の他者としては大変冷淡な部類に属する。盛り上がった話も、すぐに忘れられる。そんな相手に自分を認めさせようと思えば、やはり手っ取り早いのは『過激さ』だ」

「エスカレートする、ということですか」

「その可能性も、考えられなくはない」

柊木の言葉を、京輔は否定しなかった。

「犯人はおそらく理性的な人間だ。知恵も回るだろう。しかし、大文字の他者の誘惑はその全てを無効にしてしまう。もう一度満たされたい、認められたい。そんな衝動を抑えきれなくなる可能性は、大いにある」

ない、とは言えない。自分の属する『世間』のために、人は時に考えられないような行動に及ぶ。不良少年は、暴走行為や喧嘩で「ツレ」に自分を誇示する。カルト宗教という『世間』に囚われれば、想像を絶するテロ行為にさえ手を染める。

「じゃあ、どうすればいいんですか」

叡太郎は言う。椎名も言っていた通り、特定することは困難だ。また、警備も難しい。こちらは誰が犯人か分からないが、犯人は誰が玉置陸であるかよく知っているのだ。

「おびき寄せればいい」

こともなげに、京輔は言った。

「世間に認められるための『舞台』を用意するのだ。――劇場型犯罪として、演出する形でな」

想像もしない言葉に、叡太郎は言葉を失う。

「古今、脅迫ほど劇場型犯罪の『演目』に相応しいものはない。殺人やテロだと観客になるのは後ろめたい。一方脅迫はすぐに死人が出るわけではないから、罪悪感も軽くなる」

「あの、よいですか？」

動揺も露わに、柊木が立ち上がる。それを、京輔はさっと手を上げて押しとどめた。

「安心しろ。玉置に危険は及ばない。ただし、作家・柊木玲には友情出演してもらうことにはなるがな」

言葉の意味が摑みきれずに戸惑う二人を、京輔は見回す。

「喝采と共に劇場の幕が下りた後、俳優は拍手を浴びるためにカーテンコールに姿を現すだろう」


松原未海《まつばらみう》は、ソファに寝っ転がってスマートフォンを触っていた。

「ねーちゃん、そこどいてよ。今からゲームすんだけど」

優雅な時間を過ごす未海に、弟の正尚《まさたか》が無粋な言葉をかけてくる。

「めんどい。ゲームならスマホでやればいいでしょ」

「スマホじゃできないゲームなの」

「気合気合」

弟の話を適当に流しながら、未海はSNSをスクロールする。水曜は講義が四コマもあり、しかも夕方はバイトなのだ。高校生風情には分からない苦労を姉はしてきたのである。ゲームなんかしてないで少しはいたわりやがれという話なのだ――

「えっ！」

何気なく目に入った投稿に、未海はぶったまげた。

「なに？　また彼氏と通話？」

弟が何か言ってくるが全力で無視し、未海は自分の部屋へと駆け出した。

「新作が、読めるなんて」

部屋の扉を閉めると、未海はスマートフォンを抱き締める。大好きな作家、柊木玲の新作が出版社のサイトで読める——そんな公式アカウントの投稿を、タイムラインで見たのだ。

高校生の頃たまたま読んで、未海は彼の作品の虜《とりこ》になった。切れ味鋭いロジックと、豊富な知識、そして情熱。彼の作品は、全て揃えている。そして全てが大好きだ。

彼の色々なスタンスだって大好きだ。顔出ししないのもそう。きっと、作品通りに知的で、しかし情熱も秘めた美形なのだ。外見ではなく作品で評価されたいから、あえて伏せているのだ。アラフィフのおじさんだなんて噂を見たことがあるが、嘘に決まっている。

なぜ急に新作を発表したのか。投稿のリンクから、出版社のサイトに飛ぶ。そこの説明によると、自分を担当していた編集者が脅迫にあったかららしい。それに衝撃を受けて、揺れる思いのうちから新作のアイデアが生まれたのだそうだ。

「優しい」

未海は瞳が潤《うる》むのを感じた。脅迫された編集者とは、あの緑色の頭のやつだろう。ネットでは、あいつが柊木玲をスランプに陥らせたともっぱらの噂である。未海も、そいつを許していないという投稿をしたことがある。脅迫されたとタイムラインで見た時には、正直やりすぎではと思ったが、みんなその人に冷たい感じだったから黙っていた。

新作を読む前に、喜びの声をＳＮＳに投稿する。出版社の投稿にはいいねがつき始めているが、引用投稿はまだのようだ。リアクションするのは、自分が初めてかもしれない。

自分にできる推し活と言えば、これくらいだ。でも、投稿一つ分くらいは柊木玲の力になるはずだ。もしかしたら見てくれるかもしれないし。なんちゃって。

『柊木先生の新作嬉しい！　でも脅迫が原因って何だか複雑……やっぱり脅迫とかよくないと思う。編集さんも可哀想』

投稿ボタンをタップする前に、少し迷った。かばいすぎかな、と思ったのだ。しばらく考えてから、まあいいやと投稿する。大丈夫だろう。柊木玲も水に流してるんだから。

牛丼アタマ大盛りをかきこみながら、原田藤太《はらだとうた》は鼻を鳴らした。彼を失笑させたのは、スマートフォンで自動スクロールさせているSNSだ。

長いこと新作を書いていなかったらしい作家が、編集者への脅迫事件をきっかけに新作を書いたと話題だ。明らかに話題狙いの自演宣伝なのだが（やっているのも弱小出版社だ）、それに対してタイムラインで「編集さんも可哀想」などと言っているアカウントがいたのである。こんな見え見えの宣伝に引っかかるなんて、ちゃんちゃら可笑しい。

そのアカウントに飛んでみると、投稿通りの実に浅いアカウントだった。好きな作家にクイーンを入れて古典も読みますよオーラを出しているのが、痛々しい。こういうのは、大抵ネクラな男子高校生だ。読書しかやることがなくて、読書しかできることがなくて、せめて「何を読んでいるか」ということでマウントをとろうとするのだ。それがクイーンだというのが、ありきたりすぎて笑える。せめてヴァン・ダインくらいにしとけよ。

改めてタイムラインに戻ると、そこまでアホ丸出しのものは少なかったが、それでも何だか空気が変わっていた。随分とほだされているように思える。歴史的な和解劇、みたいな感じなのだろうか。しょうもない話だ。

しかし、と藤太は思う。出版業界は斜陽だ斜陽だと言っているが、こんなことをしているからいつまでも夕暮ればかりで日が昇らないのだ。恥ずかしくないんだろうか。

まあ、恥ずかしくないのだろう。あの動画の編集者にも「社会人として恥ずかしくないんですか」と突っ込むと、あれこれ反論をしてきた。生成ＡＩで適当な文章を作って複数のアカウントから投稿しまくっても、いちいち全てに返していた。バカすぎて本当に笑えた。

暇なのだろう、と思う。サービス残業などしたこともないはずだ。面倒な作業は編集プロダクションだかにやらせて、自分は経費で作家と飯でも食っているに違いない。夜の十時まで働いて、牛丼食って家に帰る人間の気持ちなんて、分かるはずがねえんだ。

丼を置くと、少し大きい音がした。店員と、何人かいる客の視線がこちらに向く。何だよ、こっち見るなよ。ちょっとコンッていったくらいだろ。舌打ちしたい気持ちを堪えながら、テーブルに零していた玉ねぎを拾ってトレイに載せる。

どうにもこうにもイライラする。ぶつける先は、スマートフォンの中にしかない。

『仕込m……いやなんでもない（何かみた』

そんな投稿を、ぽいと投げつける。引用等はせず、独り言《エアリプ》にしておく。下手に相手に通知が行くと、頭がおかしいやつに粘着される。まっとうな社会人は、避けるべき事態だ。

「仕込みじゃない！」

渡辺博登《わたなべひろと》は、激昂《げきこう》してスマートフォンの画面を叩いた。

この「ミステリキャプテン」とかいうバカみたいな名前のクソ野郎のエアリプは、それでもまだ許せる。みんなが、編集者を庇うのが分からない。アカウントが非公開になった時、せいせいしたみたいに言ってたのに。もっと冷たかったのに。

どん、と壁が叩かれた。壁が薄いので、少し大きい声を出すとこうして抗議される。

「すいません」

隣に住んでいるのは、七十を超えてそうなじいさんだ。それでも反射的にびくりとしてしまう。相手だってテレビを見てゲラゲラ笑っていたりするのに、自分が謝ってしまう。情けなかった。自分の気の弱さが、博登には本当に惨めだった。

脅迫状を出した時も、そうだった。あの時は、フローリングに硬いものを落とした。何度も壁を叩かれ、謝った。安い部屋に住み、安い給料で暮らすことは、心底惨めなことだと、博登には思えた。

暗い気分でスマートフォンを操作していたら、あの編集者の動画が流れてきた。動画は容量《ギガ》を食うので再生しないのだが、その時はたまたま指が当たり再生してしまったのだ。

彼は読者をバカにしていた。少なくとも、自分にはそう感じられた。派手な色の頭にも、劣等感を刺激された。きっと、東京で楽しく過ごしているに違いない。自分のようにおどおどせず、給料もいっぱいもらって、彼女だっているのだ。

そう思うといてもたってもいられなくなり、博登は脅迫状を送り付けてやることにした。郵便なら足跡を辿れないだろうことは、年賀状の仕分けのバイトをした経験から想像がついた。

効果は抜群だった。あの編集者は徐々に参り始めた。面白くて、バイトを増やしてお金を用意し、深夜バスであちこち移動しては手紙を出した。編集者は遂に逆ギレ動画をアップした挙げ句、鍵をかけた。初めは驚いたが、タイムラインはその話題で持ちきりになり、しびれるような幸せを感じた。——それなのに、今は違う。

タイムラインを更新する。何度も、何度も更新する。更新し続ける。最近、家にいるときはずっとこうだ。格安ＳＩＭの容量は厳しいが、それでもやめられない。

流れが、変わり始めた。脅迫はひどいとか脅迫は仕込みだとかいう話から、小説の話へと移行し始めているのだ。柊木玲の新作の出来がとてもいいらしく、それについて話し始めているのだ。

博登は、眺めているだけだった。ずっとそうだった。学校でも、会社でも。息を潜めながら、ただ眺めているだけだった。あの時の自分に、また戻ってしまうのだろうか。

その新作の小説を読んでみる。そう長くはない。一人の作家が、スランプから立ち直る話だ。本筋はよく書けている、どころじゃない。傑作だ。柊木玲は、「論理」を求められることへの迷いが作品に出ていた。信緑社から出した本のように、やりたいようにやり過ぎて読者を置いてきぼりにすることもあった。そういった試行錯誤を全て飲み込んだ上で、作品の世界を広げることに成功している。しかし、問題は他にある。

「――何だよこれ」

作品に、羅刹幻馬というキャラクターが登場するのだ。「芥川に謝れ！」と連呼する、とても間抜けなキャラだ。博登の脅迫状を踏まえたものであることは、明らかだった。タイムラインでは笑い物にされ、「幻馬様」などと茶化され始めている。

博登は反論しようとする。しかし、何と言うべきか思いつかない。自分が、自分のやったことがこんな形で認識されるのは耐えられない。どうしたら、どうしたらいいのか――そこで、突然異常が発生した。SNSに繋がらなくなったのだ。何度操作してもタイムラインは更新されず、マッチングアプリの広告が表示された状態で停止する。

「なんでだよ」

アプリを立ち上げ直す。スマートフォンを再起動する。それでも駄目だ。

「なんで、なんで」

頭の中がぐるぐるする。更新中に表示される青い円のように、ぐるぐる、ぐるぐる。

「なんで！」

ひっくり返った、泣き声のようなものが出た。すかさず壁が殴られた。奇声を上げながら壁を蹴り返す。すると、相手は殴ってこなくなった。しかし、それはどうでもいい。

――格安ＳＩＭに回線障害が起こっていると、彼は気づかなかった。彼にもう少し金銭的余裕があって、固定回線を引いていたら、問題なかっただろう。彼にもう少し冷静さが残っていて、近所のコンビニのWi-Fiを拾うことに思いが至れば、何とかなったかもしれない。

しかし彼にはどちらもなく、それ故に第三の道を選んだ。

始めたきっかけと同じく、終わらせるきっかけもまた、ほんの偶然の積み重ねだった。

「まさか、あんな形でカーテンコールに引っ張り出すとは思いませんでしたよ」

「善玉を配役《キャスティング》すると言った覚えはない」

本棚から本を抜きつつ、京輔は答えた。

犯人は、地方在住の会社員だった。玉置との接点はなく、全くの他人であった。自首だった。夜中に、突然一人で警察署にやってきたのだ。動機については「たまたま動画を見て、腹が立った」という供述を得られたとのことだ。

報道で、連行される犯人の姿を見た。その表情は、どこか晴れやかだった。

彼のスマートフォンは押収され、ＳＮＳアカウントなども明らかになった。『いやいや、本当にあったかもしれないよ。動画ひどかったし』と犯人は投稿していた。虚言だろう、という説に対して反論していたのだ。確か、見た覚えがある気がする。

「最後のきっかけは、この時あった通信障害らしいです」

そういう供述もあったそうだ。大手キャリアの設備の機器交換時に不具合が起こり、彼の契約していた格安ＳＩＭ回線も影響を蒙《こうむ》ったらしい。世間の話題はそちらに持って行かれ、彼の自首は話題にならなかった。物悲しい結末だった。

「ふん。やはりスマートフォンはあてにならんな」

得意げに京輔が言う。

「基本的には役立ちます。ともあれ、見事な解決でしたね」

叡太郎がそう言うと、京輔は小さく首を横に振る。

「俺がやったのはラカンの援用に過ぎん。最も貢献したのは、柊木玲だろう」

京輔は、彼に小説を書くよう言った。犯人から大文字の他者を奪い去るような、名作をと。そして柊木玲は、京輔の要望を超えるほどの作品を書き上げた。

「柊木玲の、あるいは現代小説の傑作の一つに数えられることだろう」

京輔の言葉には叡太郎も同意である。初めて読んだ時は、本当に感動したものだ。

「すごいですよね。なんであんなことできるんだろう」

「『天才とは、芸術に規則を与える才能』だと、ドイツの哲学者であるイマニュエル・カントは定義した」

次々に本を抜き取りながら、京輔は話す。

「小説、発想、感情。それら一つ一つの要素、個々でも芸術たり得るものをまとめ上げ、更に上の段階へと持ち上げる。そういう才能なのだ」

「なるほど」

何だか分かる気がする。普通に見ていたら普通に見えるだけのもの、そういうものに宝石の光を見つけ出し、輝かせる。それが彼のような創作者の力なのだろう。

「その分、玉置さんは何だか可哀想でしたけど」

彼は出版社を辞めた。京輔の励ましが柊木玲に名作を書かせたことが、決め手だったらしい。編集者の自分がなすべき仕事を京輔が果たしたことで、決心したと言っていた。

今後のことは、のんびり考えるそうだ。社長の鶴の一声で、しっかりした額の退職金が出たらしい。ゆっくりと次の道を探してほしいとのことだ。叡太郎も同じ気持ちである。

「今回の事件でも、色々と考えさせられた」

本を抜く手を止め、京輔が言った。

「色々な所にいる様々な人間が、一つのプラットフォームでやり取りする。互いの投稿を、ほどよい距離感で楽しむ。ＳＮＳとは、そういう緩やかな場所であるはずだ。しかし、実際にはまったく別の何かに変わり果ててしまっている」

「そうですね」

「犯人のような人間は、いくらでもいるだろう。不満を溜め込み、やり場もないままに、日々を過ごしている。そういう人々と、犯人との境界線は、さほど太いものではない」

京輔は、叡太郎の方を向いてくる。

「ＳＮＳはそういう人々の背中を、悪い方向に向けて押しかねない。誹謗中傷を行う。いいねを集めようと狂奔する。他人の投稿の裏にある意図を推し量りすぎて、心のバランスを崩す。そんな危ういものを利用するよう、現代人は半ば強要されている」

一旦言葉を切ると、京輔は歩き始める。考え込みながら、叡太郎も後ろに続く。

「俺は問いかけたかった。ネット上では、負の感情以外は生み出せないのか？　となデスクまで歩き、京輔は本の山を置く。そして椅子に座り、鉛筆片手に読書を始める。

「内心捜査顧問って何だろうと思わないでもなかったんですが、凄いなあと思いました」

そのデスクの端に軽く腰掛けながら、叡太郎は言う。おべんちゃらではない。本心だ。

「下手したら迷宮入りしかねない謎を解いて、お見事です」

叡太郎の言葉に、京輔は読書を続けながら答えた。

「俺は解いているのではない。問うているのだ」

第二章　落合詩朗

真理を探究するには、
生涯に一度はすべてのことについて、
できるかぎり疑うべきである。

ルネ・デカルト『哲学原理』

がっ、とん。父は、ワイパーをゆっくりかける。雨が強くても、ゆっくりかける。がっ、とん。雨の日のフロントガラスが好きだ。雨粒が少しずつ溜まって、それぞれに大きくなって。隣の雨粒と合体したり、上から別の雨粒が流れてきて押し流されたり。がっ、とん。そういう積み重ねでできていく雨粒の模様が、ワイパーで流される。流される度に飛び散って、また新しい模様へと変化する。最初の内は小さい雨粒、そしてだんだん大きくなる。ただの一度だって、同じ模様はない。ワイパーが動く度に、雨粒たちの世界は生まれ変わる。ワイパーが動くその合間に、無数の物語が繰り広げられる。

しかし、今日は一等席——助手席でそれを楽しむことはできなかった。

「雨の日は、色々思い出しますね」

母が口を開いた。ほんの少しずつ語尾を伸ばすような話し方。苦手な時の母だ。この声の時の母は、他人を怒らせようとする。父によると、自分だけが怒っているのがいやだからそうするらしい。

「何をだ。俺は特に何もないが」

父が答える。ざらざらとした、何かを押し込めたような声だ。苦手な時の父だ。母によると、怒っているのに自分では怒ってないと思いこんでいるらしい。

「そうですか？　そんなはずはないと思いますけれど」

「言いたいことがあるならはっきり言えばいい」

がっ、とん。ワイパーが動けば、雨粒たちの世界が新しくなる。しかしこちらの世界は、何も変わらない。

「言いました。『色々思い出しますね』と。それがわたしの言いたいことです」

「お前は本当に変わらないな」

がっ、とん。何度ワイパーが動いても、世界は新しくなってはくれない。

母はきっと、十一年前の九月十七日のことを言っているのだろう。夜中仕事に行くことになった父と、母との間で喧嘩になった。言い争いはどんどん激しくなり、離婚の話まで出た。母は怒るといつもこの時のことを持ち出す。一番最近あったのは、今年の一月二十二日だ。

鞄の中には本がある。何度も何度も読んだ本だ。それを手に取れば、逃げ込める。しかし、あいにく今は夜だ。車の中は暗くて、本は読めない。

母の様子が普通だったら、考え事をしていただろう。考え事も好きだ。好きなこと、好きじゃないこと、不思議なこと、怖いこと。その時々で気になっていることを、「道を歩くような感じ」で考えるのだ。

道を歩くから、途中で逸《そ》れたりする。行き先が分からなくなることもあるし、元々何について考えていたのか忘れたりもする。しかし、同じ所でぐるぐる回ることはない。考えれば考えるほど、どこかへ行ける。それが前なのか後ろなのか、空なのか地面の中なのか、未来なのか過去なのかは分からないけれど、面白い。少なくとも、どこかへ行ける。

――しかし、今は無理だ。こういう時の考え事は、ただつらいだけだ。

「貴方もお変わりないですよ。びっくりさせられるほど」

母の声が、道の地面をぬかるませ。

「何に驚く必要がある」

父の声が、行く先に霧を立ちこめさせる。

代わりに、運転席の座席カバーを見つめる。沢山の線からなる、絨毯《じゅうたん》みたいな模様だ。その線の数を数える。上から下まで数えて、今度は右から左まで数える。一本、二本、三本。何度数えても同じだ。四本、五本、六本。同じだからやる。雨粒を見ていたら、我を忘れてしまうように。線を数えていたら、自分に閉じこもることができる。

「あら、お分かりでいらっしゃるくせに」

「分からない。分からないな」

言葉は聞こえてくる。言っている意味も分かる。しかし、心が苦しくなってはいない。

「何が言いたいんだ、景子《けいこ》」

父が声を少し荒らげる。でも大丈夫。怖いけれど、大丈夫。まだ涙は出ていない。

ぐっ、と。シートベルトが身体に食い込む。父が、急ブレーキを踏んだのだ。そっと身体を動かして前を見ると、信号が赤だった。バックミラー越しに父に見つかる前に、さっと引っ込む。父は、喧嘩をしているところを見られるのが好きじゃない。

「荒い運転ですね」

母が、聞こえるか聞こえないかくらいの、でも絶対に聞こえるくらいの声で呟く。それに対して、父は舌打ちをした。

「舌打ちはやめてくださいっていったでしょう」

舌打ちの音が消える寸前くらいのタイミングで、母が少しだけ早口で言う。父は何も言わない。車の中が静かになる。がっ、とん。ワイパーの音が、気まずそうに響く。

信号が青に変わった。父は車を発進させる。

「どう言えば納得するんだ」

同時にまた話し出す。残り少ないマヨネーズを絞る時のような、ぎゅうっとした声。

「何のことですか？　わたし全然分かりません」

母はそう答える。

「嘘をつけ」

父は怒鳴った。声が歪み、空気が震える。

怒鳴り声を浴びせられた母は、黙っていた。こうなると、母はしばらく何も話さない。家事もする。掃除もする。電話にも出る。しかし、父の言葉にだけは決して反応しない。まるで聞こえないかのように、父などそこにいないかのように振る舞う。

「――うっ」

小さな声で、父が呻いた。聞き間違いかと思ったが、そうではなかった。

ふらふらと、車が左右に振れる。父が、ハンドルを上手く操れないのだ。スピードも上がる一方である。アクセルから足を外すことも、できないらしい。

「これ、は」

父の声は苦しそうだ。

ハンドルはどんどん乱れる。スピードはどんどん上がる。

「――どうしました？」

遂に母が口を開く。

父はもう、何も答えなかった。ハンドルに突っ伏したまま、身じろぎもしない。

母が父の腕にすがるようにして引っ張る。しかし動かない。動かせない。

「ちょっと、あなた」

眩しい光が車に飛び込んできた。響くクラクション、そして衝撃――


今日は非番である。よって叡太郎は、一日中ごろごろしていた。

枕元に置いてあるスマートフォンに手を伸ばして、ブラウザを立ち上げる。ブラウザのホームにはニュースフィードが流れるようになっていて、主要なヘッドラインを追える。

「関越道、復旧にはなお時間」。そんな記事がトップに来た。関越自動車道の所沢練馬間が事故で一昨日から通行止めになっているのだが、まだ解除できていないらしい。

大事である。高速道路の通行止めは、三時間以内に解除するのが基本だ。重要なインフラである高速道路を三時間以上止めれば、大きな社会的責任が生じるからである。主要な高速道路が何日にもわたり通行止めになるのは、トンネル崩落事故以来かもしれない。

フィードから提供元の新聞社サイトに飛び、記事を読む。化学薬品を積んだトラックが事故を起こし、大規模な爆発が発生した。道路の安全や、薬品の健康への影響の確認に時間がかかっており、復旧の見通しは立っていない。折悪《おりあ》しく雨が降っているのも作業を遅延させている。大体そんなところだった。これは大変そうだ。

こんな大事故にもかかわらず、警察官たる叡太郎が部屋でゴロゴロしながら「大変そうだ」などと他人事のように言っているのはなぜか。それは、事故現場が所沢市内、つまり埼玉での事件だからだ。東京担当の警視庁に所属する叡太郎に、出る幕はない。

などと考えていると、通話がかかってきた。相手は——椎名警務部長だ。

「はい、もしもし」

叡太郎は速やかに応答した。同時に、ベッドから起き上がる。

『どうも、椎名です』

深みのある声が、スマートフォンから流れ出してきた。椎名良三。警視庁警務部長の要職にある人物だ。新米警察官の叡太郎からすれば、雲の上の存在である。

『実はねえ、仕事が嫌になってね。退職して地元に帰ってアスパラガス農家でもやろうかなと思って。——うそうそ』

「いや、またまた」

雲の上から軽妙というか軽率なジョークが降ってきた。

雲から落ちてくるものといえば雷であり、そちらと比べると遥かにましだと言えるが、これはこれで反応しづらい。

『というか、非番だよね。ゆっくりしているところ申し訳ない』

叡太郎が返事に窮しているうちに、話は先へと進む。

『ちょっと行きたいところがあるんだけど、車の運転をお願いしたくてね』


「久々だなあ」

辺りを見回す椎名は、パナマ帽にスーツの上着というファッションに身を包んでいた。現代日本の警察官というよりは、禁酒法時代アメリカのマフィアみたいな格好である。

「どう？　マフィアみたいで決まってるでしょ」

叡太郎の視線に気づいた椎名が、悪戯っぽく笑う。

「あ、いえ。いや、確かにナントカファミリー感ありますね」

叡太郎は口ごもった。たとえば組織犯罪対策部の暴力団対策課（かつて「四課」と呼ばれた部署だ）には、どっちがヤクザか分からないような風貌のコワモテが揃うものだが、警務部長が反社会的組織風のコーディネートをするのはいかがなものか。

「いいね。『断れない提案をしてやるさ』」

何かの物真似をしながら、椎名が表情を決める。

「知らない？　ゴッドファーザー。『I'm gonna make him an offer he can't refuse』」

続いてもごもご言いながら叡太郎の肩に手を回してくる。これも物真似の一環らしい。

「今度観てみます。サブスクにあるでしょうか」

ジェネレーションギャップへの正しい対応を、叡太郎はこなす。

「どうだろ。定番の名作だからあるんじゃないかなあ」

そう言うと、椎名は叡太郎の肩から手を外した。そして、再び周囲に視線を向ける。

「しかし久々だよ。かつては僕もここによく来たものさ」

感慨深げな口調だ。

「そうなんですね」

彼にならって、叡太郎もその視線の先を――廃校の校庭を眺める。

鶯の声がした。初めて来た時より随分と上達している。ホー、のパートがしっかり溜まるようになったのだ。続くホケキョ、も美しく響いている。

「そうなんだよ」

叡太郎の言葉に、椎名はにやりと笑う。

「何しろ、彼の最初の『相棒』は僕だったからね」

「久しぶりだな、ここを訪れるとは」

椅子をぐるりと回転させて、この廃校の主《あるじ》たる備前京輔はこちらに向き直った。

「ちょっと色々あってね。これから話すよ。しかし、また本増えてない？」

苦笑交じりに椎名が指摘すると、京輔はうむと頷いた。

「読むべき本は多い。デカルトは『良書を読むことは、著者である過去の世紀の一流の人びとと親しく語り合うようなもの』『そこにかれらの思想の最上のものが顔を見せる』と言った」

京輔は、自分の周囲の本棚を見やる。

「『他の世紀の人人と語り合うのは旅をするのとほとんど同じである』ともな。語り合うべき相手も、旅すべき場所も未だ多いのだ」

そう言って、京輔は椅子の背もたれに身体を預けた。京輔の頭の高さまである背もたれは、ゆらりとロッキングして彼の身体を支える。

「椅子買ったんですね」

その椅子——真新しいゲーミングチェアを見ながら、叡太郎は言った。これまで座っていたキャスター付きのＯＡチェアは、彼の傍《かたわ》らで本置きとしての新生活を始めている。

「ああ。この前見かけたものだ。実に良い。読書がよりはかどる」

そんなことを言う京輔は、どこか嬉しそうだ。

「柊木玲の家にあった椅子も良かったが、訊ねてみたところアンティークものらしくてな。譲ると言ってくれたが、さすがに遠慮した。——ああ、そうだ。座るといい」

ＯＡチェアから本をどけると、京輔は椅子を椎名に向かって押した。

「おや、ありがとう。じゃ、失礼するね」

椅子を受け止めると、わざわざ叡太郎にことわりながら椎名は腰を下ろす。

「実はね、顧問とそのサポート担当にお願いしたい件があるんだ」

椎名はそう切り出した。

「ほう」

京輔が椅子の肘掛けに体重を乗せる。興味を示したような雰囲気だ。

「二人には、埼玉に行ってほしい」

雲の上から青天の霹靂《へきれき》が降ってきた。

「埼玉ですか」

青天なのに雲は出ているのかという話だが、そこはいい。まさか、本当に事故現場へ派遣されるというのか。赤色灯閃《ひらめ》く事故現場で、宇宙服のような化学防護服を身に着けて、哲学問答を繰り広げる。そんな自分たちの姿を想像し、叡太郎は強い不安に駆られる。

「埼玉か」

一方、京輔は動じた様子もない。あるいは、哲学的思索に沈潜するあまり世の中で何が起こっているのか知らないのかもしれない。

「関越道の話、知ってるかい？」

同じようなことを考えたのか、椎名が訊ねる。

「勿論だ。事故による通行止めの件だな」

京輔は堂々と答えた。

「俺は全ての全国紙と首都圏の地方紙に毎日目を通している。そのくらいは把握済みだ」

昔の就活生の勉強法のようだ。いやまあ現代の就活生にも有益だろうが、ともかく哲学の学徒にも必要なことなのだろうか。

「話が早い。実はあの裏で、もう一つ警察には厄介な事故ないし事件が起こったんだ」

やや含みを持たせる言い方で、椎名は話し始めた。

「高速道路の事故現場に程近い下道で、軽自動車と大型のＳＵＶが正面衝突した。軽自動車の方がハンドル操作を誤って、対向車線に飛び出したんだ。軽自動車は大破して、運転していた男性とそのご夫人が亡くなられた」

「痛ましい事故ですね」

叡太郎は、言った。軽自動車はどうしても耐久性に劣る。一方大型のＳＵＶというのは、乗用車としてはトップクラスに大柄で重量のあるジープのような車種だ。スピードの出方やブレーキをかけたかなどにもよるが、ひとたまりもなかったのではないだろうか。

「ＳＵＶの方に死者や重傷者はいなかった。不幸中の幸い、と言いたいところだけど、そうもいかない。妊婦が乗っていたんだ」

椎名の表情は、沈痛なものだ。

「ショックで破水してしまってね。何とか搬送は間に合ったが、超未熟児での出産になったそうだ。今も母子ともに予断を許さない状況らしい」

「悲劇的な事故だな」

京輔が感想を漏らす。

「それが丁度、例の事故の起こったタイミングでね。同じ所轄内での事故で、署にも混乱があった。かろうじて救急車は間に合ったけれど、警察の到着は遅れてしまった」

気が重くなる。起こり得ることなのだ。未曾有《みぞう》の事故が発生したからといって、その他の事故が遠慮するなどということはない。不幸は重なり得るものだ。しかも際限なく。

「ここまでなら、顧問にご足労願うことはない。しかし、事情は大変に入り組んでいる」

そこで言葉を切り、椎名は少し間を空けてから続けた。

「軽自動車側の運転手はね——警察《うち》のOBだったんだ」

叡太郎は息を呑む。なるほど、それはただ事ではない。

「落合静夫《おちあいしずお》さん、と仰る方だ。愛知県警の捜査二課長時代に、大きな詐欺事件のホシを挙げられてね。それからも、長く現場派のキャリアとして活躍なさった方だ」

「そういう人物の起こした事故で、初動対応が遅れた。芳しくない反応が予想されるな」

京輔が、淡々と分析を口にする。叡太郎も同意見である。

もう、随分と前のことだ。社会的地位の高い仕事に就いていた高齢者による自動車事故が、世を騒がせた。様々な噂が囁《ささや》かれ、警察には疑いの目が向けられた。

その時事故を起こしたのは、元検察官や元エリート官僚といった類の肩書の持ち主だった。それでも大騒ぎになったのだ。警察OBとなると、更なる混乱が生じ得る。

「しかも、ただの事故ではない。現場検証はどうにか進んでいるが、『ハンドル操作の誤り』が尋常のものではなかった。他の車のドライブレコーダー等にも記録されているが、加速しながら大きく蛇行し、対向車線に飛び出していた」

「飲酒か」

京輔が訊ねる。叡太郎も同じことを考えた。もしそうなら、強い批判は免れられない。

「法医解剖の適用になりましたか？」

叡太郎は質問した。交通事故死は、直ちにいわゆる司法解剖が行われるわけでもない。事故による損傷と死因の因果関係がはっきりしない場合、車両を用いた自殺が疑われる場合、複数の乗員が車外に放り出され運転者が特定できない場合など、大分限定的なのだ。

「適用された。運転中の突然死が疑われたからね。飲酒かどうかについていうと、アルコールや精神状態に影響を及ぼす薬物などは検出されなかった」

「では急病か」

「そこが分からない。死因は出血性ショックで、運転中の突然死ではないことがはっきりした。しかし、何が事故に繋がる危険運転を引き起こしたのかは判明していないんだ」

確かに、いくらでも考えられる。病気であれば、まだ弁解の余地はある。それ以外だと問題である。居眠り運転や、ながら運転だったら深刻だ。

「かかりつけ医のカルテ等はないのか。場合によっては、そこから推測ができるだろう」

「医者がお嫌いな方でね。退官されてからは、定期健診の類からも足が遠のいていたそうだ。ドライブレコーダーもつけてらっしゃらなかったから、車内の様子も分からない」

「原因は不明、ということか」

「ああ。そしてそれでは、世間の厳しい視線への答えにはならない」

椎名が小さく溜め息をついた。その言わんとするところは分かる。「原因は不明」や「調査中」とでも発表しようものなら、たとえ事実であっても受け入れられることはないだろう。報道でもインターネット上でも非難囂々《ごうごう》に違いない。

「今回の件について、報道機関は既に嗅ぎつけている。僕なんぞのところにまで取材のアポが来始めててね。だから変装して出てきたというわけさ」

——警察幹部ともなれば、ジャーナリストとの関係が生まれる。新聞や週刊誌等の記事で「捜査関係者は声をひそめる」などと書かれているのは、要するにそういうことだ。

無論、聞かれたら何でもかんでも声をひそめて喋るわけではない。組織としての利害や自身の損得、省庁間のパワーバランスなど様々な要素を考慮して、流せる情報や流すべき情報、あるいは流したい情報を適宜流すのである。無論報道側もその意を汲《く》みつつ、可能な限り詳しい話を聞き出そうと手練手管の限りを尽くす。

「でも、ちょっと決めすぎたかもしれないね。格好良すぎてかえって目立ってたかも」

しかし、椎名を見ているとそういう取材の現場の丁々発止感とは無縁であるように思える。だからこそ、逃げてきたのかもしれないが。

「未だに何かあると、その昔のマフィアみたいな格好をするんだな」

京輔は、少し呆れているようにも見える。

「似合うでしょ？　断れない申し出を――」

「マーロン・ブランドの真似はいい」

「I'm gonna make him an――」

「原語バージョンも不要だ」

物凄い勢いでボールが行き交う。卓球の世界戦みたいな会話である。

「一つだけ、手がかりがあるんだ。君たちには、その手がかりを探ってほしい」

ラリーを切り上げると、改めて椎名が本筋の話を始めた。

「面白い」

京輔の瞳が光る。単に興味を持ったというより、もっと貪欲で積極的《アグレッシブ》な雰囲気だ。

「軽自動車に乗っていたのは、三人。落合《おちあい》さんと、奥様の景子さん。そして、お子さんの詩朗《しろう》くんだ。詩朗くんは奇跡的に一命を取り留め、近くの病院に入院中だ」

重要なポイントだ。そう感じた叡太郎はメモ帳を取り出し、メモを取り始めた。

「後遺症の心配等はいらないらしい。意識もはっきりしている。ただ――」

そこまで話してから、椎名は言い澱む。

「――ただ、何というかな。詩朗くんは、知らない人間と上手く話せないらしくてね。事故の状況について聞きたくとも、中々進まないらしい」

「事故のショックで、ですか？」

叡太郎は訊ねた。十分にあり得ることだ。突然の事故、父母の死。察するに余りある。

「いや。そうかもしれないが、それだけの話でもないんだ」

椎名は首を横に振った。しばし言葉を選ぶように黙ってから、改めて話を始める。

「元々、意思疎通に困難を抱えているらしい。家族以外とは会話もままならないそうだ」

その口ぶりも、内容も重い。

「専門家によるカウンセリングは、既に始まっている。ただ、話した通り、この件は大変複雑な事情をはらんでいる。民間のカウンセラーなり臨床心理士なりに、その繊細な部分をお願いするわけにはいかないんだ」

「俺も民間人だが」

「意地悪を言わないでくれ。――僕はね、こういう状況らしいと聞いた時に、君たちが適任だと閃いたんだ。そこで、少々職分は逸脱するけれども君たちを推薦したわけだ」

「直観したというのか」

椎名の言葉に、京輔は目を細める。

「そうとも言えるけど、僕なりに合理的な根拠だってある。こういう問題、通常の我々警察の能力では対処が困難な事態にこそ、君は活躍してきた。僕はそれをよく知っている」

そう言って、椎名は京輔を見つめた。一方京輔は押し黙る。考え込んでいる様子だ。

「感覚論と経験論の合わせ技か。よし、引き受けよう」

やがて、京輔はそう答えた。

「ありがとう」

安堵したのだろう、椎名は相好を崩す。

「埼玉県警の本部長とは親しくてね。僕の名前を出したらスムーズに話が進むよ」

「そこまで根回しをした上で、頼みに来ていたか。相変わらず食えないやつだ」

ふんと鼻を鳴らしてから、京輔は鋭い視線を椎名に向けた。

「仮に事実を聞き出せたとして、それを曲げたり粉飾したりする手伝いは御免蒙る」

おお、と叡太郎は感心させられる。さすが哲学の学徒だけあって、嘘とか虚偽とかそういうものは断固として遠ざけ節度を保つらしい。

「そちらのいざこざに巻き込まれた挙げ句関係者と目され、取材攻勢を浴びたりしてはたまったものではない。ゆっくり本も読めない」

かと思いきや、何だかちょっと違う感じだった。保ちたいものは読書の時間だったらしい。それはそれで、実のところ少々疑問も生じるのだが――

「勿論さ。分かったことを、ありのままに教えてくれ。僕が責任を持って引き受けるよ。これから具体的に話を詰めていくのだけど――ああ、そうそう。その前に」

椎名が、叡太郎の方を見てくる。

「耳に入れておいた方がいいとは思うから、言っておくよ」

「はい」

何の気なしに返事をし、次の瞬間叡太郎は言葉を失うことになった。

「落合さんはね、君のお父上の同期でいらっしゃるんだよ」

病院の食事は、残さず食べている。食べ物を残すのは、怖い。母に、凄く怒られたことを思い出すからだ。

母は、怒鳴ったり叩いたりはしない。ただ、ずっと責めてくる。時々思い出したように、あるいはいつまでも忘れずに。謝っても許してくれず、泣けば「何を泣いているの？」と驚く素振りを見せる。まるで、自分は責めていませんよとでも言うかのように。

だから、食べた。体調が悪くても、食べた。苦手な食べ物ばかり出されても、食べた。褒められはしないけれど、食べた。ゼロがマイナスにならないように、食べた。

その習慣が、今も残っている。看護師さんには、えらいと褒められる。すぐに元気になれますよ、と励まされる。反応の仕方が分からないので、下を向いて頷いている。

看護師さんが食器を下げてくれた後は、本を開く。本の中では、美味しそうな食べ物が沢山出てくる。岩バト、海ガメのごちそう、塩漬けにした鮭。どんな味がするんだろう。想像する。でもあまり上手くできない。

そもそも、美味しいということはどういうことなのだろう。食事は栄養を取るための作業だ。そこに、なぜ美味しい美味しくないという基準が必要なのだろうか。

そういう楽しみがないと、みんなご飯を食べたがらないとか？　いや、それも変だ。人間は猿から進化した、っていう話だ。そしてそれは、自然にそうなったっていう話だ。楽しい楽しくないっていうのを誰かが決めているわけじゃないのに、「必要なことを楽しくしよう」ということになるものだろうか。

考えてみると、「楽しい」という感覚自体が不思議だ。何の意味があるのだろう。大抵の人は、遊んでいる時が楽しい。でも、みんな遊びは二の次にしている。父はいつも仕事をしていた。祖母はいつも家事をしていた。二人とも遊んでいなかった。

なぜ、しなくてもいいことが楽しいのか。無駄ではないのか。進化っていうものが、物事がうまくいくように変化していくことなら、人間は全然進化できてなくないか――

――気がつくと、部屋の中が随分とオレンジ色になっていた。色々考えているうちに、随分と時間が経ったらしい。考え事をしていたり、雨粒を見ていたりすると大体こうだ。過去も未来もなくなり、何かをしている「今」がずっと続いているような感じ。

病室は一人部屋で、他の入院患者もいない。しかし、一人っきりではいられない。人がくる。定期的にやってくる。お医者さん、看護師さん、そしてカウンセラーさん。知らない人ばかりくる。知らない人は苦手だ。みんな色々と聞いてくる。聞かれるのも苦手だ。何を答えればいいか、分からない。無理に答えれば、みんな変な顔をする。

本を開く。逃げ込めるのは本の中だけだ。何度も読んだ本だけど、だからこそ安心する。そこにあるのは、予測通りの世界だ。よく知っていることが、知っている通りに進んでいく世界だ。突然想像もしなかったことが起こって、どうすればいいか分からない状況に放り込まれたりしない、安心できる世界なのだ――


関越道の通行止めは、深刻な影響を交通にもたらしていた。

「西多摩に行くのも普段より結構時間がかかったんですけど、これはますますですね」

県境に関所でもできたのか、というような混み方をしている。東京に入る車も東京から出る車も、平等に立ち往生している。

「出る前にトイレ行っておいて正解でしたね。大丈夫ですか？」

「今のところは問題ない」

叡太郎の問いに、京輔は端的に答えた。今日もまた、助手席で本を読んでいる。

表紙には、麦わら帽子のようなものを被り眼鏡をかけたおじいさんの写真がフィーチャーされている。木々の葉に囲まれながら、何かを見上げる横顔を捉えたものだ。おじいさんはにっこりと嬉しそうに微笑んでいて、実に満足げに見える。

タイトルは「庭仕事の愉しみ」。見るからに引退《リタイア》して悠々自適の日々を送る喜びを綴った本のようである。社会に出たばかりの新人《ルーキー》である叡太郎には他人事極まりない内容のはずだが、しかし叡太郎はその本が気になって仕方がなかった。なぜかというと、本の著者がヘルマン・ヘッセなのだ。

そう、ヘルマン・ヘッセである。偉大で重くて暗い作家の代表格みたいなヘッセである。

そのヘッセが、車輪ではなく穏やかな陽光か何かの下でにこにこ庭仕事をしている様子なのだ。

一体これはどういうことなのだろう。ヘッセは「車輪の下」と「デミアン」くらいしか読んだことがないし、人柄や私生活もよく知らないのだが、実は代表作の作風とは異なり家庭菜園でトマトを収穫したりしてのどかに暮らしていたのだろうか。それとも表紙は一種の詐欺のようなもので、結局鬱々とした内省と苦悩が浴びせかけられるのだろうか。

などと考えていると、車列が少し動いた。ブレーキから足を外し、クリープ現象だけで前進させる。動き方を見る限り、前の車もその前の車も、みんな同じようにしている。

「ラジオとかかけようかな。邪魔ですかね?」

もう一度、叡太郎は京輔に話しかけてみた。

「構わん」

相変わらず、京輔の返事は極端にシンプルだ。会話は続かず、車内に沈黙が訪れる。スマートフォンを取り出したくなる誘惑を、叡太郎は感じた。このくらいぴたっと止まる渋滞なら、多少スマートフォンを触っても法には触れないはずだ。

しかしサポートを任されたからには、もう少し顧問殿と会話をすべきな気もする。椎名がやっていたようなラリーは無理でも、キャッチボールくらいはした方が——

「質問がある」

出し抜けに、京輔が口を開いた。

「はい？」

叡太郎は、ぎょっとしつつ返事をする。

「合略《ごうりゃく》仮名や、それに類する文字をメモに使っていた。現代において、使われるのは〼《ます》くらいだ。大変珍しい。なぜそうするようになったのだ」

「えー、と――ああ。あれですか」

ゟ《より》とかヿ《コト》の話をしているのだろう。そう言えば前回の脅迫事件を捜査している時、京輔の前でメモを取ったはずだ。

「昔の小説とか文豪の全集とか読んでると、出てくるんですよ。手紙とか、メモとか本への書き入れとかで。何か便利だなーと思って、真似してるんです。なんちゃってですけど」

〆《シテ》とかん《なり》なんてものもある。しばしば注釈も何もなく自明のものとして出てくるので、最初は「こんな高価な全集で誤植が！」と大いに狼狽えたものだ。

「なるほど。読書する人間だというのが伝わってくるな」

京輔はふむと頷く。納得がいったらしい。

「ではお前の番だ」

そして、そんなことを言ってきた。

「へ？」

叡太郎はまたしても当惑させられた。

「対話とは双方向的に行うものだ。俺の質問が一つ終わったのだから、次はお前の番だ」

京輔がちらりと、あるいはぎろりとこちらを見て言った。

「な、なるほど」

キャッチボールだ卓球だとたとえてきたが、全く違う形に変化しつつある。将棋みたいな対話である。先手7六歩。後手3四歩。そんなノリだ。

「ええと」

叡太郎は考え込む。京輔なんて言ってみれば謎の塊のような存在であるわけだが、いざ具体的に質問するとなると中々思いつかない。

「そうですねえ」

しかし、本当に将棋のようである。自分の手番で長考していると、何だか急かされているような気持ちになってくる。『五十秒』。『一、二、三』――

「あれだ！　備前さん、何で捜査に協力されてるんですか？　哲学の邪魔でしょ？」

実際、不思議に思っていることである。思索の場としてわざわざ廃校を買い上げるほどに哲学の考究に身を捧げているのだ。警察への協力など、煩《わずら》わしい俗事ではないのか。

「問いを深めるためだ」

再び「へ？」と返しかけて、さすがにこれは失礼かと抑える。

「これだけでは返答として不足だな。補足しよう。デカルトを引くのが適当だろうな」

どうやら話が続きそうなので、黙って傾聴する。

「若き日のデカルトは、イエズス会が運営するラ・フレーシュ学院という学校に入学する。

そこで、読書と学問に打ち込んだ」

「イエズス会って、あのイエズス会ですか？」

黙って聞くつもりが、つい聞き返してしまった。哲学の話に、突如として信長《のぶなが》やら秀吉《ひでよし》やらが軍勢を率いて乱入してきたような感じである。

「うむ。フランシスコ・ザビエルが、志を同じくする仲間たちと立ち上げた修道会だ。デカルトがラ・フレーシュ学院に入学したのは一六〇六年。関ヶ原の戦いの六年後だ」

関ヶ原ということは、時代的には信長よりも家康《いえやす》だろうか。無論家康とデカルトには同じ時期に地球上で生きていた以上の繋がりはないが、少しは理解しやすく感じられる。

「デカルトは学院を卒業し、フランス最古の大学の一つであるポワティエ大学へと進学した。そして大学を卒業すると、読書をやめ旅に出た。『わたし自身のうちに、あるいは世界という大きな書物のうちに見つかるかもしれない学問』を探究する。そんな志を立ててだ」

「世界という、大きな書物」

叡太郎は感心した。さすが、偉大な哲学者は表現力が冴えている。

「『旅をし、あちこちの宮廷や軍隊を見、気質や身分の異なる様々な人たちと交わり』、『さまざまの経験を積み、運命の巡り合わせる機会をとらえて自分に試煉を課す』。それを目的に、見聞を広め、己の学問を深めたのだ」

京輔が、前を見る。前にあるのは自動車であり、その前にあるのもその前の前にあるのも自動車だが、彼の視線が向けられているのがそこではないことは明白だった。

「デカルトがそう志してから四世紀の歳月が流れた。世界は四世紀分の歴史を積み、人類は四世紀分の思索を重ねた。デカルトのように『もう読書は十分だ』と言い放つことはできない。読むべき本はいくらでもあり、知るべきことは限りなくある」

彼が見据《す》えているのは、もっと遠く。目では捉えられないところにある、何かだろう。

「一方で、世界の全てが書物に記されているわけではないという事実に変わりはない。書斎から一歩も出ることなく、現実の世界をあまさず捉えきることはかなわない」

「それで、警察に協力を？」

「ああ。ふとした切っ掛けで伝手《つて》ができたので、活用している。事件とは、言ってみれば社会の尖端だ。今という時代が散らした火花とでもいうべき存在だ。それについて直に見聞きすることは、問いを深めることに有益だと考えている。『哲学者は問題が発生している場所に潜り込み、その場所を自らの場所として、そこから語り出すべきではないか』。大阪大学学長を務めた哲学者、鷲田《わしだ》清一《きよかず》はそう提起している」

あくまで、自分の探究のためということらしい。その在り方が、叡太郎の心を揺らす。

羨ましい、と表現するにはひりついた手触りの感情である。その感情が、問うてくる。

――お前は、何のために今こうしている？

「さて、次は俺の番だな」

自分の内で響く問いに気を取られる叡太郎に、外から新たな問いが投げかけられる。

「お前の父というのは、現警察庁長官の鷺島勇《いさむ》なのか」

油断しているところに飛んでくるものとしては、あまりに強烈な何かだった。

「うわあ、よく分かりましたね」

聞かれて然るべきだった。狼狽える方が筋違いだ。

――父は、このことを？

何しろ先ほど、叡太郎は椎名にこんな質問をしたのだ。

――事故については勿論ご存じだ。しかし、指示は頂いていない。僕の独断だよ。

そして、椎名からそんな返答をされているのだ。気にするな、と言う方がおかしい。

「警察庁長官に、子供がいる。何もおかしいことはない。その子供が、同じ警察官を志す。何も禁じられてはいない。だが、現実には滅多にないことだ。だから興味が湧いた」

興味本位で聞かないでほしい。とはいえ、そんなことを言える筋合いもない。

「山田《やまだ》とか小川《おがわ》とかだったら、素知らぬ顔でいられたかもなんですけどね。なまじ目立つ名字だから、他人の振りもできないんですよね」

代わりに、あははと笑い飛ばす。対処には慣れている。様々な場面で、何度も何度も聞かれてきたことだからだ。何なら言い回しも同じである。その時々で、引き合いに出されるのが佐藤《さとう》になったり山本《やまもと》になったりする程度の違いしかない。

「鷺島勇といえば、その剛腕で知られる人物だ。新法制定や法改正の度に、他省庁との縄張り争いで成果を上げた。警察内部の綱紀粛正《こうきしゅくせい》に大鉈《なた》を振るったことでも名高いな」

「名高いのか、悪名高いのか」

それだけ敵を作るし、恨みも買う。当人には公的にも私的にも一切落ち度がないため、家族一同何者かに身辺を洗われることもしばしばである。

「優れた官僚であることは論を俟《ま》たないと思うが。——なるほどな。興味深い話だった」

納得したように、京輔がそう言った。

次はまた自分の番か、何を聞けばいいのか。そう思った叡太郎だったが、対話は終わりらしかった。京輔は『庭仕事の愉しみ』を開き、再びヘッセとやり取りし始めた。

前の車が少しだけ動き、ブレーキから足を外す。クリープ現象で車は進む。ゆっくりとだが、しかし確実に埼玉へと向かって進む。

自分と京輔の関係に、今後クリープ現象程度でも進展はあるのだろうか。そんなことを、考える。

自分の人生は、今後クリープ現象程度でも前進するのだろうか。そんなことも、思う。

「埼玉というと、『ダサい』と揶揄《やゆ》するイメージがすっかり広まりつつある。しかし、実際のところはこのように素晴らしい建築物もあるではないか」

目の前の建物を見上げながら、京輔が言った。

「まあ、半分ネタみたいなものですしね。あれは」

一緒になって、建物——総合病院を見上げる。

総合病院というと、コンクリートの箱をずどんと置いたようなな武骨なつくりをイメージしてしまいがちだが、この病院は全く異なる。棟と棟を空中の渡り廊下で繋いでいたり、花壇に花が咲き乱れていたりと、素敵な外見をしている。

辺りは、すっかり日が暮れていた。まず県警に顔を出し、担当の刑事たちに挨拶をした。名字に怯まれ、「東京もんがなにしに来やがった」の丁寧版みたいな対応をされつつ情報交換をして、病院に到着したらもうこんな時間になってしまっていた。

「では行くとするか」

すたすた歩き出す京輔は、前よりもややオフィスカジュアルに寄せた服装になっている。襟付きのシャツが様になっている。叡太郎は普段通りスーツだ。

「お見舞いか何かに見えるでしょうかね」

叡太郎は、初歩的な軽口を投げてみる。

「保険会社の担当者や製薬会社の営業と思われるかもな」

にこりともせず、京輔はそう返してきた。


「こちらです」

詩朗を担当しているという看護師さんに案内され、二人は病室までやって来た。ネームプレートは、「落合詩朗」と書かれたものだけがある。一人部屋らしい。

「患者さんは、会話に困難を抱えていらっしゃるご様子なので」

看護師さんが、釘を刺すかの如き口調で言ってきた。

「ああ」

京輔は、いつも通りの無愛想な返事をよこした。看護師さんの表情が厳しくを通り越して険しくなり、扉の前に立ち塞がるようなポジショニングを取る。

「そのように伺っております。我々も、お気持ちに最大限配慮するよう心がけます」

叡太郎は慌ててフォローした。看護師さんは、不承不承《ふしょうぶしょう》といった様子で身を引く。

「何かあったらナースコールを押して頂ければ」

むしろすぐ押せというニュアンスてんこ盛りでそういうと、看護師さんは扉を開けた。

「警視庁捜査顧問の備前だ。邪魔するぞ」

そのニュアンスを気にしていないのか、それとも気づいていないのか、京輔は遠慮なくずかずか病室へと入っていく。

「失礼します」

慌てて叡太郎も続く。背中に刺さる看護師さんの視線が痛い。

「警視庁の鷺島です」

自己紹介しつつ、ベッドの上の男性を見る。瞬間、叡太郎は少なからず意表を突かれた。

そう、男性なのだ。年の頃は、叡太郎と同じくらいかあるいは少し上かもしれない。

男性は患者衣に身を包んでいる。その体形はふくよかだ。顔も首も肉付きがよい。

上体を起こし、俯くという姿勢でいる。細い目は叡太郎たちの方に向かず、ベッドの上に固定されたままだ。頭に巻かれた包帯や、頬に貼られたガーゼが痛々しい。

椎名の話から、叡太郎は小学生か中学生くらいの子供をイメージしていた。しかし、事故でこの世を去った落合静夫さんが父の同期であれば、叡太郎と年が近くても全くおかしくはない。知らず知らずの内に、何かの先入観を通して見ていたようだ。

京輔はというと、ベッドから距離を取り、じっと詩朗を観察している。

「――初めまして」

このままでは、初手から膠着《こうちゃく》してしまう。やむを得ず、叡太郎は場を主導した。

「この度は、大変な事故に遭われまして、心よりお見舞い申し上げます」

我ながら警察官らしからぬ、社交辞令そのものの切り出し方である。それこそ保険会社の社員のようだ。

一方、詩朗は反応しない。表情一つ変えず、身じろぎ一つしない。

「事故についてお話を伺いたいのです。もし話しづらいようでしたら、構いませんので」

言葉を重ねるが、やはり反応はない。叡太郎の声が、一切聞こえていないかのようだ。

無表情も、表情の一つである。自分はこの場では表情を表さないという選択、自分はこの状況では表情を表したくないという意思、そういうものの表れなのだ。

しかし彼に関しては、そういう非言語的《ノンバーバル》なコミュニケーションの技法とはまた趣を異にしているように感じられた。

ちらり、と京輔の方を振り返る。京輔は、仏頂面で詩朗を眺めていた。無神経に「事故の状況を話せ。すぐにだ」などと言い出さないだけましとも言えるが、あまりに非協力的なのも困る。

どうしたものかと弱り果てつつ、叡太郎は詩朗に視線を戻した。

詩朗は、相変わらずベッドの上に目を落としている。その視線の先には、一冊の本があった。判型は新書ほど。書題は『十五少年漂流記』。

「――お疲れのところ、失礼しました。また改めて伺います」

叡太郎は引き上げることにした。

詩朗の両手の爪先が白くなり、小刻みに震えていることに気づいたのだ。力いっぱい、本を握りしめているのである。おそらくは内心で激しい緊張なり不安なりに襲われていて、本を握りしめることでどうにか耐えているのだ。

京輔の目を見て、小さく首を横に振ってみせる。意図は伝わったのか、京輔はくるりと背を向けた。病室の扉を開け、外へ出て行く。

「お邪魔致しました」

頭を下げると、叡太郎は京輔に続いた。詩朗は、結局一度も口を開かなかった。

「談話室に行くぞ」

病室から出るや否や、京輔はすたすた歩き出す。そこで作戦会議ということらしい。

談話室は、廊下を少し行ったところにあった。小綺麗で、落ち着きのある空間である。おそらくは、色合いや広さなどまで計算されたつくりになっているのだろう。その甲斐あってか、談話室は賑わっていた。何組もの患者と見舞客とが、楽しそうに話している。

運の良いことに、四人がけのテーブルが一つ空いていたので、二人は差し向かいで座る。

「いやあ、これはちょっと大変そうですね」

偽らざる本音が、口をついて出た。どうすればいいのか、正直見当もつかない。

「うむ」

京輔は、腕を組んで頷く。

「っていうか、備前さんももう少し手伝ってくださいよ」

叡太郎は不満を述べた。手をこまねいて見ているばかりだったではないか。

「初対面の相手に対しては、お前の方がずっと人当たりがよく親しみを感じさせることができる。俺が喋りかけるよりも適切だと判断したので、観察に徹していた」

京輔が腕を組んだまま言う。

「ひどいなあ。いいように使って――」

文句を言いかけ、叡太郎は目をぱちくりさせた。今のは、叡太郎を褒めたのだろうか？

「もう一度情報を整理したい。椎名に聞かされた話をメモしていただろう」

戸惑う叡太郎だが、京輔は構わず話を先に進めていく。

「ああ、はい」

叡太郎は、京輔にメモ帳を差し出した。受け取った京輔は、手早く目を通し始める。

叡太郎も、メモについておさらいをする。一応書き記したが、大体頭の中に入っている。むしろ、頭の中に入れるための作業の一環として、メモがあるとも言える。

兄弟姉妹も、身近な親類もいない。両親の家に同居中。高校卒業後就職するが、すぐに心身の調子を崩して退職。以後長い期間を経て、最近は就労移行支援を受けている。

「天涯孤独の身となるかもしれんのだな」

京輔が言った。メモ帳を閉じて、叡太郎に差し出してくる。

「そうですね。――ますます、やりにくいです」

受け取りつつ、叡太郎は溜息を漏らす。

彼にとって、とても深刻な事態である。だというのに、自分たちは組織の保身のために話を聞き出そうとやってきたわけだ。それはあまりに利己的ではないだろうか――

「すいません、お取り込み中失礼します！」

いきなり、そんな声が叡太郎たちのテーブルに飛び込んできた。

「はい？」

叡太郎は、声のした方を向く。

「こんにちはっ」

そこには、スーツ姿の若い女性がいた。小柄で、髪はぴしっとそり上げたツーブロック。ぱっと見は少年のようだ。くりくりとした瞳と、活発さが弾けるような笑みを湛えた口元が、そんな印象をより強める。

強いインパクトをもたらすのが、背負っているリュックだ。体に比してえらく大きく、彼女がリュックを背負っているのかリュックが彼女を抱えているのかという感じである。

「ちょっとお伺いしたいのですが！」

女性が何か言う度に、それまでの沈鬱な雰囲気が強制的に朗らかになっていく。黄昏時だというのに、また東から朝日が昇ってきたかのようだ。

「あ、申し遅れました。わたくしこういう者です！」

特に何か変わったことをしているわけではない。ひとえに、彼女の纏う空気の賜物である。明るさの馬力というか、そういうものが桁違いなのだ。

「これはどうもご丁寧に」

駆動する快活さにすっかり飲まれ、叡太郎は名刺を受け取った。祐洋社《ゆうよう》、週刊祐洋編集部、記者、小松原聖菜《こまつばらせいな》。携帯番号、メールアドレス。

しまった、と後悔しても遅い。受け取ったのではない。まんまと受け取らされたのだ。

「ああ、祐洋さん」

こいつは厄介だ、という内心を隠しもせず声に出して、防壁を張り巡らせる。次善の策である。これ以上の接近は防ぐのだ。

「祐洋選書は読み応えのある本を出しているな。先月出していた、儒学のテキストについての平易な解説書など出色だった」

次の瞬間、京輔はそんな叡太郎の工夫を無効化してきた。

「『門前の小僧、習わぬ四書五経を読む』ですよね？　あれ好評なんですよ。担当編集と仲良いんで、今度伝えておきますね」

リュックの女性――聖菜は、するするっと京輔の隣に座り、テーブルの上にぼすんとリュックを置いた。いとも容易く防壁が突破された形である。

「それでですね、お伺いしたいのですが」

聖菜は、えいやっとリュックの中からノートPCを取り出した。A4サイズのものなのだろうが、彼女が小柄なこともありやたらと大きく見える。若干だまし絵のようである。

「お二人、警察の方ですよね？　めっちゃイケメンコンビでいい感じです」

ノートPCを開くと、聖菜はそう訊ねてきた。

「まずはこちらの方！　いいですね、ちょっとミステリアスで知的で。ひげがワイルドだけど、野性的じゃないって素敵なバランス！」

指で長方形を作り、片目をつぶり覗く。そんなやや古風な仕草で、聖菜は京輔を見る。

「こちらもです。もう絵に描いたような爽やかイケメン。おひげの男性は文化系だけど、反対に結構体育会系感もありますね。二人で補い合ってる感、素晴らしいです！」

指のファインダーの向こうに、つぶらな瞳が見える。つい釣り込まれそうになり、はっと叡太郎は我に返る。ヨイショを受け流し、この場を何とかやり過ごさねばならない――

「外見の評価は知らんが、警察関係者であるのは事実だ」

次の瞬間、京輔はそんな叡太郎の思案を無効化してきた。

「やっぱり！　そうですよね。――あ、そうだ。何か飲むもの買ってきますね」

聖菜はばばっと立ち上がり、談話室の隅にある自動販売機へとぱたぱた駆けて行く。

「おほん。小松原さん、ですか」

叡太郎は咳払いをすると、低く威圧的な声を作る。ここいらで一線を引いておかねば。

「お気遣いなく。我々は――」

「頂戴しよう」

「備前さん！」

低めに作った声が、すぐさま裏返る。

「警察の人間が、マスメディアの関係者から奢られるのはいかがなものかと思います」

「俺は捜査顧問だが、民間人だ。記者から饗応《きょうおう》を受けても何の問題もない。お前は飲まなければいい」

叡太郎の抗議にも、京輔はどこ吹く風だ。

「捜査顧問！　そんなのがあるんですね」

聖菜が、ペットボトルのお茶を三本抱えて戻ってきた。耳聡《みみざと》く会話を聞きつけている。

「どーぞどーぞ」

どうぞというよりもどーぞな発音で、聖菜はペットボトルを二人の前に置いた。

「それについてもお伺いしたいのですが、まずはですね」

そして、自分の席――そう、完全に「自分の席」を確保しているのだ――に戻り、ぱちぱちとタイピングを始める。基本の指の位置《ホームポジション》を崩さず、最小限の動きで入力していく。

「先ほど、落合詩朗さんの病室から出てこられたじゃないですか。県警さんの方では、あの事故についてどうお考えなんですか」

「それは知らん。俺たちは埼玉県警の人間ではないからな」

「ほほう、それではどちらから」

「警視庁だ。警務部長の指示でやってきた」

「おおう、なるほど」

コミカルな相槌を打ちながら、聖菜はノートPCのキーも打つ。

――まずい。叡太郎の頭の中で警報が鳴る。この記者は、元気活気無邪気が身上の人畜無害キャラではない。受ける印象よりも、ずっとしたたかだ。

「俺からも質問があるのだが」

京輔が、そう訊ねる。

「はいはい、どうぞ」

ノートPCを閉じると、聖菜が笑顔で京輔を見返した。愛嬌はあるが媚びはない、良い笑顔だ。それだけに、油断ならない。

「そちらはどこまで摑んでいる。我々も情報が不足していてな。県警からの協力も十分なものとはいえず、何かと苦慮しているのだ」

「ええと、そうですね」

ノートPCを開くこともなく、聖菜は考える素振りをした。

「たとえば――あ」

出し抜けに椅子から立つと、スマートフォン片手に二人に背を向ける。

「もしもし？　今病院の談話室で――ありゃりゃ、分かりました。すぐに戻ります」

大袈裟な身振り付きで何やら喋る。

「デスクから呼び出しかかっちゃいまして。編集部に戻らないといけなくなりました」

戻らないと、と言う頃には聖菜の身支度は済んでいた。ノートＰＣはリュックにしまわれ、リュックは聖菜に背負われる。

「何かありましたら、名刺の番号なりアドレスなりにお願いします。それではまた！」

ペットボトルを持ってびしっと会釈すると、聖菜はひゅんと談話室を出て行った。

「やれやれ、慌ただしいことだ。記者とは大変なものだな」

京輔は、感心したようにそう言った。ペットボトルを開けると、呑気に口を付ける。

「大変なのは備前さんですよ。すっかりしてやられましたね」

「どういうことだ」

怪訝そうに、京輔が聞いてくる。

「一方的に、手持ちの情報を提供させられただけで終わったんですよ」

仕方ないので、叡太郎は今のやり取りについて解説することにした。

「おそらくあの記者さんは、この件に関わっている所轄の刑事や警官を既に把握してます。その上で病室に張り込み、見覚えのない二人組が来たので早速探りを入れてきたんですよ」

京輔の様子が、徐々に変化していく。

「『県警さん』ってよく考えると何か変な言い方でしょ。あれはカマをかけたんです。そして自分たちがどこまで摑んでるかは知られたくないので、さっさと退散したわけですね。『デスクからの呼び出し』とか、本当にあったのかも怪しいもんです」

「バカな」

京輔は、愕然とした呟きを漏らした。

「警視庁と県警の連携不足みたいなのは、まあとっくに承知済みでしょうからいいですけど。『警務部長の指示』って言っちゃったのは大変まずいです」

何らかの大きな問題がある、と伝えてしまったようなものである。『警視庁が、密かに人員を埼玉に送り込んでいる』『当誌記者は、「捜査顧問」なる人物との接触に成功した』。いくらでも記事の文章が思い浮かぶ。

「――ドイツの哲学者ユルゲン・ハーバーマスは、マスメディアを『政治的公共圏の役割を担うもの』として位置づけた。政治的公共圏とは、市民と政治とが理想的なコミュニケーション状況を築く場を言う」

京輔が、くわっと目を見開く。彼にしては珍しいほどはっきりした表情だ。

「マスメディアは各々の視点から諸問題について議論し、また議論に必要な情報を提供する。市民はそれらの議論や情報を参考に自らの考えを組み立て、合意を形成していくのだ。術策を弄し無辜《むこ》の市民を出し抜くとは、その理念に真っ向から反する所行ではないか」

まあ道義的にはそうなのかもしれない。しかし道理的に考えると、報道に関わる者にひたすら直球だけで取材を進めろと強いるのは酷な話ともいえる。そもそも彼女は、取材対象への礼儀は保っていた。少しばかり、功利的な駆け引きを行っただけのことだ。

「というか、怒る時も先人の言葉を引用するんですね」

叡太郎は妙なところに感心してしまった。ここまで徹底しているのも立派である。

「当然だ。哲学には、自然科学における物理法則の如き便利な物差しは存在しない。哲学が拠り所とするのは、積み重ねて来られた膨大な思索の記録《アーカイブ》だ。巨人の肩の上に巨人が乗り、その肩車を繰り返した天辺から我々は世界を見ているのだ」

酸性中性アルカリ性や$E=mc^2$の代わりに、デカルトやらニーチェやらが引っ張り出されるということらしい。

「あの記者め。許し難い。次に会った時には覚えておれよ」

京輔が呻く。

「次以降は僕を挟んでやり取りしてくださいね。『正々堂々議論し、問題点を明らかにする』とか考えないようにお願いします」

叡太郎は釘を刺しておいた。これ以上の失点は許されない。週刊祐洋は週刊誌トップクラスの大砲として知られる。既に砲弾は装塡されてしまった。せめて発射は防がねば。

「しかし、備前さんもお手上げなんですね。直観で解決できないんですか？」

叡太郎は、ペットボトルの蓋を開けた。当人もいなくなったし、どうしようが同じだ。

「直観というのは、神秘的な手法ではない」

京輔が、首を横に振る。

「形而上的な存在――神やら守護霊やらの導きで答えに辿り着くわけではない。あくまで、意識的に推理なり論理の組み立てなりをせずに、物事の本質を摑む行いなのだ」

「それはそれで、超自然的な気もしますけど」

疑問の残る説明だ。頭の中で考えずに、考える。そう言っているように聞こえる。

「そういう思考を我々が行っていると、科学的な実験で示唆されている。人間の思考は幾層も存在し、我々の『意識』はそれらが生んだ成果を汲み上げているのだ」

話しながら運転するようなものだろうか、と叡太郎は考える。

ハンドルを切る、ブレーキを踏む。会話しながら運転する際、そういう作業をいちいち意識して行っているわけではない。頭の中で考えているのは、話す内容の方だ。

だからといって、手や足が勝手に判断してそれぞれの操作を行っているわけでもない。最終的に指示を出しているのは脳であるはずだ。近いことが、「思考」においても起こっている。そう考えると、さほどの違和感はない。

「何となくイメージできました。では、備前さんの直観の油田を掘り当てるにはどうすればいいですか?」

「材料だ。思考の層がいくらあっても、検討すべき対象がなければどうにもならん」

「なるほど。それで、対話形式で向こうの情報を聞き出そうとしたのですね」

京輔には京輔なりに、狙いというものがあったらしい。

「その通りだ。俺は互酬《ギブアンドテイク》の原則に基づき、自分から相手の望むものを提供した。しかし、俺の誠意にあの売文業者めは利己的な背信でもって報いてきた。断じて許せぬ」

京輔が、大仰な言い回しを駆使して怒りを表す。

「まずは、どうにかして詩朗さんと信頼関係を構築するしかないでしょうね。今日はどこかで宿を取りましょうか。東京と往復してたら、時間ばかりかかっちゃいますし」

「ああ。今回の件、必ずや解決してみせる。そして、吠え面かかせてやるのだ」

何だかよく分からない方向で、京輔が燃え上がっている。

「モチベーションが高いのはいいですけど、ほどほどでお願いしますね」

叡太郎は、詩朗のことを思い出す。彼の白くなった爪の先を、思い出す。その張り詰めた緊張を、いかに解きほぐすか。今のところ、答えは見つからなかった。

消灯の時間が来れば、部屋は真っ暗だ。本も読めず、やることと言えば考え事だ。しかし、今日はそういうわけにもいかなかった。知らない人たちが来て、沢山話しかけてきた。緊張したし、怖かった。今も気持ちが乱れるばかりで、全然落ち着かない。

一人は、若い男性だった。爽やかな笑顔、穏やかな物腰。年は近いだろう。一目でいい人なのだろうと分かったし、正直憧れてしまう。しかし、返事をしないでいると出て行ってしまった。喋ることのできない、おかしいやつだと思われてしまったのだろうか。

もう一人は、ひげを生やした男性だった。黙って、こちらを見ていた。何を考えているかは、分からなかった。そもそも、人の気持ちをちゃんと理解できたことがないけれど。警察だ、と言っていた。警察は怖い。父は、警察の人と話をする時いつも怖かった。電話で相手を怒鳴ることもあったし、夜中に飛び起きてぴりぴりした様子で家を飛び出すことも何度もあった。

——父も母もいない、らしい。いなくなってしまった、らしい。そのことは、未だに受け止められずにいる。そこに新しい何かが増え続けて、何も分からなくなる。

どうしてみんな、落ち着いていられるのだろう。みんなも自分ほどではないにせよ、色々なことが分からないらしい。新しい病気が流行ったり、災害が起こったり。景気が悪くなったり、戦争が始まったり。世界では色々よくないことが起こるけれど、どうしてそうなったのかははっきりしなかったり、人それぞれ意見が違っていたりする。つまり分からないということだ。だけれど、分からないことに対してそこまで怖がっていないらしい。

考えないようにする、というなら分かる。しかし、そうではないはずだ。たとえば父は色々なことを考えていた。色々なことが悪くなっているとも言っていた。それでも落ち着いていた。分からないことを考えていても、落ち着く手段があったということだ。

それはどんなものなのだろう。どうやれば、分からないことを恐れずに済むのだろう？『十五少年漂流記』の内容を思い出す。本に出てくるみんなも、何が何だか分からない状況に置かれてしまう。しかし、彼らは恐れない。恐れずに、立ち向かう。

どうしてそんなことができるのか。これは分かる。彼らには、仲間がいるからだ。お互いに助け合い、力を合わせて、乗り切ることができるからだ。助けてくれる大人たちも、途中からやってくる。力を貸してくれて、悪いやつと戦ってもくれる。

だとしたら、自分にはどうしようもない。仲間なんていない。助けてくれる人もいない。一人ぼっちではどうにもできない。怖いことを、ただ怖がるしかない。

本にも、一人ぼっちの人が出てくる。フランソワ・ボードアンがそうだ。

彼もきっと、怖かったはずだ。

最期まで、ずっと一人ぼっちだったのだから。

翌日のことである。

「あまり長時間なのは、患者様のお体にもさわりますので。もうすぐ検温ですし」

朝一でやってきた二人に、看護師さんは昨日よりも厳しい態度で臨んできた。

「検温とは、定期的に患者の体温を計測することをいうのだろう。なぜ俺たちが所用を打ち切る必要があるのだ。さほど手間のかかることだとも思えないが」

京輔がすっとぼけた質問を真面目に繰り出す。

「分かりました。その際はお声掛けください。すぐ出ますので」

叡太郎は速やかに動いた。病室の扉を開けて京輔を引きずり込み、すぐ閉める。

「今のは、『あんまりしつこいと検温を理由に追い出すぞ』という意味です」

不満も露わに何かを言おうとする京輔に、唇の前で指を立ててみせて黙らせる。

「おはようございます」

そして詩朗に向き直ると、叡太郎は挨拶をした。

詩朗は、昨日と同じ姿勢でベッドの上にいた。こちらの方を見ようとしないところも、表情に変化がないところも、全く一緒だ。

「お具合はいかがですか？」

ベッドに歩み寄りながら、注意深く観察する。手元には、やはり力が入っていた。なまじ大袈裟な動きがない分、より切迫した何かを感じる。

「『十五少年漂流記』、お好きなんですね」

叡太郎は、慎重に声をかけた。

「最近、読み返したんです」

昨日の夜のことだ。宿泊したホテルで、叡太郎は『十五少年漂流記』を読んだ。書店に寄れなかったので、国立国会図書館が蔵書をオンラインで公開している「国立国会図書館デジタルコレクション」で探した。すると、児童書の老舗である岩崎書店から刊行されたものが見つかった。詩朗の本と同じものらしかったので、読んでみたのだ。

題名通り、無人島に流された十五人の少年の物語である。少年たちは、力を合わせてサバイバル生活を送るのだが、その描写にはリアリティが感じられた。人間関係で生じる軋《あつ》轢《れき》であるとか、冬の厳しさであるとか、そういうものも丁寧に描写され、一方で物語にダイナミズムもある。筆者はSF小説界のゴッドファーザーであるジュール・ベルヌなのだが、さすがの力量だと言えた。古典として読み継がれるのも納得である。

子供の頃に面白く読んだ記憶はあったが、大人になってから読むと驚くような場面もあった。物語の終盤、子供たちは同じく島に流れ着いてきた悪党の一団に襲撃されるのだが、銃火器や大砲で武装して悪党を撃ち倒してしまう（はっきりと殺した旨書かれている）。また、少年の中には黒人の子供が一人いるのだが、彼は様々な場面で活躍するにもかかわらず、大統領《リーダー》を選出するための選挙において投票権がない。言葉遣いも一人だけ丁寧だ。しかも、そのことがしごく当たり前に書かれているのである。

色々と興味深い読書体験だったが、一つ強く感じたことがあった。これはやはり、子供がワクワクして読むものではないだろうか。子供向けだから、価値が劣るなどということは決してない。ただ、この物語を本当に楽しめるのは、やはり子供ではないだろうか。

「面白かったですね」

とはいえ、それについては黙っておく。シンプルに、ただ感想を伝えてみる。

「皆で協力して住居を作るんですよね。洞穴を色々改造して。ええと、なんだったかな――」

「フレンチ・デン」

突然、詩朗が口を開いた。初めて聞く彼の声は、想像よりも太く張りがあった。

「フレンチ・デン。元々フランス人の漂流者が住んでいた洞穴だから、フランス人の洞穴《フレンチ・デン》」

俯いたまま、詩朗は言葉を続ける。

「船からかまどを持ってくる。煙突を出すために、穴を開ける」

京輔の流暢さにも似ているが、もっと速い。抑揚があまりなく、テンポも一定だ。

「それからフレンチ・デンの拡張工事が始まる。バクスターは器用だから、入り口を広げてから『スラウギ号』のドアと鍵を取り付ける」

ただただ、速い。

「第二の洞穴が見つかる。見つかるきっかけは物音。実は犬のファンが——」

怒濤《どとう》の勢いで、詩朗は喋る。よほど一生懸命なのか、耳まで真っ赤になっている。

困り果てた叡太郎は、そっと京輔の方を振り返った。京輔は小さく頷いてくる。どういう意味の頷きなのか分からないが、まだ続けさせろということらしい。

「フランソワ・ボードアン」

そう言うなり、詩朗は黙り込んだ。

「フランソワ・ボードアンがいて」

少ししてから、また繰り返す。

「ええと、登場人物ですよね？」

その名前は、記憶にあった。京輔の真似をしてあれこれメモを取りながら読んだのだが、その甲斐あってか色々と思い出せる。

「フランソワ――」

もう一度何か言おうとして、そして詩朗は果たせなかった。むせ始めたのだ。咳は、中々治まらなかった。急に沢山喋ったため、反動が来てしまったのかもしれない。

「検温です」

ずばーんと病室の扉が開き、腕組みをし仁王立ちする看護師さんが姿を現した。


ほぼ追い出される形で病室を後にすると、二人は談話室へ移動した。

談話室は、昨日と打って変わって空いていた。点滴のスタンドをお供に従えたおじいさんが一人、椅子に座ってうつらうつらしているくらいだ。

「実を言うと、『十五少年漂流記』は未読だ」

そんな京輔の言葉は、叡太郎にとって少なからず驚きだった。あれだけ沢山本があるのだから、少年少女文学全集的なのも全巻通して読んでいるのだろうと思っていた。

「内容知らないんなら、何言ってるかよく分からなかったんじゃないですか」

詩朗の話は、お世辞にも未読者に対して親切ではなかった。説明や前置きが欠落しているし、自分が何を言いたいのかというポイントさえ不明瞭だった。

「ああ。確かに、話の内容は分からなかった。しかし、そこは問題ではない。ああいう話し方をしたということが、重要なのだ」

京輔の表情からは、若干の手応えがあったことが窺える。

「千葉雅也《ちばまさや》という哲学者は、ああいう話し方を『享楽的こだわり』と表現する。享楽とは、快楽と同義と考えて良い。聞き手に理解を求めるのは二の次で、話すことそれ自体に楽しさや快感があるということだ」

「好きなものの話」になると、早口になり語り続ける。オタクの言動の定番的描写だが、そういう行動をも哲学者は突き詰めて考えるらしい。

「落合詩朗は極めて明晰な思考能力を持っているということが分かった。話していることは一貫しているし、その整理も大変速い。お前があまりよく覚えていない様子だったから、彼なりに補足を試みたが、暴走してしまったのだろう。なまじ整理能力が速いので、一旦勢いがついてしまうと止まれないに違いない」

「なるほど」

納得がいく。彼の話は、少年たちが住居を改築する場面に限定されていたはずだ。

「そんな彼をして立ち止まらしめたのが、『フランソワ・ボードアン』だ。よほど重要な存在なのだろうな。一体何者だ？」

京輔が、力のこもった眼差しで叡太郎を見てくる。

「ええと、ですね」

もしかしたら、京輔の期待にフランソワ・ボードアンは応えられないかもしれない。

「子供たちよりもずっと前に、島に流れ着いた船員です。登場時にはもう死んでます」

いわゆる、ちょい役なのだ。

「何か、役割を果たしたりはしないのか」

京輔が、肩透かしを食らった様子を見せる。

「地図を作って遺したりはしてますし、彼の住んでた洞穴を改築して子供たちは住むことになりますけれど、それぐらいじゃないかなあ」

登場した頃には既に骨になっていて、子供たちにお墓を作ってもらったりはする。だが、直接物語に登場して関わることはない。どちらかというと、舞台装置に近い存在だろう。

「メッセージだったりするんですかね」

言えないことを隠していて、暗号として伝えたとは考えられないだろうか。

「今のところ思いつかない。そもそも、彼はそういう謎解きゲームめいた行動を取るような人間なのかが問われるところだ。TPO的にも疑わしい」

京輔の言うことはもっともだ。現実的な話として、人間は咄嗟にそういう小細工ができるものではない。詩朗なら尚更だろう。

また、仮にそういう手段が用いられるなら、用いられるにあたっての必然性というものがあるはずだ。しかし、その存在は感じられない。まさか、あの看護師さんが国家権力なり何なりの走狗《スパイ》で、真実を口にすると詩朗が消されてしまうなんてこともあるまい。

「実際の謎は、真実への道筋が理不尽に断たれている。必要なのは、アクロバティックに点と点を結ぶことではない。どうすれば繋げられるのかと問い続ける、地道さなのだ」

京輔が言った。

「繋げようがなかったりもしますけどね」

そんな呟きが、叡太郎の口から零れ落ちた。

「ニヒリズムに堕するべきではない」

静かに、しかしはっきりと。京輔は叡太郎をたしなめてきた。

「虚無主義《ニヒリズム》とは、要するに諦めだ。何をやっても一緒だ、何をやっても無駄だとあらゆる努力を放棄し、『現実を見る』というもっともらしい言い訳にすがって逃げることだ」

何か言おうとして、叡太郎は口を閉ざす。何も言えないからだ。

「『虚無主義の立場を踏まえつつも、現実を乗り越える』という考え方もある。しかし、この考え方で生きるには、それこそ『超人的な意志の強さ』が必要となる。普通の人間は、現実に価値があると見なした上で、一つ一つ物事に取り組むべきだろう」

「すいません」

叡太郎は謝った。しかし、京輔は首を横に振る。その目が真っ直ぐ、叡太郎に向く。

「謝罪を要求しているのではない。問い続けることに協力してほしいと言っている」

思わず、目を逸らしてしまう。

「現実とは見るものではない。向き合うもの、そして立ち向かうものだ」

「――はい」

俯いてそう返事するのが、精一杯だった。

やってしまった。あんなに一方的に喋って！　聞かれたことにもろくに答えないで！　きっと、おかしなやつと思われただろう。変なやつだと嫌われただろう。

本の話はしない、と固く決めていた。最初にこの本の感想を両親に話した時に、全然伝わらなかったあの日から、そう決めていた。だけどつい、してしまった。

どうして自分はこうなのだろう。どうしてこういう風にしか話せないのだろう。

どうして、考えていることを考えている通りに言葉にできないのだろう？


ビジネスホテルの一室に、叡太郎は戻ってきた。昨日から連泊している部屋だ。

あの後、叡太郎たちは再び地元の警察を訪れた。だが、めぼしい情報は得られなかった。

司法解剖を担当した大学病院も訪れてみたが、結果は同じだった。

その過程で分かったこともある。初めは縄張り意識で情報が隠されているのかとも考えていたのだが、どうも違っていた。埼玉県警も、詳しい情報が摑めていないらしいのだ。

考えられることではあった。落合一家が住んでいるのは埼玉だ。しかし、亡くなった落合静夫自身に埼玉県警との繫がりはあまりない。

キャリア警察官とは、日本中のあちこちへと赴任する仕事である。静夫と同期である叡太郎の父を例に取れば、四十何歳だかで徳島県警本部長として四国に行った。それを二年務めると大阪府警刑事部長となって関西に移り、翌年には警察庁組織犯罪対策部企画分析課長に任命され東京へと転勤した。

これは、規模の小さいところの本部長や大規模なところの部長級を歴任し、そして警察庁に戻り——というしばしば見られる「出世コース」である。静夫は現場派だったということで、また違うキャリアを歩んでいるが、あちこちへ赴任していることに違いはなかった。そして、埼玉には退官後に移り住んだだけで、さしたる繋がりはなかった。

詩朗は、子供の頃どうしていたのだろうか。そんなことを考える。

叡太郎は父の転勤に逐一ついていかず、山梨の実家に預けられていた。山梨でも甲府のような都市部ではなく、山奥だった。実を言うと叡太郎は山育ちなのだ。祖父母は養蚕《ようさん》を営んでおり、手伝わされたものだ。沢山の蚕《かいこ》が葉を食べるしゃくしゃくという音は、今でもありありと思い出せる。

彼と叡太郎は、立場が似ている。どういう風に過ごしていたのか、聞いてみたい——

「——うーん」

靴を脱ぐと、叡太郎はベッドに寝転がった。思考がまとまらない。蚕だ詩朗の子供時代だと、関係ないところにすぐ飛んでしまう。一日動き回って疲れたというのもあるが、大きい理由は他にある。談話室での京輔とのやり取りだ。

きつく言われてへこんだ、というのは少し違う。そこまで叡太郎は感受性豊かでもない。

何だかんだ面の皮は厚いところがあると自認している。

――「現実を見る」というもっともらしい言い訳にすがって逃げることだ。

ぐさりとくる言葉が、あったのだ。たとえ面の皮が厚くとも、心の柔らかい部分に何かが刺されば、それなりに動揺する。

「現実、なあ」

節目節目で、叡太郎はそれを盾にしてきたように思う。何かと妥協するために、何かを諦めるために、何かに納得するために、「現実」を振りかざしてきたと思う。

――問い続けることに協力してほしいと言っている。

別の言葉も、脳裏に蘇ってくる。協力。先ほどとは違う何かを、心に残す言葉だ。

協力。協力にも色々ある。叡太郎が運転したり、捜査対象との折衝《せっしょう》を行ったりするのも協力だ。大学病院での事情聴取など、警視庁の警官がいきなり来たことで警戒された上に、京輔があの調子で余計に話がややこしくなって大変だった。

それらの場面でも叡太郎は頑張った。しかしおそらく、京輔の言う「協力」とはそういうものではないだろう。もっと、主体的な関わりを期待しての言葉だったはずだ。もし単なる使い走りとして叡太郎を見ているなら、あそこまで言ってはこないはずだ。

――正義の味方の味方は、正義だ。

ああ。叡太郎は吐息をついた。今日は、色々なことを思い出す。

――でもな、正義の味方も一人じゃあ限界がある。だから大勢で力を合わせるんだ。考えてみろよ。もし一人でなんでもできるなら、それこそ「警察はいらない」だろ？　被った制帽のつばに気取った仕草で触れながら、その人は言ったものだ。

——仮面ライダーもアベンジャーズも、一人じゃないんだ。正義の味方同士もやっぱり味方だし、できる限りそうあるべきだと思うよ。

「わかったよ」

叡太郎は呟いた。叡太郎はもう子供ではない。その「べき論」が現実には成り立たないことをよく知っている。何も「国境を挟んで対立する国家」などと大規模なものを持ち出すまでもない。日本という一つの国の中の正義の味方たちでさえ、全く一枚岩ではない。役割が異なれば、衝突する。組織が別ならば、対立する。同じ組織内で似た役割を担っていたとしても、軋轢が生まれる。正義の味方は、大体敵同士なのだ。

だが、一対一の関係なら。「相棒」同士なら。力を合わせることだってできるはずだ。京輔の姿を思い浮かべる。自分のために事件に首を突っ込むというのは、勝手な話だ。しかし、少なくともその姿勢は真剣だ。それに協力するのは——悪いことではあるまい。

「とはいえ、どうしたもんかなあ」

悠長なことは言っていられない。何しろ、既に記者が嗅ぎつけているのだから——

「——ん？」

記者。談話室に現れた、食わせ者の記者。「何かありましたら、名刺の番号なりアドレスなりにお願いします」という言葉。

「――そうか」

先ほどあちこちに飛んだ思考が、ヒントとして再び浮かび上がる。

――二人は立場が似ている。

――詩朗はどうしていたのだろうか。

頭の中で、それらを少しアレンジしながら組み合わせる。そこに、油断ならない潑剌《はつらつ》記者を適量だけ慎重に加える。打つべき一手が、明確な輪郭を持って姿を現す。

ベッドから体を起こして動きかけ、もう一度同じ姿勢に倒れ込む。一から見直す。自分の思いつきは、単なる思いつき以上の何かだろうか。改めて、検討する。

「よし」

間違いない。これで突然解決するかどうかはさておき、確実な進展が見込めるはずだ。

叡太郎は先日もらった名刺を出してきた。番号を確認すると、スマートフォンに入力する前にまず録音アプリを立ち上げておく。それから番号を打ち込み、通話をかける。

『もしもし』

二コールしないうちに、元気な声が流れ出してきた。

「もしもし。小松原聖菜さんのお電話でよろしいですか？」

『はい、小松原です。あ、警視庁のイケメン刑事さんですね！　先日はどうも！』

毎日沢山の人と会っているだろうに、少し話しただけの叡太郎のことをしっかり覚えて声だけで判別してきた。やはりただ者ではない。どこの業界もシュリンクしているシュリンクしているとばかり言われるが、中々どうして新たな逸材はいるものだ。

「いえいえ、こちらこそ」

年寄りじみた感想はさておくとして、叡太郎は話を進める。京輔には偉そうなことを言ったが、叡太郎とて気を抜けばあっという間にペースを握られてしまうだろう。

「警視庁の鷺島です」

第一手として、あえて名乗る。

『サギシマさん、はい』

聖菜は、何かが引っかかっているようだ。親の声よりよく聞いたリアクションである。

「先日はどうも」

そのリアクションについては、まだ触れない。後々伏線として効果を発揮するからだ。

『どうもどうも！』

聖菜が、朗らかに言う。その明るさに誤魔化されてしまいそうなところだが、実のところ能動的な発言は何もない。突然通話をかけてきた相手を、警戒しているのだろう。

「実はですね、少し伺いたいことがございまして」

『はいはい、何でしょう』

「お気づきでしょうが、僕らは今落合静夫さんの事故に関して色々と調べておりまして。何かご存じだったら、是非ともお教え頂きたいのですが」

直球を投げて間合いを詰める。こうするしかないからである。虚心坦懐《きょしんたんかい》に評価して、駆け引きや頭脳戦では十回やって三回勝てるかどうかくらいの差があるはずだ。

『ええっ。何か大変なことがあるんですか？』

このリアクションからしてそうだ。本当に意表を突かれて驚いているようにしか聞こえない。あれだけ調べ回っておいて、意表を突かれるわけがない。冷静に考えればそうなのに、思わず流されそうになる。

『鷺島さん、警視庁の方なんですよね？　そちらが動くって、もしや何か大事が！』

「そう、国家の土台を揺るがせるような大事が！　いえいえ、ないですないです」

冗談を交えつつ、内心で嘆息する。本当に手強い。聖菜は既に、京輔から二人が警視庁の警務部長の意向で動いていることを聞き出している。しらばっくれながら、事実を再確認《ダブルチェック》しようと試みているのだ。

「あの件自体は、ただの痛ましい事故なんです。ただ、どうしても確認しないといけない事柄があって、それには捜査顧問にご協力頂くのが適切だという話になりまして」

そこを拒否してしまうと、疑いを深めてしまう。加減しながら、事実を答える。

『あの方が、備前京輔さんなんですね。様々な事件の解決に貢献してらっしゃるそうで。この前の編集者さんの脅迫事件にも、随分と貢献していらしたとか』

もうそこまで摑んでいるとは。さすが「砲手」の一員に選抜されるだけのことはある。

「はい。ご自身の意向で具体的な内容は公表していませんが、様々にご尽力頂きました」

『ああ、そうなんですか。知りたかったなあ』

これ以上「捜査顧問」の話はしませんよと釘を刺すと、聖菜が残念そうに言う。

『ま、捜査情報ですもんね。知りたいですって言われただけじゃ教えられませんよね』

続いて、さりげなく条件を提示してきた。知りたいことがあれば、ギブアンドテイクでということらしい。京輔のようにはカモれないと判断したようだ。一歩前進である。

「もしご本人から許可が出たら、御社から本とか出せたらなーって妄想しちゃいます」

軽口めかして、第一条件を出してみる。

『いいですね！　ワトソン役が書くってまんまホームズっぽくて面白い！』

軽口だけが返ってきた。先物取引には乗れない、ということらしい。「後で用意するから」では駄目だ、現物を出せという意味だろう。

「さすが出版社勤務、目のつけどころが鋭い！」

お世辞で間を繋ぐ、ように見せる。実のところ、取引できるほどの持ち合わせはない。件《くだん》の脅迫事件の内幕ぐらいだが、それでは取引は成立しないだろう。実はあの事件はこうやって解決したのです、という挿話《エピソード》は週刊誌的にはそこまでおいしくないはずだ。

『えへへー、そうでしょう。わたしほんとは文芸志望だったんですよ』

そう言って、聖菜はしばし言葉を切る。他にないのか、と促しているようだ。

なくはない。しかしそれを出せば、即座に取引は約定してしまう。西多摩まで移動するだけで変装が必要な椎名と似たような「苦労」を、早くも背負い込むことになる。

「そうなんですか。でも、週刊誌畑に配属されたのも分かります。取材力超高いですし」

土壇場まで来て、迷う。自分は勝負師ではないのだなと実感する。だが——やはりやるしかないだろう。腹を決めて、叡太郎は切り札を切った。

「父がよく——あ、いえ。なんでもないです」

スマートフォンの向こう側で、空気が変わる。

『あの、立ち入ったことを伺うようで恐縮なのですが』

聖菜の声には、微かな緊張が混じっている。

『もしかして、鷺島さんは鷺島長官のご親族でいらっしゃいますか？』

「ああ、はい。鷺島勇は僕の父です」

聖菜は息を呑んだ。彼女らしからぬリアクションだ。

警察庁長官、鷺島勇。彼は、その鉄壁の防御力でも知られている。

謹厳実直、清廉潔白、公平無私。おおよそ取り入る隙がない。「彼に関する情報を得る手段は、定例の記者会見と警察庁公式サイトの『お知らせ』ページ以外にない」とか、「趣味は警察庁長官」だとか、その糞真面目さがジョークの一ジャンルとして成立しているほどだ。ちなみに、前者はともかく後者のジョークは事実ではない。父にはそもそも趣味がない。

『そうだったんですね』

そう言って、聖菜は黙り込む。さすがの彼女でも、状況を整理する必要があるらしい。

「まあ同じ警察官ですけど、僕と父とは全然タイプが違うので。色々話もしますけど、その度に『あーやっぱ違うなー』って感じますね」

さりげなく、この話で唯一の嘘を織り込む。どこが嘘であるかは、言うまでもない。

聖菜が、黙り込む。猛烈な勢いで、算盤《そろばん》をはじいているのだろう。

『そう言えば、知りたいことがおありだと仰っていましたね』

彼女の決断は、想像よりもずっと早かった。


扉が開くのは、想像よりもずっと遅かった。

「なんだ、こんな時間に」

ホテルのガウン姿で、京輔が姿を見せた。頭には、バスタオルが巻かれている。

「スマートフォンを持っててくだされば、メッセージ送るだけで済んだんですけど」

お風呂中にすいません、というお詫びよりも、本音の方が先に出た。叡太郎とて、アプリで文章送ってご検討くださいで済ませられるなら、そうしたかったのだ。

「ふむ。そういう使い方もあるのか」

感心したように頷くと、京輔は部屋の中へと身を引いた。

「立ち話もなんだ。入れ」

叡太郎は、部屋に足を踏み入れた。部屋のつくりは同じのはずだが、その眺めは全く異なっている。原因は、言うまでもなく本だ。

テーブルに、本が積み上がっている。持ってきているのは知っていたが（車の後部座席に積載していたのだ）、本当に寸暇《すんか》を惜しんで読んでいるらしい。

「あ、読んだんですか」

その山の頂上に鎮座しているのは、『十五少年漂流記』だった。今日、移動の途中で書店に寄って買ったものだ。新潮文庫、初版は一九五一年らしい。決定版として改訳せず出し続けているようだ。あらゆる本が値上がりし続ける中、価格もぐっと抑えられている。

「ああ。よい小説だ。興味深かった。様々に示唆もあった。――さて、何の用だ」

椅子に腰掛けると、京輔はそう訊ねてきた。相変わらず前置きも何もない、単純明快なやり方だ。ついさっきまでの腹の探り合いと比較すると、落差が激しすぎる。

「週刊誌記者に逆取材をかけまして。色々分かりました」

まあ、さくさく進むならそれに越したことはない。叡太郎は話を始める。

「あの記者めのことか」

京輔の表情を、憤懣が覆った。

「なぜ俺を呼ばなかった。この前の意趣返しをしてくれたものを」

「備前さんが返り討ちに遭うと分かりきっていたからです」

叡太郎はメモ帳を取り出した。録音を聴き直しつつ、要点を書き起こしたものだ。

「祐洋は、落合さん一家について綿密な取材を既に済ませてました。これまでの勤務先や住んでいたところまで、一通り当たっています」

叡太郎たちにはできないことだ。警察が警察を調べ回るのには、大きな困難が伴う。

「元々のご夫婦仲は、悪くはなかったらしいです。不倫の類も確認されなかったとのことです。ただ、詩朗さんの育て方について意見の相違があったそうで」

聞いていて気が重くなったし、話していて気が沈む。どちらも、真剣に考えてはいたらしい。しかし、適切な支援を重視する夫と、育て方の努力が肝心だと考える妻とで意見はぶつかり、そこの溝は最後まで埋まらなかったのだそうだ。

「拍車をかけたのが、静夫さんの仕事熱心さでした。夜中でも何かあればすぐに飛び出して行くし、家に帰らないこともしばしばだったそうです」

妻の景子は、周囲に「自分ばかりが押しつけられている」と漏らしていたという。

「退官後は静夫さんも積極的に関わったそうですが、中々溝は解消しなかったそうで」

一家が通っていた施設の職員も、しばしば諍《いさか》いを目撃していたらしい。「こうなったのはお前のせいだ」みたいな揉め方こそしなかったそうだが、摩擦は絶えなかったとのことだった。

「祐洋は、書くとしても『子育ての方針で対立があった』くらいで済ませるそうです。まあ、詩朗さんのことは本筋ではないでしょうし」

祐洋が見据えているのは、「上級」に位置する「国民」たちの捜査に手心が加えられているかどうか、という点だ。直接明言されることはなかったが、それは推測できる。

——弊誌でも、記事にするほどの決め手はないというのが現状です。

——速やかに、かつ明快に事実関係が発表されたと判断したら、取材は打ち切ります。

――週刊祐洋は、火のないところに煙を立てるような報道はいたしません。

聖菜は、そういう言い方をした。時間がかかったり、誤魔化していると感じられる部分があったりするなら、それを状況証拠と見なすという含みだろう。あるいは、決め打ちせずに待ってもよいという意思表示かもしれない。だとしたら、それだけ「長官の息子」との伝手《コネ》を重視していると考えられる。

だが、安心には程遠い。週刊祐洋なり聖菜なりが辛抱強く待ったところで、他のメディアが大まかな取材を元に報じる可能性も大いにある。あるいは、インターネット上で尾鰭《おひれ》がつく方が先かもしれない。「落合静夫の顔画像は？　住所は？　ＳＮＳは？」といった見出しのページが検索結果に姿を現すまでの猶予は、ほとんどないはずだ。

「いかがですか？」

京輔に、そう訊ねてみる。今一つ、手応えはない。叡太郎なりに全力を尽くした。得るものもあった。しかし、力が及ばなかったのではないか――

「あと一歩だ」

――耳を疑った。予想だにしなかった言葉が、京輔の口から出てきたのだ。

「今聞いた話で大枠は見通せた。あと一歩、最後のピースが必要だ」

「ど、どういうことですか？」

「説明は難しい。またその時間も惜しい」

京輔は椅子から立ち上がった。

「やはり、解くのではなく問わねばならんのだ。行くぞ」

そしてガウンをがばりと脱ぐ。

「何やってるんですか！」

「着替える。そして出かけるのだ」

「『まずは週刊祐洋編集部に乗り込んで決着を付ける』とか言わないで下さいよ？」

「違う。それも大変重要だが、明日に回しても問題ない。今日行くべき場所がある」

「明日も明後日も編集部には行きませんけれども、今日行くべき場所ってどこですか？」

「決まっている。病院だ」

着替えを進めながら、京輔はそう言った。


「消灯時間を過ぎています」

ナースステーションのカウンターの前で、看護師さんは仁王立ちしていた。病室に行くにはここを通り抜けねばならないが、正面からお願いしてもどいてくれる気配はない。

「曲げて頼む。今すぐ会う必要があるのだ」

京輔は正面からお願いをした。哲学者の辞書に駆け引きの文字はないのだろうか。

「——患者様は、先ほど不眠を訴えられました」

看護師さんの声色が、少し変わった。口ごもるような、そんな感じだ。

「あのですね」

しばらく迷ってから、看護師さんは口を開いた。

「珍しく——というか初めて、ご自身のことを沢山話されました。わたしには、ちょっと分からないところも多かったんですけど」

看護師さんの視線のとげとげしさが、和《やわ》らいでいる。

「久々に人と話して、患者様なりに色々感じるところがおありだったんだと思います」

「なんと言っていた」

ほとんど食い気味に、京輔が訊ねる。

「考えている、という感じでした。『考えているけれど、よく分からない』みたいな」

「ユーレカ」

京輔は呪文を唱えた。

「へ？」

叡太郎は混乱した。

「は？」

看護師さんは混乱した。

「εὕρηκα《ユーレカ》。語源は古代ギリシャ語で『われ見出せり』という意味がある。アルキメデスが金の純度を量る方法を発見した時に言ったとされる言葉だ。日本語に転記するにあたっては、『エウレカ』『ユリイカ』などとも書かれる」

「ああ、色んなところで使われてますね。――って、え？　分かったんですか？」

「そうだ。曲げて頼む。今すぐ会う必要があるのだ」

そして、再び看護師さんに正面からお願いをした。

「――分かりました」

少し迷ってから、看護師さんは決心した表情を見せた。

「他の患者様はお休みなので、どうかお静かに。何かあったら、必ずナースコールを」


「失礼するぞ」

京輔の声は、普段よりも穏やかだった。彼なりに配慮しているらしい。

京輔は、ベッドの傍らまで歩いた。前回叡太郎が立っていた辺りにまで、近づく。逆に叡太郎は、京輔が立っていた辺りで足を止める。

「お前に問いたいことがある。ここ数日、俺はお前のことを見ていた。また、お前に関する様々な話を聞いた」

京輔の話し方、会話の組み立て方そのものには変化がない。

「俺は、お前が周囲の話をしっかり聞き、理解していると考えている。ただ、何らかの理由があって表に出せていない。そうとも考えている」

別の何かを装ってはいない。京輔は、京輔のままで語りかけている。

「何がお前をそうさせているかが、分からなかった。孤独に怯えているのか、自分の世界に閉じこもりたいのか。他者という存在が不安なのか、自分という存在が重荷なのか」

詩朗もまた、今までと変化がない。同じ姿勢で、同じように俯いている。

「どれも部分的には当たっているのだろうが、全体を捉えてもいなかった。その全ては、『考え』だったのだな」

——だというのに、叡太郎には何か変化が生じたように見えた。

「お前は考えていたのだな。自分を巡るありとあらゆる物事を。自分と自分以外との間に引かれている線、それが何であるかを。なぜ他人との会話が上手く行かないのか、どうして自分の考えは相手に伝わらないのかを」

——表情も、仕草も変わりない。それなのに、何かが明らかに変化している。

「今まで、その思考の深さを量ることは誰にもできなかった。他の人間であれば、特に理由もなく受け取れるもの。交換できるもの。そういう何かを感じとることができないから思考が深くなり、その穴の底は誰にも見通せなくなったのだ」

「考える人」。あまりに有名な彫刻のことを、叡太郎は思い出す。

芸術作品の受け取り方は様々だ。しかし、あの像が友人に囲まれていると感じる人はそうはいないだろう。思索とは——孤独なものなのだ。

「どこにいた?」

京輔が、問いかける。

「一人で、どこにいた？」

「道」

その問いに、詩朗は答えた。

たった一つの、言葉。だが、叡太郎には無限にも近い重みがあるように感じられた。

きっと、生まれて初めて。詩朗は、誰かの問いに、真っ直ぐ答えることができた。

それは、彼が真っ直ぐ答えることができる問いを、京輔が投げかけたからだろう。

「ルネ・デカルト。フランスに生まれた哲学者だ」

京輔は、病室の中を歩きながら話し始めた。柊木玲の家の時にもやっていたことだ。

「『十五少年漂流記』に登場するブリアン、ジャック、フランソワ・ボードアン。あるいは筆者であるジュール・ベルヌ。彼らと同じ、フランス人だ」

勿論、声は抑え気味である。しかし、そこにはあの時と同じ熱が宿っている。

「デカルトは手に入るだけの書を読みあさり、それからあちこちを旅した。そしてとある村で、一軒の家にこもった。考えることにしたのだ。自分が向き合う謎について、自分が抱える問いについて」

叡太郎は、気づいた。——詩朗の視線が、動いている。

「そう、考えたのだ。たった一人で、暖炉のある部屋に閉じこもり、思索に耽ったのだ」

京輔の姿を、目で追いかけている。

「分かるな？　お前と同じだったのだ。同じことをしていたのだ。お前がしていることは、何もおかしくはない」

巨人の肩の上に乗っている、という話を思い出す。それは取りも直さず、「考える人」は宙に浮いているわけではないということでもあるのだ。支えになる、足場になる、そんな何かがあるということなのだ。

「お前はこれまで考え続けてきたのだな、一人で」

京輔は話を続ける。

「寂しかったことだろう。不安だったことだろう。考えれば考えるほど、自分も世界も不確実に思えたことだろう」

言葉を尽くして、語りかける。

「デカルトもそうだった。しかし気づいたのだ。世の中に確実なものは何もないとしても、『世の中に確実なものは何もないと絶望する自分』だけは、今確実に存在している」

過去の言葉を、思索を今に蘇らせ、相手に伝える。

「どんなに疑っても、どんなに否定しても、疑う自分、否定している自分だけは残る。疑いが強ければ強いほど、否定が重ければ重いほど、その姿は明確になっていく」

京輔は足を止めた。代わりに言葉が、放物線を描くようにして放たれる。

「そうやって考えることが、自分は存在しているという何よりもの証拠である――そんな事実を、デカルトは見出したのだ。そして、揺るぎない自信と共に宣言した」

「我思う。故に、我あり」

扉が開く音を、叡太郎は確かに聞いた。

「世界は無人島ではない。お前は漂流者ではない」

それは、閉ざされ続けていた心の扉が、世界に向けて開かれた音であり。

「哲学はいつでもお前を待っている。自分の用意ができた時に、その門をくぐればいい」

世界の側が、彼に向けて扉を開く音でもあった。

「その時、お前は一人ではなくなる。古今東西の哲学者たちが、お前と一緒に考えてくれることだろう」

京輔が、話を締めくくる。

「お前の歩む道を、共に歩んでくれることだろう」

ややあってから、京輔が叡太郎の方を振り返ってきた。視線で、「事故について聞け」と言ってくる。急に何故だろう、と首を傾げつつも、叡太郎は話しかけてみる。

「改めて、聞かせて下さい」

声を出してみて、叡太郎は京輔の意図を察した。

「事故が起こった日に、何があったのですか?」

扉が開いている内に、入れということなのだ。境界線を越えろということなのだ。

「朝、七時十分ごろに目が醒めました」

詩朗が口を開く。

「四分ほどしてから、布団から出ました。朝ご飯は、トースト二枚とゆで卵とポテトサラダでした。ポテトサラダには、胡瓜とハムが混ぜられていました」

「何があったのですか？」という問いに、あまりにも厳密に答える。

詩朗は一つ一つのやり取りを、振り返っていく。普通ならば数分と経たずに忘却に沈んでしまうような些細な事柄、その一つ一つを徹底的なほどに説明する。

「『雨の日は、色々思い出しますね』とお母さんが言いました。ワイパーが動きました」

いよいよ、話が核心へと進んでいく。彼の目には、フロントガラスに打ち付ける雨の、その滴の一つ一つまで見えているのかもしれなかった。


二人は、体育館にいた。報告書の作成等、残務があったのだ。

「そうだ、一つ気になっていることがあった」

京輔が、突然口を開いた。大体いつも、京輔の話はいきなり始まる。

「あの『十五少年漂流記』は、どこのものなのだろう。新書くらいの判型に見えたが」

「岩崎書店です。何だったかの名作集の一つで、初版は昭和の中頃だったかなと」

割合慣れてきた叡太郎は、ひょいと受け止めて投げ返す。

「親の蔵書だったか」

「かもしれませんね」

だとしたら、と叡太郎は考える。親は、どういうつもりであれをすすめたのだろう。中々他者と関われない息子に、読書という新しい道を見つけて欲しかったのか。あるいは、作品を通じて人と関わるよさを知ってほしかったのか。

それが分かることは、永遠にない。失われたものは、二度と戻らない。

——事故について、異例の記者会見が行われた。運転手の急な体調不良が、原因である。そう説明がなされた。根拠は、事故を生き残った運転手の息子による証言とされた。記者らは、矢継ぎ早に質問を繰り出した。警察庁長官・鷺島勇は、その一つ一つに丁寧に答え、その証言が確かに存在するものだということを浮き彫りにしてみせた。

ここまでなら、物語は救いのある結末を迎えたと言えるところだろう。しかし、そうはいかない。現実に結末というものは存在しない。ただ、続く。詩朗の人生も、同じだ。

彼にはそれなりの財産が残された。住む場所もあるし、当分生活していくには問題がない。しかし、まだまだ彼の人生は長い。

「これから、どうしたらいいんでしょうね」

「まずは色々な本を読むといいだろう」

叡太郎の独語に対して、京輔はそんなプランを提案してきた。

「いかにも備前さんらしい意見ですけど、あまりに呑気すぎませんか」

「読書という営みに対しての適性は、人並み外れたものがある。興味関心が順当に拡大していけば、幅広い教養を身に付けた人間として新しい道を見出せるかもしれない」

意外や意外、京輔の考えは中々に見通しの利いたものだった。

現実に立ち向かうには、確かに一つの手かもしれない。過去の人たちが書き残した様々な物事を片っ端から吸収して、現実に当てはめて対処していく。力任せにも程があるが、詩朗はそれを実現するだけのポテンシャルがあるともいえる。

「――ん？」

スマートフォンが振動した。取り出して確認すると、椎名からの着信だった。

『もしもし。二つほど連絡があるんだ』

出てみると、朗らかに椎名は話しかけてきた。いいことがあったらしい。

『備前くんいる？　いるならスピーカーにして、二人で聞いておくれ』

「はい。――二人で聞いてほしいそうです」

スマートフォンをスピーカーモードにして、近くの本の上に置く。

『一つは、事故の相手方のこと。お母さんも子供も、退院のめどが立ったそうだ』

叡太郎はほっとした。これ以上の悲劇が連鎖しなかったのは、素直に喜ばしい。

『もう一つは、またお願いしたい事件ができたんだ。今から来てもらっていいかな？』

「興味深い」

京輔の目がぎらりと輝く。やはり、彼にとって最も大切なのは哲学らしかった。

第三章　秋山瑠理

悲劇は音楽の精髄から
誕生したのだ。

フリードリヒ・ニーチェ『悲劇の誕生』

警察官という仕事柄、できないことが叡太郎にはいくつかある。副業、組合活動、そしてスマートフォンのサイレントモードである。

前二つは日本国憲法に「公務員は一部ではなく全体の奉仕者なのだ」的なことが書いてあったり、それを踏まえて制定された国家公務員法が「警察職員（とか海上保安庁とか刑務所で働く人とか）は労働組合に入ってはいかん」的に言っていることに由来する、厳格な規制である。最後の一つは「警察官たるもの、緊急の連絡は二十四時間いつでも受けられるようにすべきなのだ。サイレントモードなどもっての外である」という、理想なり努力目標なりに近いものである。そもそも一人一人がそこまでしなくてもいいように勤務体系は作られているのだから、無理しなくても「全体の奉仕者であって、一部の奉仕者ではない」公務員の倫理と警察官の精神に背くところまではいかない。夜は原則寝ていていい。

——その、はずだった。

ぶーっぶぶ、というバイブレーションが、叡太郎を眠りの世界から引き戻した。言語未満の呻き声を発しながら、叡太郎はスマートフォンを手に取る。一体今何時だ。

「さんじにじゅっぷん」

ロック画面に表示される時計を見て、叡太郎は絶望する。春夏秋冬どの季節でも真っ暗な時間帯である。実際部屋は真っ暗だ。液晶画面の光が目に痛い。

【啓蒙（Aufklarung）という言葉に現代的な間主観性（intersubjectivity）を……】
【参照すべきは、「ゲーテ」的、bildung的ヨーロッパ啓蒙主義ではなく……】
【あるいは三木清や戸《と》坂潤《さかじゅん》ら大正時代の教養主義の洗礼を受けた……】

その間にも、メッセージアプリの通知が押し寄せてくる。送り主は「備前京輔」だ。どれもこれも長文で、ロック画面では捌ききれず、途中からひたすら「……」になっている。

以前、事故の生存者から事情について聞くべく埼玉に行った時のことだ。ホテルで夜に叡太郎が京輔の部屋を訪れる羽目になった出来事から、京輔はスマートフォンの有用性を理解した。そして、仔細に比較検討を重ねた上でスマートフォンを購入したのだ。

ここまではよかった。問題は、メッセージアプリの使い方をマスターした京輔が、叡太郎に哲学的な思索を送りつけてくるようになったことだ。

初めのうちは真面目に相手していた。しかし京輔の思索は昼夜を問わず届き、程なくして叡太郎の日常は哲学で埋め尽くされた。生活にも仕事にも支障をきたしたため、叡太郎は京輔の哲学への対応を適当なものへと切り替えた。

今回も叡太郎は既読さえ付けず、再び夢の世界に戻った。何しろ夢は夢で忙しいのだ。

夢の中で叡太郎は、平凡社ライブラリーやハヤカワ文庫各種など、一般的でない判型の本を棚に並べる作業をしていた。岩波書店の同時代ライブラリーや小学館ライブラリー、ＮＨＫライブラリーなど、既に出版されていないはずのものも大量に入荷していた。これらは今や絶滅危惧種のライブラリー判と呼ばれる判型の書籍だが、夢の中では現役らしい。

早く戻らないと夢の中の棚はメンテ不足で放置されてしまう。叡太郎は速やかに寝直した。

平台に並べるのは何にしよう。棚に戻ってきた叡太郎は考える。手堅くハヤカワから『電気羊』や『警官』、『アルジャーノン』や『２００１年』辺りにしておくか、あるいは平凡社ライブラリーから冒険してみるか。平凡社ライブラリーは「分厚く難解なものが多い」というイメージがあり、まあ確かにそういうところもなくはないのだが、実際にはカレル・チャペック『園芸家の一年』のような愉快なエッセイや、笠間《かさま》千浪《ちなみ》編『古典ＢＬ小説集』のような攻めたテーマのアンソロジーなど、幅広いラインナップを揃えている。工夫すれば、面白い平台になるはずだ――

ぶーぶぶっ。ぶーぶぶっ。叡太郎の棚作りは再び妨害された。

【邪魔しないでください　今夢の中で平凡社ライブラリーを平台で展開してるんです】

遂にロックを解除すると、夢うつつのまま叡太郎は抗議する。

【平凡社ライブラリーか。なるほど、いい選択だな。】

京輔は、叡太郎の抗議に乗ってくる。いちいち句読点がついているのも彼らしい。

【『精神現象学』上下や『キリスト教の精神とその運命』を揃えて、ヘーゲルコーナーにしてはどうだ。『ヘーゲル初期哲学論集』辺りを添えてもいいな。】

【そんなタイトルからして分厚く難解そうなものばかり選ばないでください】

【ならば、ハイデガーの『形而上学入門』はどうだ。４４０頁程度で分厚くもない。】

【ハイデガーとかいかにも難解そうですし一般論として４４０頁は分厚いです】

【同じ平凡社ライブラリーのハイデガーでも、『ニーチェ』1・2巻だとそれぞれ500頁半ばはあるぞ。ああ、平凡社ライブラリーではハイデッガー表記だったか。】

【夜中にメッセージは控えてください】

叡太郎は抗議する。叡太郎の職務は、捜査顧問のサポートである。午前三時半に哲学者とボケツッコミを繰り広げることではない。

【通知は切るに切れないんです　緊急連絡とか来るかも知れませんし】

【アプリだけミュートするとか備前さんの通知だけミュートするとか設定できますけど】

【別に切っちゃ駄目と決まりがあるわけじゃないですけどそうあるべきだ思って】

【僕ら世代が全員SNS1日5時間以上見ち）とか思わないでほしいです】

スタンプも挟まずまくしたてる。眠過ぎて誤字脱字が交じる。発言の論旨もブレ始める。

【分かった。控えよう。】

だが、どうにか伝わったらしい。

【メッセージの送信が望ましくない時間帯を指定してくれ。当該の時間帯には、緊急性の高いものを除いてメッセージの送信は控えることにする。】

哲学は時間を超越するのだとか言われたら難儀だったが、素直に聞いてくれた。

【わかりました】

【大変興味深い話だった。ゾルレンとしてのスマートフォン設定か。】

京輔は呪文を唱えた。

【ぞれれんって何ですか】

叡太郎は半分寝ている。

【ぞれれんではない。ゾルレンだ。当為のことをいう。】

【当意即妙のりあくしょんはむずかしい】

【当意ではない。当為だ。】

【toy】

【それは玩具を意味する英単語だ。】

ネジの緩んだやり取りをしつつ、叡太郎はスマートフォンをサイレントモードにして寝落ちた。今度は目覚めずに済んだ。夢の中の平台には『三体』を並べることで妥協した。


「すごく面白いねその話」

一通り話を聞いてから、椎名は愉快そうに笑った。

「ちなみに当為とは『べき論』の話みたいです。あるべきことなすべきこと、みたいな」

「ちゃんと勉強してるのがもっと面白い」

叡太郎の言葉に、ぱんと手を叩いて余計に喜ぶ。

「君を推薦して正解だった。備前くんが君を気に入ってるのもよく分かる」

「僕にはさっぱり自覚がないんですが」

なるほど夜中にメッセージを大量に送りつけられたりはするが、だから気に入られているとも言えないのではないか。体感的にはブログの投稿欄代わりといった感じである。

がちゃりと扉が開く音がした。姿を現したのは京輔だ。

「そう言えば、棚はどうなった」

京輔が聞いてくる。

「『三体』を並べましたよ。シリーズ全巻」

二人は、椎名に呼びつけられ警視庁庁舎の彼の部屋にやってきていた。人を待つということなので、こうして雑談しているのである。

「大体、突然ヘーゲルとかハイデガーの主著以外の本からスタートすることなんてあるんですか？　ハイデガーなら『存在と時間』とかでしょうし、ヘーゲルとか一般的には名前さえ知らない人の方が遥かに多いでしょ」

「ほう」

叡太郎の言葉を聞いて、京輔は目をしばたたかせた。

「哲学についてはまったく知識がないとばかり思っていたが、違っていたのか」

「試験のために、多少は勉強しておかないと駄目だったんです」

いわゆるキャリア警察官になるからと言って、特殊詐欺の撲滅方法について三千字以内で論じよとか問われるわけではない。まずキャリア官僚を目指す全員が受ける試験があり、そこに合格してから志望する各省庁の面接を受けるという流れなのだ。センター試験、今風に言えば共通テストのようなものがある――と考えると近いかもしれない。

「そうか。行政の未来を担う若者たちに哲学の素養を問うのだな。素晴らしい」

京輔がきらきらした瞳で頷く。

「絶対何か勘違いしてますよね。『ヘーゲルの哲学の現代性について論じよ』とか何とか言われませんからね？　単なる選択問題でしたよ」

誰がどんな学説を唱えたかという知識を問われる、一般教養的なものだったと記憶している。少なくとも、京輔が期待するほどのウェイトを占めていなかったのは確かだ。

「そうか」

京輔はがっかりした。少し可哀想な気がするが、霞が関を訪問して現役官僚相手に哲学的な対話を試みられても責任は取れない。現実はしっかり伝えておくべきだろう。

「一定の知識があるなら、彼の哲学話にも結構ついていけてるのかい？」

椎名が聞いてきた。叡太郎は首を横に振ってみせる。

「同じ哲学でも、試験で出てくるのと目の前で語られ実践されるのとでは全然違います」

「一五八二年、織田信長が自刃した事件を何というか」と問われるのと、明智《あけち》光秀《みつひで》の軍勢が突入し燃え上がる本能寺を目の当たりにするくらいの差がある。一定の知識程度でどうこうできるものではない。

「生きた哲学に触れて感銘を受けたのだな。これを機会に哲学の探究に挑戦してみろ」

京輔は、哲学に人生をかけるようフランクにすすめてくる。

「警官をＦＩＲＥ《気軽に退職》して哲学者になるとか、ちょっと冒険的すぎませんか」

「何も退職する必要はない。エリック・ホッファーというアメリカの哲学者は、港湾労働者として働きながら哲学を研鑽した」

「そんなすごい人を引き合いに出さないでください」

「仲がいいねえ。やはり鷺島くんを紹介して正解――」

にこにこしていた椎名の表情が、突如変化した。がちゃり、と扉が開いたのだ。

「お忙しい中、失礼します」

入ってきたのは、一人の男性だった。年頃は、六十代になるかならないか。身に着けているスーツも、かけている眼鏡も、グレーの髪も、伸びた背筋も、全てがきっちりとしている。どこにも無駄がない。方眼紙に定規で直線を引いたような、そんな佇まいだ。

叡太郎は愕然とする。こんなところで会うとは、思ってもいなかった相手なのだ。続いて、表情を硬く強張らせる。どんな時でも、会いたいと思わない相手なのだ。

男性は、ちらりと叡太郎を見てくる。叡太郎は、表情を消して敬礼をした。男性は答礼してくる。動きにもまた、無駄がない。答礼に必要な動作を、必要なだけこなしている。敬礼したのは、叡太郎だけではない。椎名もまた、椅子から立ち上がり敬礼していた。

「お取り込み中でしたか」

男性が訊ねる。

「哲学することをすすめていた。対話がよりスムーズに進むし、新しい発見にも繋がる」

京輔が答える。

「対話ですか」

「ああ。俺は解いているのではない。問うているのだ」

「興味深いお話です。また改めて、ゆっくりと伺いたいところです」

男性の言葉に、京輔がきらりと目を輝かせた。対話の申し出が、嬉しいのだろう。

「今からでもいいぞ。ソクラテスはあらゆる立場の人間と対話を試みた。詩人、弁論家《ソフィスト》、将軍、神学者、友人――分け隔《へだ》てなくな。俺もそうしたい、またそうすべきと考えている」

京輔は、男性をじっと見る。

「相手が警察庁長官でも、それは変わらない」

「なるほど」

男性は――鷺島勇長官はそう答えた。眼鏡の奥の瞳が、怜悧《れいり》な知性の光を放つ。

事実、彼は極めて優れた官吏だ。警察庁という組織が誕生してから、これまで何十人もの警察庁長官が任命されてきた。その中でも、彼は屈指の有能さを誇ると言われている。

別の角度からの評価もある。彼が長官となるまでその辣腕《らつわん》を振るった事案は、綱紀の粛正や不祥事の処罰といった身内を断罪する類のものが多かった。人事畑から出世した警察官僚は彼の前にも存在する。しかし、彼ほどに厳しく身内を裁いた者はいなかった。鷺島長官の椅子は、免職された警官の屍でできている。そう陰で皮肉られることも、ある。

「大変嬉しいお申し出です。しかし、残念ながら職務に追われておりまして」

鷺島長官は、にこりともせず社交辞令を返し、話を続ける。

「折り入って備前さんにお願いしたいことがあるのですが、他聞を憚《はばか》る類の事案でして。椎名警務部長にも協力を頼み、目立たずお話しできる場を用意して頂いた次第です」

鷺島長官の姿を、叡太郎は無遠慮に眺める。彼に限らず、長官は何らかの儀礼でもなければ制服は着ない。理由は知らないが、長官用の制服は肩に星が五つもついていたりして、えらそうで威圧的だからだろう。

――さっきから、考え方が皮肉っぽくなっている。叡太郎は舌打ちをしたくなった。駄々をこねる子供のようである。どうして自分が、こんな思いをしなければいけないのか。

「備前さんに少々お訊ねしたいのですが」

鷺島長官は、叡太郎の内心にも気づかない様子だ。まあ気づくも何も、そもそも興味もないだろう。目の前の警官が――息子が、何を考えているかなんて。

「杉山隆一《すぎやまりゅういち》さん、と仰るピアニストの方をご存じでしょうか」

「知っている。若い頃から天才の名をほしいままにし、世界各国の名門オーケストラと共演を重ねてきた演奏家だ。最近は年齢もあり、第一線から退いているという話だが」

まるで事前に調べてでもいたかのように、京輔は淀みなく答える。

「はい、その通りです。数年前紫綬褒章《しじゅほうしょう》を授与されまして、その時が公の場に姿を現された最後です。今は長野県にある別荘で、後進の指導に力を入れておいでだそうです」

淡々とした口調で、鷺島長官は話す。

「その杉山隆一に、何かあったのか」

「殺害を予告する手紙を受け取った、とお弟子さんから通報がございました」

鷺島長官の淡々とした口調は、どんな話題でも変わらない。

「また殺害予告か。世の中は物騒だな」

京輔が、呆れたように言う。

「ええ。あるいは、前回お骨折り願った事件の影響もあるようにも思えます」

鷺島長官の指摘に、京輔は考え込む様子を見せた。

「突飛な話ではない。うち続く事件の背後に、実は何らかの関連がある。こういうとまるで陰謀論のようだが、事件が事件を呼ぶことはあり得ない話ではない」

「そうですね。特殊詐欺や脱法ドラッグのように繋がりが存在する場合もあれば、『割れた窓を放置していると、治安が悪いと判断され犯罪が増える』というパターンもありましょう。割れ窓理論の蓋然性《がいぜん》についてては、諸説ありますが」

そこで、鷺島長官は話が逸れたとでも言わんばかりに咳払いをする。

「通報を受けて、長野県警は警護の人員を派遣しようとしました。しかし、杉山さんはそれを拒否されました」

前回と扱いが違うようにも感じられる。以前殺害予告された編集者に対しては、警察は定期的に巡回を行うに止めていた。著名人に対しては、随分と丁寧な警護を行うらしい。

そういう「格差」があるという風評が流れないようにするため、埼玉まで京輔と叡太郎が出張ることもあった。しかしそれは、根も葉もない噂なのだろうか。警察は、本当に市民一人一人を平等に扱っているのだろうか。

「大変高名な芸術家であり、犯罪の被害に遭われた場合社会的な影響は計り知れません」

この長官は、正義とは何だと考えているのだろうか。

「警察の評判も、地に落ちるでしょうね」

我慢できずに、叡太郎は口を挟んだ。

「その通りだな」

鷺島長官は、ちらりと叡太郎を見てそう言った。部下の警察官が口を利いたので、返事をした。それだけのことだろう。顔が赤くなる。出過ぎた真似をした恥ずかしさに、よりによって父の前でそんな醜態を晒した己への憤りに。

「――何とか未然に防ぐため、お力をお借りしたいのです」

鷺島長官は、京輔との話を再開する。警察の評判云々については、そのままである。評判が地に落ちることは認める。しかし、それが依頼に至った理由であるかどうかは明言しない。上手だな、と思う。狡猾だな、とも思う。

「協力することに、やぶさかではない。興味深い対話ができそうだしな。だが、警護を断られたのだろう。一体どうすればいいのだ」

京輔は、乗り気そうだ。

「それについては、一つ腹案がございます」

鷺島長官が話を始める。その瞳が眼鏡の奥で光る。無機質に、無感動に。

「上手ではあるが、狡猾だ」

京輔が、そう唸った。東京を出てから、もう五時間以上ずっと呻いている。

「ですよねえ」

叡太郎はそう答えた。初めのうちは相槌を工夫していたが、五時間超の呻きに対応し続けるほどの相槌の引き出しはない。

「しかし、山がすごいですよね」

代わりに、叡太郎は周囲の風景を話題にした。

うねる山道を、叡太郎の運転する車は走っていた。基本的に道の両側は、木々に挟まれている。並木の最強形態とも呼べそうな野性味溢れる木々は、時折途切れる。そして広がるのは、圧倒的な山景である。日本の屋根だ背骨だと言われるのも分かる。

一方、ただ圧倒されるばかりではなく、叡太郎はある種の懐かしさを感じていた。自分は山の近くで育ったんだなあ、なんてことを改めて実感する。何だか、ほっとするのだ。楽しい気持ちにならない相手と顔を合わせて以降、濡れた砂を全身に浴びたような感覚でいたのだが、今は随分とすっきりしている。

「身分を偽っての捜査ではないのか。いわゆるおとり捜査に該当するのではないのか」

京輔はというと、怒りっぱなしである。手にしている本も、読み進められないようだ。

「そうでもないですよ。自分から警察だと名乗らないで情報収集するとか、被害者の家宅捜索を行う時に宅配業者を装うとか、それくらいはあるらしいですよ」

仕方なく、なだめすかしから説得へと方針を変更する。

「刑法第三十五条に『法令又は正当な業務による行為は、罰しない』とあります。また、おとり捜査が違法として認定されるケースとしては、犯罪の意思のない人を唆《そそのか》し犯罪の決意をさせるといった、司法の清廉潔白さを害するようなものが挙げられます。秘匿・仮装を用いた捜査活動としては、抑制的な運用であると認められます」

やや官僚的な説明だが、まあ無理もない。一応叡太郎は新人警察官僚なのだ。

「感覚的に理屈が苦しい」

京輔がふて腐れたように言った。矛盾しているようで、その実納得感をもたらす表現である。叡太郎とて、どうなんだろうと思わなくはないのだ。

「俺は別に、法的な正当性を気にしてはいない」

「それはそれで爆弾発言ですけど、まあ聞き流しておきます」

「俺が納得していないのは、ジャーナリストの振りをしろという要求だ」

京輔はくわっと目を剝く。

「『ひとは軽蔑されたと感じたとき最もよく怒る』。三木清はそう言った。まさにその通りだ。ジャーナリスト！　あの記者めの同類として振る舞わねばならないとは！」

以前、とある週刊誌記者に京輔は手玉に取られた。それ以降京輔は、ジャーナリズムにまつわるありとあらゆるものを敵視しているのだ。

「哲学者として、評価や判断に私情を挟むのってどうなんですか」

「たとえばショーペンハウアーは、敵視していたヘーゲルのことを『かのあつかましい、不合理製造者ヘーゲル』とか『ヘーゲルみたいなビヤホールの親爺然たる人相の持主』とか『ヘーゲルのような精神も功績もない無意味なことを書きなぐるまったく空っぽな似非哲学者』などと評し、ヘーゲルの支持者のことは『ドイツ学会のペスト連中』だとか『そのずばぬけた無知と哲学的粗野』だとか『全人類の中で最も厚顔無恥な人間』だとか揶揄している。それと比べれば、俺は随分手心を加えてやっているといえるだろう」

「比較対象が悪すぎませんか」

「ヘーゲルの哲学については、『絶対的ナンセンスのヘーゲル哲学、その四分の三は全くのナンセンス、残りの四分の一は戯言の思いつき』とも言っている」

「ただの罵倒じゃないですかそれ」

そういう言葉を使わないあたり、何だかんだ言ってそこまで嫌ってるわけでもないのではと思ったりもするのだが、余計なことを言うとまた憤慨しそうなので黙っておく。

「でもほら、ジャーナリストだったら色々話聞けるじゃないですか。哲学ジャーナリストとか名乗ればいいんです。捜査顧問名義で関わるより、よっぽど対話できそうです」

「むっ。哲学とジャーナリズムの距離感は難しいものがあるが、しかし、ふむ」

それこそ思いつきの戯言だったのだが、京輔は真面目に検討し始めた。

「ま、実際対話してるだけでいいと思いますよ」

ピアニストの杉山氏は、この山奥に建てた別荘に、弟子と使用人と共に過ごしていると言う。別荘まで向かう道筋は、叡太郎が鋭意攻略中の山道が一本あるだけだ。

「山道の入り口には、警備会社が監視カメラを設置しているのだったな。であるなら、一緒にボディーガードを雇うなりすればよいのではないのか」

「それも嫌がられてるって話でしたよね。何でだろ」

殺害予告を受けたのに、杉山本人は警護の類を頑なに拒んでいるという話だった。

「まあ、そういう人種は概ね武骨だ。芸術的な空間には場違いということかもしれんな」

京輔が、そんな推測を口にする。

「僕も武骨な警察官なんですけど。それとも警察らしくないってことですか?」

「うむ」

冗談めかして聞いたら、大真面目に頷かれた。

「キャリア警察官らしくさえないな。どちらかというと、新書担当の書店員だ」

「返す言葉もないですね」

確かに、講談社現代新書の品出しでもしている方が性に合うし様にもなる気がする。

「さもあらん」

そう言うと、京輔は本を読み始めた。小池伸介《こいけしんすけ》『ある日、森の中でクマさんのウンコに出会ったら』。

「ところで物騒な本読まないでくれませんか」

副題は、『ツキノワグマ研究者のウンコ採集フン闘記』である。街中の本屋なら「ははは愉快なタイトルだ」などと面白がれるが、山中の道だと笑い事ではなくなる。食われてフンにされるおそれもなくはないのだ。

「拳銃を持っているだろう。それで撃退しろ」

京輔は傍線を引きながら言った。普段持ち歩くのは文庫本だが、今回のものは四六判だ。つまりいつもより大きいのだが、器用に線を引いたり書き入れたりしている。

「警官の拳銃は魔法のアイテムじゃないんです。銃弾にはマンストッピングパワーっていう指標みたいのがあるんですけど、これはマンをストッピングできるパワーがどれくらいかってことを測るんです。想定しているのはマンであってベアーではないんですよ」

「この本によると吹き矢を用いたりするらしい。吹き矢は持ってきたか」

「持ってきてないし、そもそも使えません。警察官が訓練するのは拳銃とか逮捕術――うわ」

叡太郎は、驚いて声を上げた。突然、行く手に巨大な何かが現れたのだ。

「すごいなこれ」

これで巨大なツキノワグマだったら本当に拳銃で戦う羽目になるところだったが、幸いにしてそんなことはなかった。巨大は巨大でも、二階建ての建物だったのだ。

より正確に表現するなら、洋館というべきだろう。屋根に並ぶ煙突、優美なデザインの窓。曲線と直線が様々に交錯し、山の中にレトロなロマンティシズムを実現している。

「パノラマ塔屋があるな。本格的なつくりだ」

京輔が言う。その視線の先にあるのは、洋館の右半分近くを占める円形の塔の如き構造物だ。屋根の部分が尖っていて、お城のような雰囲気を感じさせる。

「あれですよね。なんかお嬢様とかお姫様が閉じ込められてそうな」

「窓が多くあるから、軟禁するには開放的な雰囲気だろうな。むしろ思索に耽るのに最適なロケーションだと言えよう」

「ありとあらゆるものが哲学的思索に収束するんですね」

建物には前庭がある。庭園として整備されていて、綺麗な花々が咲き誇っている。

その前庭を、一人の男性が掃除していた。ブロワーで落ち葉を吹き飛ばしている。いかにもお屋敷の庭師といった感じのおじいさんだ。年齢を感じさせぬがっちりした体つきと、見るからに寡黙そうな佇まいが、その人柄を伝えてくる。

おじいさんはブロワーを置くと、両手を挙げて車の進行方向に出てきた。止まれということらしい。叡太郎がその場に停車すると、運転席の側までやってくる。

「警察の方ですか？」

窓を開けるなり、おじいさんは警戒心も露わに聞いてきた。二人とも警察官らしい姿をしていないし、車もパトカーではないので当然だろう。

「はい、警視庁の鷺島です」

叡太郎は、警察手帳を見せた。おじいさんは手帳をよく見てから、小さく頷く。

「杉山先生のお屋敷の管理を任されております、長谷川《はせがわ》と申します」

長谷川は、頭を下げてきた。叡太郎も、どうもと挨拶を返す。

「車はこちらへ」

長谷川は車を庭の端へと誘導してくれた。そこには、何台か車が停まっている。ワゴンタイプの軽自動車に、脚立を積んだ軽トラック。そして流線型のスポーツカーである。

「なんか一台だけ凄いのがあるなあ」

他の二台が普通なだけに、余計目立つ。ご飯、たくあん、神戸ビーフみたいな並びだ。

軽自動車の隣に停め、車から降りると、長谷川が近づいてきた。

「すいません、疑うような真似をして。いらっしゃるとは事前に聞いていたのですが」

「いいえ。ことがことですし、仕方ないですよ」

叡太郎がそう言うと、長谷川はほっとした様子を見せた。

「あの、ところで」

続いて、当惑した表情へと変わる。

「お連れ様は、早速捜査を？」

その視線の先には、京輔がいた。建物を眺めたり、庭を歩いたりしている。時に立ち止まり顎に手を当てて考え込んだり、空を見上げたりする。

「ああ」

おそらく、何らかの哲学的な営みだろうと思われる。しかし、バカ正直に「あの人は哲学しています」と説明するわけにもいかない。はてさてどうしたものか。

「良い場所だな。哲学的な示唆を得られた」

戻ってきた京輔が、例によって叡太郎の思案を容赦なく粉砕する。

「はあ、哲学」

「長野というと雪深いイメージがある。今は春なのでまだいいが、冬は大変そうだな」

戸惑いを露わにする長谷川に、京輔は気さくに話しかけた。

「ああ、そうですね。腹を空かせた熊がうろつくこともありますし。今の季節もですが」

「なるほど。やはり吹き矢で倒すのか？」

「あら！」

どんどん妙になっていく会話に割り込むようにして、えらく元気な声がした。洋館の扉が開き、中から女性が一人姿を見せている。

「警察の人かしら」

長谷川と同じくらいの年かさの女性だ。張りのある声同様、雰囲気も外見も立ち居振る舞いも張り切った感じである。

「女房の佐恵子《さえこ》です。一緒にお屋敷の管理を任されております」

長谷川が言った。

「警視庁の鷺島です」

叡太郎は、駆け寄ってきた彼女に手帳を呈示する。

「あら！　若いのに警部補さんなの！　偉いのねえ！」

手帳の階級を見て、佐恵子が目を丸くして驚く。お約束のリアクションだ。

「どうぞ、中においでください。皆様、きっと安心されると思います」

長谷川が言ってきた。

「あ、少々お待ちください。連絡を――って、あれ？　圏外なのか」

椎名に連絡でも入れておこうとスマートフォンを取り出して、叡太郎は目をぱちくりさせた。

「スマホの電波は入りません。そもそも、そういう場所を選んで建てられた別荘でして」

長谷川が説明する。

「ラジオはどうにか聞けますが、電話やテレビもありません。ここにいる時は、ゆっくり音楽と向き合いたいという先生の意向です」

警備員を近づけたがらない理由を京輔が推測していたが、良い線行っていたようだ。

「どんな種類の芸術でも、主観的なものの克服や、自我からの解放が必要となる――ニーチェはそう言った。自分を、あるいは自分の芸術を客観視するためのことかもしれんな」

京輔が、納得したように頷いた。

「顧問の備前だ。ご夫人、少し訊ねたいのだが」

「はい、何でしょう！」

佐恵子が目を輝かせる。刑事的な人が聞き込みしてきたと張り切っているようだ。

「あのパノラマ塔屋で哲学的な思索に耽ることは可能だろうか」

彼女の期待は、全面的に裏切られた。

「はあ、哲学」

長谷川と全く同じ反応だ。仲のいい夫婦は色々似てくるという話を思い出す。

「ちょっとわたしには分かりませんが、とりあえず中へどうぞ」

佐恵子は、叡太郎たちを建物へ案内した。立派な扉を開け、中へと迎えてくれる。

「お邪魔します――って、うわ。すごい」

中に入り、叡太郎は仰天する。

「豪華――いや、豪奢《ごうしゃ》だな」

京輔が言葉を選び直したのも分かる。

高級そうなソファ、天井からはシャンデリア。暖炉は本物だろう。アンティークな柱時計、油絵、絨毯。あとは執事と鹿の剝製《はくせい》あたりを揃えれば、完璧な「貴族のお屋敷の広間」だ。

「先生をお呼びしてきますので、そちらでおかけになってお待ちください」

一緒に入ってきた長谷川が、広間から出て行く。

「お茶をお淹れしますね」

佐恵子も、長谷川とは別の方向へ向かう。

「ああ、いやお構いなく――」

「頂こう」

遠慮の気持ちゼロで、京輔が返事をする。

「よく怯まずに頼めますね。最高級茶葉の超凄い紅茶とか出てきたらどうするんですか」

叡太郎はおろおろする。広いリビングくらいなら見たことはあるが、これはちょっと桁違いである。

「無論飲む。くれるというものを断ることもあるまい」

そう言うと、京輔はソファに腰を下ろした。座れと言われたソファを断ることもあるまいということなのだろう。

叡太郎も、京輔の隣におっかなびっくり腰を下ろす。ソファはテーブル（これも見るからに立派だ）を挟んで、向かい合わせに置かれたものだ。

「しかし哲学ジャーナリストという設定には、少々問題が感じられるように思う」

京輔が言った。どうやら、本当にそれでいくつもりらしい。

「まあ、大丈夫じゃないですか。言葉の据わりも何となくいいですし」

「哲学の観点から事件を報道するというのは、ややフィクションめいて感じられる」

「哲学を駆使して事件を捜査する捜査顧問が何か言っていますね」

「お取り込み中失礼します。こちら、杉山先生です」

わいわい話していると、長谷川が戻ってきた。その後ろには、一人の男性の姿がある。杉山隆一だ。叡太郎はソファから立ち上がり、京輔もそれに続いた。

杉山は、イメージよりも小柄だった。事前に画像や映像で姿を確認していたが、そこで見る杉山はもっと大きく感じられた。遥かに背の高い欧米人のオーケストラに囲まれていても、堂々たる貫禄を放っていた。しかし今の彼は、普通のおじいさんといった感じだ。ふさふさとした髪は、地毛だろう。太い眉毛の下に、ぎょろりとした目がある。目尻を皺だらけにして笑っていて、威圧的な印象はない。

肩幅は狭い。高齢者は丸くなるか細くなるかの両極に分かれるが（長谷川のような肉体派は珍しい）、杉山は細くなるタイプらしい。尖った肩と浮き上がった首の筋が目立つ。

杉山の傍らには、一人の女性がいた。寄り添う、よりももう半歩くらい近い距離だ。無地のワンピースは、目の覚めるような白と控えめなフリルで彩られ、長い黒髪は艶やかに流されている。すらりとした体形で、杉山よりも背が高い。

娘、というにはかなり若い。孫、というには大人びている。人の年齢は外見では測れないものだが、どうも二人の関係性にしっくりくる表現がない。

彼女の纏う雰囲気もまた、推測をぼやけさせるところがあった。

その佇まいに差し込む翳りには、不幸せの色合いが感じられる。美しく整った切れ長の瞳も、口元に湛えた柔らかな笑みも、なぜか深い哀しみを連想させる。

「哲学ジャーナリストの備前京輔です。お時間取って頂き、ありがとうございます」

京輔が、自己紹介をした。言葉遣いも丁寧である。

「鷺島です。よろしくお願いします」

叡太郎は挨拶した。京輔に続いて名乗ることで、相手に（哲学）ジャーナリストと思わせ、「積極的に身分を仮装し誤認させてはいない」という言い訳を用意するのだ。社会通念上どうなのかという問題は残るが、まあ困ったら長官のせいにすればいい。

「杉山です。ようこそお越し下さいました」

杉山が、ゆったりと答えてきた。

「先生にピアノを教えて頂いております、秋山瑠理《あきやまるり》と申します」

彼の仕草を受けて、女性は自己紹介をした。低く、落ち着いた響きの声だ。

「哲学ジャーナリストの備前さんと鷺島さん、ですね。この度は取材、お疲れ様です」

瑠理が言う。長谷川夫婦の反応でも分かる通り、杉山本人以外には二人の素性を伝えてある。しかし、瑠理はまったくそんな素振りも見せない。大した役者である。

「ええ。『中央公論』に載せる予定のインタビューです。ニーチェやワーグナー、リヒャルト・シュトラウスを持ち出すまでもなく、音楽と哲学には深い関係があります。第一線で活躍してこられた先生のお話を伺うことで、その関係を深掘りしたいと考えています」

京輔がすらすらと話す。哲学と音楽の関係はよく知らないが、とにかく『中央公論』は実在する月刊誌だ。積極的な誤認もへちまもない。ちょっとやり過ぎではないだろうか。

「音楽と哲学の関係！　面白そうですね」

瑠理が、驚いてみせてくる。

「是非とも。本にして頂けると嬉しいですね」

杉山も、にこやかな様子で頷いた。

「今日は東京からいらして頂いて、お疲れでしょう。お食事もお風呂も用意しておりますので、どうぞごゆっくりお過ごし下さい。インタビューは、明日でよろしいですか？」

瑠理が言う。正直ありがたい。運転でそれなりにくたびれてもいるが、何よりこのままでは哲学ジャーナリスト・備前京輔の暴走が止まらなくなるのでリセットしたい。

「わたしも書き物の仕事がありまして。部屋におりますので、いつでもお声掛け下さい」

会釈をすると、杉山はゆっくりと去って行った。瑠理は彼に付き添わず、残っている。

「――通報くださったのは、秋山さんでよろしいですか？」

杉山の後ろ姿を見送っていた瑠理に、叡太郎は声をかけた。

はっとしたように、瑠理が振り返ってくる。その瞳には驚きの色が揺れていた。

「警視庁の鷺島です。お話を伺えればと」

慌てて叡太郎が見せた手帳を、瑠理は見つめる。しっかり確認しているとか、興味本位で眺めているとかいうわけではない。どこか思い詰めた表情で、凝視している。

「――どうぞ、おかけください」

小さく息をつき、瑠理はソファをすすめてきた。自分も、一方のソファに腰を下ろす。

「捜査顧問の備前だ。話を聞かせてもらおう」

差し向かいで腰掛けると、京輔はそう言った。叡太郎も、メモを取り出す。

「ああっ、聞き込みですね！」

そこで、佐恵子が戻ってきた。お盆の上に、四人分の紅茶とスイーツを載せている。

「あれ、杉山先生はどちらに？」

佐恵子がきょとんとする。

「お部屋です。書き物のお仕事がおありでしょう？」

瑠理が言い、佐恵子はあちゃあという顔をする。

「ああ、確かに。よくこもっておいでですね。お茶が余ってしまいました」

「なら、一緒に飲んで行ってくれ。関係する人間一人一人と対話したい」

京輔が言った。

「わたしからもお願いします。わたし一人では、うまく伝えられるか不安で」

微笑むと、瑠理はそう言った。

「分かりました。そういうことでしたら」

紅茶を並べ、お菓子をテーブルの真ん中に置くと、佐恵子は瑠理の隣に座る。

「うまいな」

早速紅茶を飲み菓子を食い、京輔は感嘆の声を上げた。

「お気に召して何よりです」

佐恵子が、にこにこ嬉しそうだ。

「先生がとてもこだわられる方なんです。でも、佐恵子さんが淹れた紅茶や選んだお菓子には満足していらっしゃいますね」

瑠理が言う。なるほど、と叡太郎も紅茶に口を付けてみることにした。

「おいしい」

まず対面するのは、ふわりとした香りだ。紅茶は香りも楽しむのだな、と実感する。

続いて訪れるのは、味わいである。甘い苦いしょっぱい酸っぱいといった基本的な味わいに分類されない、そういう原始的な味覚では言い表し切れない、深みがある。

そう言えば、砂糖の類がついていない。単体で勝負できる紅茶なのだろう。

叡太郎は、ティーカップをソーサーに戻す。どちらも、落ち着いた柄で彩られている。素敵な洋館。幸せそうな住人。のどかな時間。そこに突然届いた、殺害予告。何とか、平穏な環境を取り戻せるようにしたいものだ。

「ふむ」

京輔が、叡太郎を眺めながらフムフム言っている。何なのだという感じだが、聞こうものなら哲学的な脱線が生じかねない。気づかなかったことにして、叡太郎は話を進める。

「殺害予告は、どのようなものでしたか？」

瑠理と佐恵子の表情が、にわかにかき曇った。

「はい。実物は警察の方にお渡ししておりますが、写真ならございます」

そう言って、瑠理はスマートフォンを取り出した。操作して、差し出してくる。

「失礼する」

京輔は受け取り、画面を見た。叡太郎も体を傾け、後ろから覗き込む。

『殺してやる。自分が今まで何をしてきたか分かるだろう。覚悟しておけ。』

そこには、脅迫状の本文が載っている。印字されたものだ。

「封筒なり何なりはあるか」

何度か拡大縮小を繰り返してから、京輔が聞く。

「はい、左にこう」

瑠理がスワイプの仕草をする。京輔がその通りにすると、封筒の画像が現れた。

何の変哲もない茶封筒だ。本文と同じフォントで、印刷した宛先をシールで貼ってある。

特別な柄でもない切手の上には、長野中央郵便局の消印が押してあった。

「差出人は長野県にいるのか」

京輔が問い、瑠理が頷く。

「はい。ここは松本なので、手紙の差出元とは別の地域なのですが」

頭の中で、叡太郎は長野県の地図をイメージする。中央左側辺りに広がるのが松本だ。

「届いたのは?」

「先月です」

京輔の問いに、佐恵子が答える。

「郵便屋さんに来て頂くのは大変なので、局留めにして私たちが定期的に受け取りに行ってます。普通の手紙かと思って先生にお渡ししたら、先生が『殺害予告だったよ』って」

「先生のご様子は?」

「特に気にしていらっしゃいませんでした。『何をしてきたかと言われても、ピアノを弾くことくらいしかしてこなかったのだが』と笑っていらっしゃいました」

メモしておく。ドーヨーナシ。

「郵便物の受け取りも下りてするということは、ここに普段人が来ることはないんですね。いつも、どなたかが先生とご一緒に?」

「はい。普段はわたしと、佐恵子さんたちが。——ただ、いつもということもなくて」

瑠理の表情が、憂いに沈む。

「わたしは、週に何度か松本にある大学でピアノを教えています。その際には佐恵子さんに送り迎えをお願いしているので、ここにいるのが長谷川さんだけになります」

「わたしの買い出しついでに、瑠理さんを送って差し上げているんです。亭主には『怪しいやつが来たら鍬《くわ》で頭をかち割ってやりなさい』って話してます」

佐恵子が物騒なことを言う。

「道具は正しく使うべきだ。鍬は人に向かって振るうものではない。首尾よく犯人を仕留めたとしても、正当防衛と認められることは難しいぞ」

人間用の拳銃で熊を撃たせようとした者が言う台詞ではないが、京輔が言っていること自体は正しい。筋骨隆々の長谷川に鍬で殴られたら、命に関わること間違いなしだ。

「秋山さん、長谷川さん夫妻が普段は一緒にいらして、時折長谷川さんだけになると」

整理しながらメモにまとめる。

「大体はそうです。でも、時々他の人も――」

「ちょっといいかい」

突如として、そんな声が割って入ってきた。

「長谷川さん、いる？　洗車お願いしたいんだけど」

声のした方を見やると、一人の男性がいた。

年の頃は、四十代前半か。放つ雰囲気は魅力的な大人の男性そのものだが、どこか愛嬌と稚気《ちき》も感じさせる。身に纏っているのは、貴族めいたガウンだ。

「飛鳥井《あすかい》貴志《たかし》さん、ですね」

飛鳥井貴志。杉山隆一の一番弟子にして、日本クラシック音楽界を背負って立つ天才ピアニストである。師と同様、世界を飛び回って活躍している。

「そうだよ。――ああ、瑠理が言ってた刑事さん？」

貴志は欠伸を一つした。随分眠そうである。

「捜査顧問の備前だ。寝起きのようだな。もうそろそろ日も暮れる時間だが」

京輔が言った。世界的な人物が相手でも、態度は一切変わらない。

「時差ボケだよ。ドレスデンから直帰だ」

特に気分を害した様子もなく、貴志は返す。

「急用だと呼ばれて帰ってきたら、師匠が殺害予告されている。まったく寝る暇もない」

そう言うと、貴志は頭の後ろをかいた。ガウンの袖が下がり、腕時計が露わになる。明らかに高級品だが、着けたまま寝ていたのだろうか。

「旦那は外で作業をしています。自家発電装置の調子が悪いらしくて。呼びます？」

佐恵子が腰を浮かせる。

「ああ、それなら後でいいよ。――お、美味しそうなお菓子だな」

貴志は近づいてくると、瑠理の隣に座った。佐恵子の反対側だ。

「さっき先生が『メンテしてないよね』って仰って。調べてみたら案の定壊れてて」

佐恵子の言葉に、貴志は苦笑する。

「こんな山奥じゃ業者も呼びづらいよね。俺は反対したんだぜ。別にピアノなんてどこでなに弾いても一緒だよ。弾いてるのは同じ人間なんだから」

さりげない言葉に、強烈な自信が漂う。これは、いかなる環境であっても素晴らしい演奏ができる人間にしか言えない言葉だ。

「飛鳥井貴志は杉山隆一の一番弟子として有名だ。脅迫について何か知っているか」

京輔が訊ねた。

「うーん、別に？」

早速菓子に手を伸ばしながら、貴志は首を傾げる。

「まあ、偉大な演奏家なり指揮者《マエストロ》なりってのは人に言えないエピソードがあるもんだけどね。俺みたいな品行方正な人間は例外だ」

そう言うと、貴志は菓子を口に放り込んだ。

「恋愛スキャンダルが多いと聞くが」

不躾《ぶしつけ》すぎる聞き方だが、事実貴志は有名人《セレブ》やら人妻やら様々な相手と浮名を流しては話題になっている。週刊祐洋の砲撃も、何度となく受けている。

「それは言えない話じゃないよ。人が恋に落ちるのはよくあることじゃないか」

貴志は悪びれずに答えた。気障なことを嫌味なく言うものである。

「貴志さん。先生は、こんな脅しを受けるような方じゃないでしょう」

佐恵子がたしなめるように言う。

「まあね。良くも悪くもピアノバカだ。あそこまでストイックなのもそうはいない」

そう言って、貴志はソファにもたれた。

「ただ、俺が教わるようになったのは師匠がそこそこジジイになってからだけどね。若い頃に恨まれるようなことをしてたとしても、ちょっと分からないな」

ひとまずメモしておく。貴志の様子からして、嘘を言っているようには見えない。

ぼーん、ぼーんと。柱時計が鳴り始めた。見やると、もう午後六時だ。

「ああ、ご飯の支度しなくちゃ。皆さんはごゆっくり」

時計が鳴り終わる前に、佐恵子が立ち上がった。

「俺はいいよ。起きたばかりでね。夜食はお願いするかも」

貴志が注文する。さすが天才演奏家と言うべきか、実に気儘《きまま》である。

ふと、叡太郎は瑠理が押し黙っていることに気づいた。暗い表情で、俯いている。

「秋山さん？」

声をかけると、瑠理はびくりと顔を上げる。

「――すいません、ぼうとしちゃって。お部屋にご案内しますね。お荷物はお車に？」

そして慌てたように笑顔を作り、ソファから立ち上がったのだった。


案内されたのは、二階の一室だった。

「こちらです」

広間ほどではないが、ゆとりある間取りの部屋だ。窓には美しい模様のカーテンがかかり、机や椅子など調度品はシックな雰囲気でまとめられている。机に置かれたテーブルランプなど、シェードの部分が繊細なカットを施したガラス細工でできている。

「すいません、部屋の数は多くなくて。相部屋でもよろしいでしょうか」

瑠理が申し訳なさそうに言ってくる。ベッドは二つ並んでいる。どちらも大きく、見るからにふかふかと寝心地が良さそうだ。

「構わん。雨風をしのげる屋根と横になれる寝床があればよい」

「こんな豪邸に来て、風来坊みたいな水準を提示しないで下さい」

京輔は、ほぼバックパックと言えそうな大きいリュックを背負っている。ひげも髪も長いという風貌と相俟って、流れ者感が半端ではない。

「鍵はそちらにあります。離れる時はお使い下さい。何かあれば、わたしにでも長谷川さんたちにでも聞いて下さいね」

そう言って、瑠理は部屋を後にした。

「何か、置くに置けないなあ」

車から持ってきた荷物を肩から下げたまま、叡太郎は部屋をうろうろする。特に汚れているわけでもないのだが、気が引ける。

「話してみた印象は、どうだった」

遠慮なく椅子に腰掛けると、京輔は叡太郎に訊ねてきた。

「そうですね。みんな不安そうでした」

荷物を置けそうな場所を探し求めつつ、叡太郎は答える。

「あの中に犯人はいそうだったか、という話をしている」

——何だか、ひどく嫌な気分になる言葉だった。

「杉山隆一は、第一線を退いてから長い。今このタイミングで殺害予告を受けるのは、どうにも不審だ。身近に過ごしている人間の怨恨と考えると、色々と辻褄が合う。積もりに積もった殺意が、この前の騒動に触発され行動に繋がってしまったというシナリオだ」

京輔の話に、説得力は感じられる。

「使用人の二人は、特に変わった様子はなかった。無論、少し話しただけで分かることなどたかが知れているが。夫の方は口数が少なかったしな。翻《ひるがえ》って、弟子の二人はどうか」

論理性も、あるだろう。

「飛鳥井貴志は、車や身に付けているものからすると金遣いが荒い。何かトラブルがあってもおかしくはない。直帰という言葉を信じるなら、予告状が届くタイミングとズレているが、そこは何とでも工作できるだろう。一方秋山瑠理は、何かを隠している気配もするな。最も近くにいるようだし、人には言えんことがあるのかもしれん。どう思う」

しかし、もっと大事なものが欠けているように思える。まっとうで、当たり前の何か。

「何かそうやって謎解きみたいなことするの、正直いやです」

叡太郎は、回答を拒否した。さっき会って話したばかりの人間を、脅迫犯ではないかと疑うことは、ひどく卑しい行いであるように思える。

脅迫事件を捜査した際、叡太郎は無実の人を疑った。同じ過ちを繰り返したくはない。

「そもそも、僕たちのやることは推理ゲームではなくて、被害者の身辺の警護です」

「ふむ」

京輔は、じっと叡太郎を見てきた。

「さっきもこっち見ながらフムフム言ってましたよね。今度は僕で哲学するんですか」

「俺にとって、森羅万象が哲学的思考の対象だ」

「なら本格的に哲学ジャーナリストになったらどうですか。週刊祐洋で『備前京輔の哲学虎の巻』みたいな連載を始めましょう」

「媒体が良くない。哲学の品位を下げる」

他愛ない話を繰り広げていると、遠くからピアノの音が聞こえてきた。

「興味深いな」

そう言うと、京輔はすたすた部屋から出て行く。

「ちょっと。——行っちゃった」

さっきのやり取りが、心に引っかかっている。週刊誌連載ではなく、犯人扱いの話だ。かといって、京輔を一人で歩き回らせるのも心配だ。一体何をしでかすか分からない。

「ああ、もう」

叡太郎は荷物を絨毯の上に置く。そして部屋の鍵をかけると、京輔の後を追った。

ピアノの音を頼りに、洋館の中を行く。横に何人も並べるくらい広い階段を一階へ降り、廊下を進み、広間を抜けてなおも行くと、立派な両開きの扉の前に着いた。ピアノの音は、扉の向こう側から聞こえてくる。

京輔もそこにいた。彼は遠慮なく取っ手に手をかけ、扉を開いてしまう。

遮《さえぎ》るものがなくなり、ピアノの生音が溢れ出る。その迫力に、叡太郎は立ちつくした。

言うまでもないことだが、楽器は大きな音を出す。それは、エレキギターだドラムだといったロックバンド的なものに限らない。吹奏楽部のトランペットも、お上品なイメージがあるヴァイオリンも、間近で聴くとびっくりするほどの音量で鳴らされている。

それにしても、このピアノの音色はただ事ではない。豪雨が屋根を叩く時の圧迫感、猛烈な風が家を軋《きし》ませる時の緊迫感。そんなものが、想起される。

京輔は、音の流れをかき分けるようにして中に入った。叡太郎も、後を追いかける。中は、円形の空間だった。上まで吹き抜けになっており、開放感がある。あの尖った屋根を持つ場所——パノラマ塔屋なのだろう。

上部の四方に窓があるだけで、内装は落ち着いている。その窓からは、夕焼けが零れかかるように差し込んできていた。

赤く染め上げられた空間の中央には、グランドピアノが備え付けられている。そのグランドピアノに、瑠理が向かい合っていた。

表情は、さっきまでとは別人のようだった。視線は何かを睨むように一点に据えられ、頬や唇は動かない。瞼が時折閉じられ、祈りにも似た静かな厳粛さを放つ。

一方、彼女の両手は正反対の激しさを醸し出していた。

鍵盤の上で跳ねる指は、時に人のものとは思えないほどの速さで音符を捉える。時にゆっくりと慈しむように拍子を撫でる。

左手が叩きつける低音は体の芯を摑んで揺さぶり、右手が歌わせる旋律は光を放ちながら辺りを舞い踊る。先ほど豪雨や暴風にたとえたが、あれは適切ではなかった。ただ発生しているだけの自然現象とは、明らかに別物だ。

そこには意志があり、感情がある。これは表現なのだ。彼女の内にある何かを表すために、音がピアノを通して現れているのだ。

音楽に合わせて、瑠理は体を揺らす。あるいは、彼女の体に合わせて音楽が揺れる。波のように、感情が寄せては返す。波頭は時に穏やかな光を見せるが、すぐに姿を変える。憂いと哀しみとが、心に爪を立てて引きずる。逃さぬと嗤《わら》うかの如く、終わりなき嘆きへと引きずり込んでいく。

そっ、と。瑠理は低い和音を二度奏でる。和音は染み入るように空間に残響し、やがて後も残さず消えていった。曲が——終わった。

叡太郎は思わず拍手してしまった。京輔も、頷きながら軽く手を叩いている。

「お粗末様です」

照れ笑いを浮かべて、瑠理は頭を下げた。長い髪が落ちかかり、そっとかきあげる。

芸術というものの力に、叡太郎は打たれた。部屋で京輔と話していて感じた、もやもやとしたものが、嘘のように消えているのだ。

「すごかったですね」

叡太郎は、京輔に話しかけた。何の引っかかりもなく、そうすることができた。

「ああ」

京輔が、叡太郎の目を見て頷いてくる。彼の瞳にも、違う光があるように感じられる。

「モーツァルトのかなしさは疾走する。涙は追いつけない——か」

京輔がそう言うと、瑠理は小さく頷く。

「小林《こばやし》 秀雄《ひでお》の言葉ですね。先生は『文学だ』と仰っていました」

それから、感心させられたと言わんばかりの表情で京輔を見やる。

「よくモーツァルトとお分かりになりましたね。知られている曲ではありませんが」

「アレグロ、ト短調。ケッヘル番号３１２、５９０ｄ」

京輔は、まるで読み上げるように曲名を口にした。

「まあ」

瑠理は目を丸くする。本当に驚かされたらしい。

「カタログ的な知識があるだけだ。生で演奏されるのを聴くのは、初めてだな」

「断片のようなものですしね。コンサートで取り上げられなくもないですが、先生には『そういう曲ばかり弾くものではない』とお叱りを頂きます」

そう言って、瑠理は苦笑する。クラシック音楽の奥深さを垣間見たように、叡太郎には思える。あれほど感動的な曲が断片に過ぎず、あまり注目されることもないとは。

「しかし、楽器の方も見事だな」

ピアノを見ながら、京輔が感心した。

叡太郎も、ピアノに目をやった。曇り一つなく磨き上げられている。いわゆるグランドピアノのイメージそのものの姿で、得も言われぬ華やかさがあるように思われる。美しい音を奏でるものは、その佇まいもまた美しいということなのだろう。

「ベーゼンドルファーです」

そう言って、瑠理は鍵盤を一つ押さえた。甘い音が、空間に染み渡るようにして広がっていく。どうやらこの空間は、音響効果についてもしっかりと計算されているらしい。

「先生がこだわっていらして。レッスンも、いつもベーゼンドルファーでした。弾きたいと思ってもそう簡単に弾けるピアノではないのですが、正直子供の頃は好きではなかったです。先生の厳しさもあって、いじめっ子の親玉みたいに思ってました」

そう言って、瑠理は悪戯っぽく笑う。つられて、叡太郎も微笑んでしまう。

「先生は音楽にお厳しくて。今日も、『一日練習しないと自分が気づく。二日しなければ批評家が気づく。三日にもなれば聴衆でさえ気づく』と脅かされました」

何ともストイックだ。叡太郎など、三日休みがあれば三日休んでしまう。

「アレグロ、ト短調」

京輔は、一人思案顔でそんなことを呟いた。何度か繰り返してから、瑠理を見る。

「ト短調は、モーツァルトにとって宿命の調性と言われるな」

「そうですね」

頷くと、瑠理は曲を奏で始めた。

「あ、知ってる」

叡太郎は思わずそう口にする。美しくも物悲しく、それでいて一度聴いただけですぐに口ずさめる程に、心に残る旋律。ＣＭで、テレビ番組で、映画で、何度となく使われている曲だ。これは、モーツァルトの曲だったのか。

「交響曲第40番。大ト短調と通称される曲だ」

京輔が解説した。それに頷くと、瑠理は別の曲を弾き始める。まるでＤＪが曲を繋ぐように、継目なし《シームレス》に移行する。

「これも知ってます」

性急な、畳み掛けるような展開。しかし、これまでの曲と相通じるものはある。張り詰めたような、追い詰められたような、そんなぎりぎりの感覚。

「交響曲第25番。先ほどの大ト短調に対し、小ト短調と呼ばれる」

そんな京輔の解説を待って、瑠理は曲を終えた。

「モーツァルト自身がどう思っていたかは分かりません」

瑠理が話し始めた。

「彼がこの世に残したのは、様々な音楽と手紙だけです。ある意味、十分とも言えます。その作品と、その為人《ひととなり》とが伝わっているのですから。しかし、解釈は様々です」

その視線が、鍵盤に落ちる。

「今のアレグロにしても、凄まじいスピードで弾きこなす人もいれば、逆に噛みしめるように弾く人もいます。古楽《こがく》――モーツァルトの時代における演奏法や楽器を研究し再現するというアプローチで臨む人もいます。わたしは抑え気味に弾く方だと思います」

再び髪が落ちて、彼女の表情を隠す。その内心は、声から測るしかない。

「演奏するにあたっての解釈さえ、明確な違いがあるのです。聴こえてくるものを、どう感じ取るのか。感じ取ったものを、どう受け止めるのか。そういった部分での隔たりは、もっと大きいのではないでしょうか。本当の姿からも、離れてしまうほどに」

察することは難しい。直観も困難だ。だが、彼女が抱える葛藤の深さは伝わってきた。

「すいません、よく分からないですよね」

苦笑しながら、瑠理は髪をかき上げた。髪は夕日に艶めき、光の滴を周囲に飛ばす。

「いいや。全き意味で哲学的な問いだ」

京輔は、自嘲気味な瑠理の言葉を否定した。

「感覚器官から受け取ったものを、どのように自分の中で構築するのか。その構築したものを用いて、何を導き出すのか。我々哲学の学徒が認識論と呼ぶものだ。ありがとう」

「――そうですか。それは良かったです」

そんな瑠理の言葉は、心からのものであるように感じられた。

「それでは、わたしは先生のご様子を見てきます」

鍵盤にカバーを掛け、鍵盤蓋を降ろし、瑠理はパノラマ塔屋を出て行く。初めて会った時の、彼女の姿が蘇る。本当に、献身的に世話をしているらしい。

「俺からも問わせてほしい」

その背中に、京輔は声をかけた。

「貴方にとって、杉山隆一という人物はどういう存在だ」

振り返ると、瑠理は微笑んだ。

「――父のような、存在です」

優しく、穏やかで、そしてどこか――物悲しさを感じさせる笑顔だった。


「うまいぞ！」

京輔が、歓声を上げた。

「行儀悪いですよ」

叡太郎は、京輔の隣からたしなめた。

夕食の献立は、フランス料理風のものだった。羊肉の香草焼き、舌平目のムニエル、春キャベツのポタージュ。メインディッシュはオマールエビのロースト。半熟のゆで卵は、専用のスタンドに載っている。太公なり伯爵なりの食卓のようである。

「いい食べっぷりですな。行儀などは、どうぞお気になさらず」

杉山が笑った。たしなめた叡太郎がすぐさまたしなめられたようで、若干ばつが悪い。

「佐恵子さんの料理、美味しいでしょう。なにしろ本場での修業経験もありますものね」

杉山の隣に座った瑠理が、さらりと言った。気を遣ってくれたのかもしれない。

「いやいや、そんなそんな」

佐恵子が、照れながら謙遜をした。

夕食、というか晩餐《ばんさん》を振る舞ってもらっているのは、食堂である。綺麗なクロスが掛けられたテーブルに、やたらと背もたれの高い椅子。これまた貴族感満載だ。こういう食堂では、佐恵子たちのように雇われている人たちは後ろで立って控えているイメージだが、夫婦並んで一緒に食べている。みんなで食べるのが美味しいと思うので、大歓迎だ。

「あ、いい匂いがしてると思ったら。俺も食べたくなってきた」

貴志が食堂に入ってきた。さっきはいらないと言っていたのに、実に気まぐれである。

「一口おくれよ」

空いていた京輔の隣に座り、貴志が言った。

「やれやれ。行儀の悪いことだ」

自分のことを棚に上げてそう言うと、京輔はパンを一つ貴志にあげた。

「ありがと。おー、うまいうまい」

貴志がパンをもぐもぐ頬張る。京輔と異なり、どこか気品が漂っている。これが芸術による洗練というものだろうか。

そこで、ふと叡太郎はあることに気づいた。杉山が、瑠理を見つめている。

そう、見つめている。すぐ隣にいる彼女を、ぎょろりとした目で凝視しているのだ。

「――先生、どう思われます？」

視線に気づいた瑠理が、笑顔を作る。

「貴志さんったら、晩ご飯はいいって言ってたのに匂いに釣られちゃって」

「はは、貴志らしい。食いしん坊なのは相変わらずだ」

杉山は、その言葉にゆっくりと頷いた。

「子供の頃など、腹が減ったから練習ができないと駄々をこねられたものだ」

「昔の話はやめてよね」

貴志が、むすっとした顔ですねてみせた。仲の良さが伝わってくるやり取りだ。

それだけに、杉山の視線の奇妙さは、叡太郎の胸に微かな疑問を残したのだった。


「ふむ」

椅子に座り、机に本を積み。部屋で、京輔は思索に耽っていた。

「何でご飯とお風呂を満喫した後で、また哲学的に考え込んでるんですか」

ベッドに寝転がりながら、叡太郎は呆れた。

食事の後、お風呂にも入らせてもらえた。浴室というより浴場だろうと言いたくなるような広々とした空間で、叡太郎は旅の疲れを存分に癒やした。

「考えるならせめて、警護についてにしましょうよ」

叡太郎は、メモ帳を開く。食事の後のお茶タイムに聞いた話を、後でまとめたものだ。

一階には食堂とキッチン、広間にパノラマ塔屋、浴場、そして杉山の部屋がある。

二階には、長谷川夫婦の部屋、瑠理の部屋、そしてゲストルームが二部屋となっている。

部屋の広さもあってか、部屋数は少ない。叡太郎たちと貴志で、もう満室だ。

「それもそうだが、投げかけられた問いに向き合わずして何が哲学者か」

京輔は腕を組んで俯く。瑠理が問うてきたことについて、考えているらしい。

「だが、知識や思索からのアプローチは難しい。ニーチェは言った。『音楽自体は完全にそれだけで一本立ちできる』と。『言葉なんかは、たとえとんぼがえりをしたところで、音楽の一番奥の内部を外にひっくりかえしてわれわれにわからせることはできぬ』と」

「そもそも、音楽に哲学からの返答は必要なんですか？」

とんぼがえりくらいはしたそうな京輔に、訊ねてみる。

『『全てについて何事かを知り、何事かについては全てを知っている。それが教養人の資質だ』という考え方がある。我がことととして、日々取り組んでいるのだ」

色々な物事について広く学びつつ、哲学については完全に極めるということらしい。だから、瑠理の問いにも懸命に向き合うのだろう。

「まあ、哲学ってすぐに答えを出さなくていいんでしょ。だったら、やりやすい楽器から始めてみるとか。それで何か摑んでから、また返事したらいいんじゃないですか」

適当な提案だったが、京輔はふむと真面目に考える様子を見せた。

「かもしれん。それもまた、現場に立つということか」

そして、納得したように頷く。どうやら、突破口を見出したらしい。

「tristesse allante」

京輔は呪文を唱えた。

「日本語でお願いします」

叡太郎は混乱した。

「アンリ・ゲオンというフランス人の劇作家が、著書『モーツァルトとの散歩』でモーツァルトをそう評した。直訳すると、『元気な哀しさ』とでもなるだろう。『モーツァルトとの散歩』の新訳版では『足どりの軽い悲しさ』と訳されている。それぞれニュアンスが異なることに注意してくれ」

京輔は生き生きとしている。突破するなり元に戻った感じだ。

「小林秀雄は、戦後の論壇で大きな影響力を持った評論家だ。その彼が、ゲオンの言葉を意訳して語ったのが『モオツァルトのかなしさは疾走する。涙は追いつけない』という言葉だ。秋山瑠理は『小林秀雄の言葉』と言ったが、一般にはそう受け取られている」

「まあ、格好いいですもんね」

訳して「涙は追いつけない」という詩的な表現を付け加えただけ、とも言えるが、その一言が見事にはまっている。短く、かつ短すぎず、印象深い。

一方で、「モーツァルトをだしにした自己表現」という批判も成り立ちそうだ。杉山による『文学』という表現にも、そういうニュアンスが込められているのかもしれない。

「それが、何なんですか」

「問いの核心なのだ」

そう言うと、また京輔は思索に耽り始めた。

核心とは、どういうことだろう。聞いてみたく思ったが、急に眠気が襲ってきた。まあ、当たり前のことだ。美味しいご飯を食べて、お風呂に入り、ふかふかのベッドに横になってしまえば、眠くなるのも道理である――

あと必要なのは、きっかけだ。

思わぬ邪魔が入った。人が増えてはやりづらい。これ以上難しくなる前に、結着をつけないと。

ようやく、終わる。そう考えると、心が解き放たれるようだった。躊躇う気持ちも、勿論ないわけではない。しかし、これ以上耐える気力は、あるわけがない。

雨音に交じって、柱時計の音が聞こえてくる。一度――二度。

――目が覚めた。夢を見ていたような気がする。そうでもなかったようにも思える。

叡太郎は、自分の状況を確認する。ベッドの上で横になり、そのまま寝ていたらしい。体のどこかが痛くなったりしていないのは、素敵なベッドのお陰だろう。

遠くから、柱時計の音が聞こえてくる。一度、二度。

部屋は、暗い。寝る前は電気がついていたはずなのだが、京輔が消したのだろうか。

周囲を見回してみると、少し離れた所に仄かな明かりがあった。デスクランプだ。それを使って、京輔が本を読んでいる。

電球色の温かな色味が、彼の手元を照らしている。シェードの模様が壁に美しく映り、どこか幻想的な空気を醸し出している。

絵になるな、と叡太郎は思った。原則として、人が本を読む姿は美しい。一冊の本と一人の人間。シンプルに構成された世界であり、それ故に完成されている。

――叔父も、本をよく読んでいた。そんなことを思い出す。本で一杯のマンションで、床が抜けたら苦情が行って懲戒免職かなあなどと言いながら更に本を増やしていた。今すぐに必要ないものに囲まれながら、今を生きることの必要性。そんな、気づく機会がなければ一生気づかない何かを教えてくれた人だった――

「眩しかったか」

京輔が、顔を上げてこちらを向いてきた。その手には、やはり鉛筆が握られている。

「いえ、そうではないです」

叡太郎はそう答えた。珍しく京輔が気配りしてきて、何だか面映ゆい。

「まだ起きてたんですね。一体いつ寝てるんですか」

照れ隠しに、叡太郎は何ということもない問いを投げた。

「眠くなった時だ」

京輔が答えてきた。夜中のメッセージ攻勢を思い出す。夜型なのだろうか。しかしそれにしては、昼間に眠そうにしている様子もない。

「何読んでるんです？」

「モーツァルトの手紙だ。たまたま持ってきていた」

「そ、そんなものまで」

サザビーズのオークションか何かで入札する京輔の姿を、想像してしまう。

「勘違いするな。実物ではない」

京輔が本を掲げた。岩波文庫の青帯である。翻訳されたものを読んでいたらしい。

「為人が残っている、と秋山瑠理は言った。なるほどその通りだ。無邪気で子供っぽく、音楽の話になると心から楽しそうで、生き方は危なっかしい」

線を引く音がする。音の響きが直線的だ。机があるので、定規を使っているのだろう。

「俺たちが聴いた曲が書かれた背景も、手紙には残っている」

「そうなんですね。どんなものですか」

想像を巡らせる。芸術的な葛藤だろうか。愛の苦しみだろうか。人生の悩みだろうか。

「金策だ。モーツァルトには金銭感覚がなく、金に困っていた。有名な話だな」

「お金ですか」

寝転がっているのにずっこけそうになった。あんまりにもあんまりな理由である。

「モーツァルトは晩年、頻繁《ひんぱん》に織物商の友人に金策の手紙を送っている。その中に、苦労して書いた曲の権利を二束三文で手放したという話や、金のためにピアノソナタを書いているという話が添えられている。そのピアノソナタのうちの一つが、あの曲なのだ」

「そんな感じ、しませんでしたよね」

手っ取り早く金にするために書いた、などという安っぽさは微塵も感じられなかった。哀しみが哀しみそのものとして、格調高く描かれていたように思える。

「そう。素晴らしい芸術だと感じた。――しかしそれは、知らずに聴けたからかもしれない。もし事前にその知識があったとしたら、果たして虚心坦懐に聴けただろうか。『誰が』『なぜ』『どのように』という先入観から、はたして人は自由なのだろうか」

そう呟くと、京輔は黙り込んだ。部屋に、鉛筆の音だけが響く。

「沢山手紙残ってるんですね。誰とやり取りをしてるんですか？」

何となく、質問してみる。結構な時間をかけて読んでいるようだ。

「父親のレオポルトが多いな。父からの手紙も訳されて載っている」

京輔は、本に目を落としたまま答えてきた。

「音楽家だった父は息子の才を見抜き、最高の教育を与えた。また貴族たちに積極的に売り込み、神童として華々しくデビューさせた。最大の理解者だったと言っていいだろう」

京輔の書き込みの手は止まらない。彼は会話しながら本を読むことができる。司馬《しば》遼《りょう》太《た》郎《ろう》がそうだったという伝説があるが、実際にやってのける人間を見るのは初めてだ。

「父は説教をしたり、お金の使い方を注意したりと気にかけていたようだ。息子も時にその干渉に不満を漏らしつつ、あれこれ細かく報告している。しかし父の望まぬ相手と結婚したことで隙間風が吹き、手紙のやり取りはほぼ途絶えてしまう。最後に出した手紙は、父が死の床についたと知らされた時のものだ。死に目には会っていないようだ」

「——なるほど」

返事の声が暗くなるのを、叡太郎は誤魔化しきれなかった。

「親子関係って難しいですね」

言葉に棘が混じるのを、隠しきれなかった。

「苦労しているようだな」

京輔が呟く。

「まあ、そうですね。小言はないですけど」

そもそも会話がない。メールやメッセージのやり取りもない。隙間風も何も、無風だ。

京輔は、それ以上何も言わなかった。叡太郎も、黙り込んだ。

「僕には、叔父がいました」

——どれくらい時間が過ぎただろう。叡太郎は、昔話を始めた。

「警察官でした。警官なのに、本ばかり読んでる人で」

何となく、京輔に彼の姿が重なって。

「じゃあ優秀かっていうと、そうでもなくて。何もかも、親父とは正反対でした」

話したくなったのかも、しれない。

父と叔父は、二人とも警察官を目指した。エリート街道を驀進《ばくしん》する父に対して、叔父は巡査部長への昇任試験も通らなかった。

父がキャリア警察官の常としてあちこち転々とした後、警察庁の要職を歴任するようになった頃から、叡太郎は警視庁の地域警察官《街のおまわりさん》だった叔父とよく会うようになった。

非番の日は、部屋で本ばかり読んでいるような人だった。遊びに来ては居座る甥に、叔父は色々警察官の話をしてくれた。無駄なことは喋ろうともしない父とは対照的だった。

叡太郎は父とあまり折り合いが良くなかった。叱られるとか、反抗するとか、そういう目立った衝突はなかった。ただ、合わなかった。互いに歩み寄ることもしなかった。一定の距離を保ち続けていた。一方、叔父とは正反対で、とても仲が良かった。

叔父は勤務中、出世に繋がらないようなことばかりやっていた。塀に挟まった猫の救出とか、迷子の世話とか、高齢者に道を教えるとか、そういうことばかりやっていた。

「出世できないから、出世する人がやらないようなことをやっているのさ」

叔父はよくそう言って笑っていた。

そんな、危険と縁の薄そうな叔父が殉職《じゅんしょく》したのは、叡太郎が高校生の頃のことだった。

――大学生は、薬物への距離が近い。留学生は、様々な経験と共にその習慣を持ち帰る。様々な課外活動は、薬物の流通している世界と学生の行動半径を接近させる。

多くの場合は、表沙汰にならずに済む。大抵は若気の至りの思い出になり、「オバマも学生の頃大麻やってたんだろ」などと笑い話にする。

しかし、薬物は薬物である。使用者《セット》の状況と使用時の状況《セッティング》次第で、物事は際限なく悪い方向へと転がっていく。

その学生は、前者に問題を抱えた状況で薬物を摂取した。当人の供述では、「付き合っていた女性に裏切られた」のだそうだ。よくあることである。そして、そんなよくある出来事を、薬物はあってはならない事件へと発展させた。

深夜のコンビニエンスストア。絶叫しながら刃物を振り回すその学生を、同僚と共に叔父は取り押さえた。同僚は後に、「発砲しようとしたが止められた」と話した。おそらくは、事実だろう。同僚の判断は、結果論としては誤っていなかったかもしれない。しかし、叔父はその結果を避けることに全力を尽くした。文字通り、命懸けで。

叔父は防刃ベストを着用していたが、それでも深手を負った。どうにか犯人を取り押さえた後救急車で搬送されたが、容態が急変し帰らぬ人となった。同僚も、コンビニエンスストアの店員も客も、犯人でさえも、無事だった。叔父だけが、命を落とした。


「――なるほどな」

話を聞き終えた京輔は、頷く。

「英雄的な行動を示したのだな」

「まあ、誰もがそう感じたわけでもなかったんですけど」

警察官になってみて、叔父の判断が唯一絶対でないことを改めて感じた。叔父の行動を理想化するということは、現場の警察官に同じ危険を強いることになる。

「誰かに『英雄』になるよう暗に強要する社会が、健全か否かということか」

京輔も、同じことを考えていたようだ。

「ですね」

叡太郎は、溜息を漏らす。

「ただ、悪くは言ってほしくなかった」

この話で、一番苦い部分に入るからだ。


叔父を失った心の痛手から少しでも目を逸らそうと、叡太郎は受験勉強に打ち込んだ。その必死さのおかげか、実際の学力では届かないような大学に合格した。

そこで燃え尽きそうになったが、モラトリアムを味わうことでどうにか持ち直した。アルバイトを始めた。サークルにも入った。彼女ができもした。叔父の遺した蔵書を引き継いで、読みふけった。

そんなある日のことだ。父が、夕食を取っているところに出くわした。父は仕事が終わって帰宅すると、晩酌もせず健康的な食事を取る。普段は時間も合わないのだが、その時はたまたまバイトが休みだったか何かで鉢合わせたのだ。

と言っても、直接顔を合わせたわけではない。父の気配を感じた叡太郎は自分の部屋へ向かおうとし、その途中で父がこう言っているのを聞いたのだ。

「あいつと同じ側だったか」

あいつとは誰か、同じ側とはどこか。すぐに理解した。そして激昂した。元々苦手だった父に対して、初めて心からの怒りをおぼえた瞬間だった。

父は、叔父について何か言ったことがない。生前からそうだった。叡太郎が叔父の家に出入りしても同じだった。二人が話しているところさえ、ほとんど見たことがない。

叔父が殉職した時も、そうだった。葬儀で喪主を務め、弔辞《ちょうじ》を読んだ。だが、父個人として何か言っているのを見たことはない。初めて聞いたのが、この時だった。

叡太郎はアルバイトを辞め、勉強に打ち込んだ。叔父も自分も、逃げているわけではない。そう証明したかった。叔父の心を受け継いで、目にものを見せてやる。そう思った。

父には何も言わなかった。父も何も言ってこなかった。それでいいと思った。何も言えなくしてやる、と己に誓った。

子供じみていた、と今では思う。キャリア官僚とは、上昇志向なり使命感なり強い動機で目指すものだ。突然の反発心で、選ぶような進路ではない。

しかし、幸か不幸か努力は実を結んでしまった。叡太郎は試験に合格し、面接もパスし、キャリア警察官となった。

当時父は、警察庁のナンバー2である次長の地位についたばかりだった。そんな父と迂《う》闊《かつ》にも同じ道を選んでしまったことで、叡太郎はとても難儀な立場に置かれた。

迂闊も迂闊だった。叡太郎は、致死性の腫れ物みたいな扱いを周囲から受けることになった。椎名のように呑気な関わり方をしてくる相手は例外中の例外で、コネを作るために取り入ろうと企む人間さえ皆無だった。何しろ、鷺島勇長官は歴代長官の中でも別格だった。その情け容赦なさ、罪を犯した警官への苛烈なまでの処分で恐れられていたのだ。「僕は長官の息子だぞ！」と威張れる人間なら、まだ良かっただろう。まあそれはそれで父に粛清される気がするが、とにかく居心地の悪さを感じることはない。

気を遣われれば遣われるほど、叡太郎も気を遣った。辞めるに辞められず、野心的にもなれず、困り果てていたところで、捜査顧問のサポートをする羽目になったのだ――

「ま、そんなところです」

叡太郎は、そう話を締めくくった。

「まとめて誰かに話したのは、初めてですね」

「なるほどな。本が好きなことにも、父との確執にも、淵源《えんげん》が存在していたのだな」

頷くと、京輔は鉛筆を机の上に置き遠い目をした。

「人に歴史あり――か」

そう京輔が言い終えるのと同時に、ふっとデスクランプが消えた。部屋に闇が訪れる。

「あの、そういう演出はちょっと。さすがに格好をつけすぎでは」

「違う。演出ではない。俺はそんな芝居がかった言動をする人間ではない」

「週刊誌連載よりも動画配信ですか。髪をピンク色にしてキョースケ哲学チャンネルを始めましょう」

「やめろ。哲学を茶化すのにも程がある。墓の下からショーペンハウアーその他偉大な哲学者たちが蘇ってきてお前に論難を加えるぞ」

京輔が立ち上がる気配がした。部屋の電気をつけようとしているらしい。

「む。停電か」

「ほんとですか」

京輔が言った。

叡太郎は近くにあったスマートフォンを手に取ると、フラッシュライトを点ける。懐中電灯代わりだ。

「そういや、自家発電装置の調子が悪いって話がありましたね」

「杉山の部屋に行くぞ」

急に、京輔が言った。

「まさか、犯人の仕業とか？　電線切るって、簡単なことじゃないですよ」

驚いて訊ねる。

「直接関係がある、というわけではない。だが、どうにも気になることがある」

「直観ですか」

「言ってみれば、そんなところだ」

京輔の答えは、どこか煮え切らない。彼にしては、珍しいことだった。

「夜分に失礼する」

京輔は扉をノックした。失礼すると言いながら、遠慮のない叩き方だ。

扉が開く。中から出てきたのは――瑠理だった。

「ありがとうございます、駆け付けてくださって」

ナイトウェアというのか、ワンピースタイプの白い寝間着を纏っている。広めに開いた襟ぐり《デコルテ》と胸元が夜の闇に浮かび上がり、目のやりどころに困ってしまう。

「いえ、とんでもないです」

視線を逸らしながら、叡太郎はそう言った。

「杉山氏は？」

「お休みです」

京輔の問いに、瑠理は小声で答えた。

瑠理越しに、部屋の中を見てみる。暗くてはっきり分からないが、ベッドの布団が盛り上がっているように見える。あれが杉山のようだ。

「どうして停電が起こったのでしょう？」

瑠理が、不安げな様子を見せる。

「まだ分かりません。念のため、洋館の中を見て回ります」

安心させるべく、叡太郎はそう告げた。

「はい。わたしは、先生のおそばについています」

瑠理は、気遣わしげに何度も振り返りながら言う。

「窓はどうですか？」

念のため確認しておく。一階だし、窓を割って入られる危険性はなくはない。

「先生のお部屋は格子窓なので。簡単には入れないと思います」

懸念は解消された。さすがに爆発物の使用はないだろうし、安全と見ていいだろう。

「それでは、失礼します。くれぐれもお気を付けて」

「はい。――あ、懐中電灯を。いくつかありますので」

瑠理は、懐中電灯を持ってきてくれた。

「ありがとうございます」

「いえ、こちらこそいてくださって本当に嬉しいです」

叡太郎の目を見て微笑むと、瑠理は扉を閉めた。

「おし。がんばろう」

素敵な女性に頼りにされると気合が入ってしまう、単純な叡太郎なのだった。

「じゃあ、行きましょうか」

京輔に声をかけて、歩き出す。京輔は、黙って後ろをついてきた。

一階を見て回る。パノラマ塔屋、浴場。キッチンに食堂。特に怪しい様子はない。

「気にかかることがある」

広間に戻る途中で、京輔が口を開いた。

「さっき、彼女は杉山の部屋から出てきたな。随分と遅い時間だが」

叡太郎は、すぐに京輔が何を言わんとしているかを察した。

「良くないですよ、そういう勘ぐりは」

実のところ、自分もそこが気に掛からないではなかった。彼女のような妙齢の女性が、夜に男性と同じ部屋にいる。何らかの意味合いを、感じないではない。だが、やたらと気にするのは下世話というものだろう。

「勘ぐっているのではない。探っているのだ」

京輔が言い訳する。

「問うているのだの別バージョンっぽくして誤魔化しても駄目ですよ。大体——ん？」

広間に近づくにつれ、叡太郎は異変に気づいた。何か、話し声のようなものも聞こえてくる。微かに明るくもなっているようだ。

ついてくる京輔を手で制する。僕が先に行きます、と合図をすると、叡太郎は懐中電灯のスイッチを切った。広間の方から漏れてくる明かりを頼りに、足音を忍ばせて歩く。さすがにいきなり銃を向けるのはまずいだろうから、まだ出さない。

やはり誰かいる。何人かが、おそらくは蠟燭《ろうそく》の明かりを囲んでいる。複数人相手は厄介だ。先手を打って威圧しよう。

「そこで何をしている！」

叫びながら、叡太郎はライトをつけて中に向けた。

「誰だ！」

広間にいた誰かが、武器らしきものを構える。

「あんた、刑事さんだよ！　若いイケメンさんの方！」

そんな声がした。佐恵子のものだ。

「――ああ、本当に失礼しました」

謝ってきたのは、長谷川だった。武器らしきものは鍬である。腹から出された声は別人のような凄みがあり、誰なのか分からなかった。

「見回りしてたんだ。お疲れ様。二階は俺たちで確認したけど、何もなかったよ」

貴志が手を上げて会釈してくる。こちらはいつも通り呑気だ。

「本当に、すいません」

長谷川が、深々と頭を下げてくる。

「いえ、いえ。こちらこそ、確認もせず申し訳ないです」

叡太郎も頭を下げ返す。全く以て不注意だった。考えてみれば、今屋敷にいる人たちが非常時に広間に集まってくるのは当たり前のことである。

「ああ、ひげの方もご一緒で」

ソファに座っていた佐恵子が、首を伸ばす。後から、京輔がやって来たのだ。

「こういう時の蠟燭はありがたいな。本質《イデア》はさておき、大体のものが目で確認できる」

テーブルの上に置かれた蠟燭を見てそう言うと、京輔は長谷川の方を向いた。

「質問なのだが、自家発電装置は故障したままなのか？」

「ええ。排気管が詰まってました。鳥が巣をかけようとしたのか、枝とか土で埋まっていて。そんなに高いところにあるわけではないので、まめに確認しておけばよかったです」

長谷川は、すまなそうに肩を落とす。

「仕方ないよ」

ぽんぽん、と佐恵子がその背中を叩いて励ます。

それきり、誰も口を開かなかった。何もなくとも、蠟燭の明かりは人を瞑想的な気分にするものだ。こんな状況なら尚更だろう。各々が、各々の思索に身を沈めている。

『――来日したマクダウニング外相と会談し、ガルダニスタン情勢をめぐり、国連安保理決議に基づく即時停戦に向けて緊密に連携していくことで一致しました』

代わって一手に発言を引き受けているのが、ラジオである。ごつごつとしたいかつい輪郭とサイズ感で、間違いなく叡太郎よりも年上だろうという貫禄を感じさせる。

『会談後マクダウニング外相は、「今こそ両国が足並みを揃えてG９をリードし、美しい国際的調和を響かせるべき時だ」と述べました』

雑音は乗っているが、アナウンサーの声ははっきりと聞き取れる。

『次のニュースです。長野県松本市周辺で発生している停電について、中部電力は先頃記者会見を開き、送電鉄塔の倒壊が原因だという見方を示しました』

「鉄塔が倒れた？」

佐恵子が仰天する。叡太郎も同じだ。そんなことが起こるものなのか。

『これを受け長野県警は、何者かが送電鉄塔の台座ボルトを抜いた可能性を視野に入れ、捜査を始めています』

「ボルトが抜かれた？　そんなことあるの？」

貴志が、怪訝そうに言う。叡太郎も同意見だ。そんなことができるとは、信じ難い。

「なくはない。実際にそういう事件が過去に起こっている」

京輔が、ソファの空いている部分に腰を下ろしながら言った。

「一九九八年二月のことだ。香川県坂出市で、送電鉄塔の台座のボルトが抜かれて倒されるという事件が起こった。二〇〇三年五月には、同じく香川県の高松市でも似た事件が起きた。後者には犯行声明まで届いたのだが、犯人を検挙することはできず時効を迎えた」

「そんなことがあったんですね」

よく知っているものだなあ、と感心させられてしまう。

「それならそれで、師匠を脅迫した犯人が何かしたってわけではないだろうね」

貴志が言った。ほっとした様子だ。何だかんだ、師匠が心配らしい。

「そうですね。どう考えても関連性が薄すぎます」

叡太郎も同意する。仮に杉山なり護衛する叡太郎たちを混乱させようと企むとして、送電鉄塔のボルトを抜いて倒すというのはあまりに迂遠だ。倒した人間には倒した人間の狙いなり目論見なりがあるのだろうが、さしあたり叡太郎たちとは何の関わりもあるまい。

「最近、物騒なことが多いですよね。高速道路の事故とか、スマホの回線障害とか」

佐恵子が言った。長谷川も、無言で頷く。

「ああ。多い」

京輔が呟く。その横顔は、いつになく深刻そうな雰囲気を纏っているように見える。

「あるいは、多すぎるとも言える。まるで、何か――」

「――あの」

そんな声が、京輔の独白を遮った。瑠理だ。

「何かありましたか?」

懐中電灯を手に、こちらの様子を窺っている。部屋から出てきたらしい。杉山さんは――と聞きかけて、叡太郎は口を閉ざす。あまり、触れない方がいいことかもしれない。

「すいません、騒々しくしてしまって。見回りをしていまして」

「こいつの独り相撲だ。関係者を『何をしている!』と威嚇《いかく》し、恥をかいたのだな」

京輔が、しなくてもいい補足をしてきた。

「あら」

強張っていた瑠理の表情が和らぐ。場の空気がほぐれる。叡太郎の面子は潰れる。

「もう言い訳のしようもないですけれども、今後はこういうことがないようにいたします」

叡太郎は、素直に反省の意を示してみせた。

「そうだ、お茶を淹れましょうか。もう二時半ですけど、折角みんな起きてますし」

佐恵子が立ち上がる。

「電気もないのに、大変でしょう？　わたしは大丈夫ですよ」

瑠理が言う。

「水道は通ってますし、ＩＨじゃなくてプロパンですし。電気がなくても平気です」

言うが早いか、佐恵子はキッチンへ向かっていった。

「手伝ってきます」

長谷川がついていく。

「どうしたんだ、瑠理。落ち着かないな」

二人が去って少ししてから、貴志がそう指摘した。

「そう、ですか？」

瑠理はそう言うが、確かに落ち着かなげだ。杉山のことが気に掛かるのだろうか。

「あ、分かったぞ。瑠理は暗いところが苦手だからな」

悪戯っぽい口調で、貴志が話し始める。

「昔は、物置の中とかそんな程度の暗さでも駄目だった。ショッピングモールのトイレって、ずっと動かないと自動で照明が切れるところあるだろ？　あれで悲鳴を上げて、変質者が出たのかって大騒ぎになったことがあって――」

「もう、ちょっとやめてください」

瑠理が、腕をばたばた振って貴志を止めようとする。よほど恥ずかしいようだ。

「二人は、お付き合いが長いのですか？」

叡太郎は、そう訊ねる。

「ああ。子供の頃から師匠の教えを受けてきた。弟子の中でも俺たちが一番の古株だよ。ちなみに、俺が一番弟子で瑠理が二番弟子だ」

えへんと貴志が威張る。

「何でも一番じゃないと気が済まないんですね」

瑠理がやれやれと苦笑する。

「俺が先に手を挙げたんだから、そうだろう」

「早かったのはわたしの方だと思いますけど。先生もそう仰ってたじゃないですか」

「いーや。師匠の勘違いだ。実際には俺の方が早かった」

「どうでしょうね。――あら、どうなさいました？」

何やら仲良く議論しているのを中断すると、瑠理は叡太郎の方を見てきた。叡太郎がじっと彼女を見ていることに、気づいたらしい。

「ああ、いえ。何だか、雰囲気が違うなと」

戸惑い半分驚き半分で、目が離せなくなっていた。愁いと哀しみをその身に纏っていた彼女が、全く別人のようなのだ。

「明るいというか、朗らかというか――」

「ひどいですね。普段のわたしが、暗いというか陰気ってことですか？」

そう言って、瑠理はむっとむくれる。

「い、いやそういうわけでは」

「ふふ。うそです」

叡太郎が狼狽えていると、瑠理は微笑んだ。どうやら、からかわれたらしい。

嫌な感じはしない。悪戯っぽい表情には、からかわれたこちらもつい笑顔になってしまうような無邪気さが輝いている。

「――でも、そうですね。最近、色々と考えることが多くて」

瑠理が俯いた。心痛が、彼女の表情を再び翳らせていく。

「まあ、師匠にあんなことがあったらな」

貴志も、真面目な面持ちで頷いた。

「一人で背負うことはない。俺も弟子だ。師匠の身に危険が迫っているなら、できるだけのことはやるさ」

貴志の言葉に、はっと瑠理は顔を上げる。

「ええ。そのために、僕たちも来たんです」

貴志に続いて、叡太郎も瑠理を励ます。

「――ありがとう、ございます」

瑠理は微笑んだ。何かを堪えるようにして見せる笑みには、儚くやるせない美しさがあった。

「はいはい、お茶が入りましたよ」

少ししてから、佐恵子が戻ってきた。夜も更けきった今でも、彼女の活力には微塵の衰えも見られない。

「おいしいお菓子もありますから。折角ですから、楽しくやりましょう」

そんな佐恵子の言葉を合図に、真夜中のお茶会が始まった。

大した話をしたわけではない。それでも、不思議と落ち着く時間だった。蠟燭の炎には1／fゆらぎがあるとか、遠い昔洞窟で焚き火を囲んでいた先祖の記憶が遺伝子に残っているとか、そういうことだろうか。あるいは、違うのだろうか。

気分が落ち着いたのは、叡太郎だけではなかった。瑠理が、うとうとし始めたのだ。

柱時計が、四回鳴る。彼女の首の動きが、途中からその響きに同調し始める。こんな時にもリズムを取っているのだろうか、と驚き半分おかしみ半分の気持ちになる。

「最近お疲れでいらして。皆様が来て下さって、少しは肩の荷が下りたのかもですね」

佐恵子が、小声で言う。貴志が彼女を横にし、長谷川は毛布を取ってくる。

眠る瑠理は、苦しみも悩みもない境地にいるように見えた。「肩の荷が下りた」という佐恵子の言葉通りに、安らいでいるようだ。

「わたしたちは戻りますね。眠くなってきました」

一段落したところで、佐恵子と長谷川は部屋に戻っていった。

「俺は不寝番《ふしんばん》に付き合うよ。どっちみち寝られないし」

貴志が、ソファの背もたれに体を預ける。

「ありがとうございます。僕も中途半端に寝ちゃって眠くないんで、残りますね。備前さんはどうします？」

叡太郎は京輔に訊ねた。

「思索が進んでいる。どこにいても同じだから、ここにいてもいいだろう」

そう言って、再び京輔は考え事のうちに沈み込む。

新しい蠟燭の火が、テーブルの上で揺れている。そのうち時計が五回鳴り、六回鳴り、朝を迎えるだろう。うたた寝して蠟燭を倒して大火事、なんてことだけは避けないと——

「えっ」

——間延びした叡太郎の思考は、唐突に遮られた。

悲鳴が、聞こえてきたのだ。おそらくは、佐恵子のものである。叡太郎は、弾かれたように座っていたソファから立ち上がる。

「そうか、そういうことか」

京輔が呻くように言う。

「え、何ですか？」

瑠理が、ふらふらと身を起こした。

「ここにいてください！」

叡太郎はそう言って走り出した。京輔が後をついてくる。

佐恵子の姿はすぐ見つかった。一階、杉山の部屋の前で腰を抜かしていたのだ。側には、長谷川もいる。

「どうしました？」

「鍵が、鍵が開いてて、扉が開いてて」

佐恵子が、震えながら話す。

「何だか様子が変で、様子を、見たら」

長谷川も、上手く話せない様子だ。何か、恐ろしいことが起こったのだろう。

叡太郎は、部屋に飛び込んだ。

部屋の様子は、先ほどと同じだ。ベッドの上の杉山の姿も、変わりないように見える。

彼の周囲に懐中電灯の光を走らせ、叡太郎は凍りついた。ベッドのシーツに、枕に、あるいは床に、吐瀉物《としゃぶつ》が撒き散らされている。吐瀉物は——青色をしていた。単なる嘔吐ではないことは、火を見るより明らかだ。あまりに毒々しく、直視に耐えない。

杉山は、目も口も大きく開いている。呼吸で胸が上下する様子はない。本来は脈を取るべきだが、触れることは躊躇われた。二次被害。そんな言葉が、叡太郎の足を竦《すく》ませる。

「貸してみろ」

京輔が、叡太郎の手から懐中電灯を奪った。杉山の目に、懐中電灯の光を当てる。

「瞳孔は散大し、対光反射も消失している」

杉山の目を覗き込みながら、淡々と京輔は言う。

「死んでいると見て、よさそうだ」

わっ、と。泣き声がした。見ると、部屋の入り口に瑠理がいた。地面に倒れ伏すような姿勢で、その表情は窺えない。

「遺体については俺が調べる。俺は捜査顧問経験を通じてそれなりに死体を見てきた。お前よりは慣れている。手袋の類は持っているから心配するな」

京輔の指示の丁寧さは、慣れているという言葉が嘘でないことを感じさせる。

「お前は広間に人を集めろ。あまり無理はするなよ」

京輔は、そう付け加えた。

――珍しく、叡太郎を気遣う部分がこの発言にはあった。しかし、叡太郎にそれを理解するだけの余裕はなく、やがて後悔に苦しむこととなる。


警察官が死体を発見した時まずすべきことは、死体を取り扱うべき警察署の署長への報告だ。死因・身元調査法という法律で、それは明文化されている。

しかし、叡太郎はどうすべきか迷っていた。電話の類が使えないので、一旦この館から離れる必要がある。しかし、そうして大丈夫なのか自信がないのだ。

自然死でないことは、疑いを容れない。しかし他殺であるとするなら、叡太郎が離れた隙に犯人が逃亡したり、現場の証拠を隠滅されたりするのではという懸念が生じる。

京輔に見張りを頼むという手も考えた。しかし、それも難しい。一人で現場を見張りつつ、しかも逃亡を未然に防ぐというのは簡単なことではない。

京輔の指示通り、全員を広間に集めている。集まっている人間も、蠟燭の炎も先程までと同じだ。だが、空気は決定的に変化していた。もう、二度とは元に戻れないほどに。

「青色の吐瀉物から、パラコート剤の服用による中毒死が疑われる」

戻ってくるなり、京輔はそう言った。

「致死性が高く、日本では一九九九年に生産が中止された除草剤だ。だが、今も希釈製剤という形では流通している。使っているのか」

「はい。かかった部分だけ枯らすので、使い勝手がよくて」

長谷川が、つかえつかえながら答える。

「分かった。協力に感謝する」

そう言うと、京輔は一同を見回した。

「俺は検視官ではないが、顧問という立場上捜査に関して踏み込んだ裁量権を有する。現場の保存に配慮しつつ検分を行った」

京輔の視線は、叡太郎のものとぶつかる。目を逸らしたのは、叡太郎の方だった。

「検分の結果、顎関節に死後硬直が観察された。最低でも死後一時間は経過していると考えられる」

京輔が、柱時計の文字盤に懐中電灯を向けた。四時を過ぎている。鳴ったタイミングを思い返す。うたた寝して起きた時に、二回。お茶会の終わりに、四回。最低でも、死後一時間。

「秋山瑠理さん」

叡太郎は、改めて瑠理に声をかけた。

「一番最後に、杉山さんと一緒にいたのは貴方ですね」

びくり、と。瑠理は体を震わせた。

「瑠理が殺したとでもいうのか」

貴志が、割り込んでくる。

「そうは言っていません。ただ、話を伺う必要があるだけです」

現場の保存は済ませた。次は、初動捜査を行う必要がある。それだけのことだ。

本当に、それでいいのか。危険を知らせる声が、実のところ耳の奥で響いている。何もしていないと不安だから、とにかく何かして誤魔化そうとしているのではないか。そんな声がする。だがもう、後戻りできない。

「全員を広間に集めて何をするかと思えば。次は一人一人のアリバイを確認するのか？　あの部屋は密室だ、ここは閉鎖された空間《クローズドサークル》だ、犯人はこの中にいる、とでもやるのか？」

貴志は立ち上がり、叡太郎の方に歩いてくる。表情に、明らかな嘲笑が浮かんでいる。

「鍵は開いていたので密室ではありません。――とにかく、脅迫状が届いて、杉山さんは殺された。まるで、犯人は部外者であると誤解させようとしているかのようです」

かっと頭に血が上り、気づくと、そう言ってしまった。

「あっ、知ってるぜ。ミスリードとかいうやつだろ」

貴志が茶化すように言った。いや、「ように」ではなく実際に茶化しているのだろう。

「広間にいたことで、アリバイを作ろうとしたとも考えられます」

「アリバイだと？」

貴志は鼻で笑う。

「長谷川さんは夕方頃から自家発電装置の修理にかかりきりでした。除草剤を盗み出す隙はある」

余計に、言葉を続けてしまう。貴志は冷ややかな態度を崩さない。

「彼女は今日の夜、就寝時、杉山さんと同じ部屋にいらっしゃいました」

余計に、突っ込んだことを言ってしまう。

「師匠と弟子、という関係に留まらないかもしれないという推測も成り立ちます」

ようやく、貴志は絶句したらしい。

「その時杉山さんは就寝中でした。あるいは、そう装われていたのかもしれない」

相手の表情も見ずに、叡太郎は畳み掛ける。

「僕は、決めつけてるわけじゃありません。けれども、こういう推測は成り立ちうる。だから、真偽をはっきりさせるために話を聞く必要があるのです」

「随分と勘ぐっているようだから、いいことを教えてやるよ」

貴志の声は、最初よりも随分静かになっていた。それだけに、かえって感じられる。

「オープンにしていることではないが、俺と瑠理は施設の出身だ」

その怒りの、深さが。

「師匠は演奏活動の傍ら、老人ホームから俺たちがいたような施設まで、様々な福祉施設でボランティアをしていた」

叡太郎が言ってしまったことの、深刻さが。

「師匠は、俺たちの施設にも来た。伸び伸びピアノで遊ばせてから、引き続き習いたい人間がいれば教えると言った。その時手を挙げたのが、瑠理と俺だった」

叡太郎は絶句する。

「俺たちは師匠の養子という形で引き取られた。そして、一緒に暮らしながらみっちりピアノを教わった。俺は演奏家になり、瑠理はピアノの魅力を若者に教える仕事をしている」

そこで一旦言葉を切ると、貴志は叡太郎を睨みつけてくる。ここまでの話を咀嚼しろ。滲み出る苦みを、失敗の惨めさを、しっかりと噛みしめろ。そう言わんばかりに。

「そうだなあ、確かに師匠と弟子の関係には留まらないな」

自分のしでかしたことを、思い知れと言わんばかりに。

「俺たちはな、親子なんだよ」

そんなことは知らなかった。そう反論しかけて、叡太郎は口をつぐむ。自分たちの生い立ちを、今日会ったばかりの人間に話すわけがない。問題は、そんなことも知らずに疑いをかけた叡太郎の方にある。知らない情報があるのは公平《フェア》ではない――では、ないのだ。

――僕たちのやることは推理ゲームではなくて、被害者の身辺の警護です。

――良くないですよ、そういう勘ぐりは。

叡太郎は立ちつくす。散々京輔をたしなめておいて、自分は――何をやっているのか。

「何黙ってんだよ、名探偵」

貴志がいよいよ嘲りを露わにする。叡太郎は、それに答える言葉がない。

「長たらしい説明は終わりか？　さっさと謎を解いて、真犯人を暴いて見せろよ！」

「その必要はない」

――代わりに、京輔が口を開いた。

「おう、真打ち登場で謎解きシーンテイク２か？」

貴志が、挑発の矛先を京輔に向ける。

「解くのではない。問うのだ」

京輔は、その攻撃を正面から受け止め、堂々と返した。

「今の話で、俺は確信を得た。しかし、俺は名探偵ではない。哲学の学徒だ」

京輔は周囲に目を向ける。

「真理、本質、真実。そういったものには、思索と対話によって迫る」

その視線が、瑠理で止まった。そして、視線は言葉を連れてくる。

「杉山隆一は、自ら命を絶ったのだな」

衝撃的な、言葉を。

瑠理は、京輔の問いに答えなかった。ただ、俯いているばかりだ。

「どうして」

ぽつり、と。瑠理が言った。

「どうして、先生が自殺なさったと」

その声は、どこか遠いところから響いてくるかのようだった。彼女の存在が、ひどく不安定に感じられる。今にも、広間の闇に溶けてしまいそうだ。

「耳が遠くなっていることには、気づいていた」

瑠理が目を見開く。

「初対面の際、貴方と杉山氏との距離は近すぎた。失礼だが、愛人だろうかとも考えた」

確かに、二人は寄り添うように姿を現した。叡太郎も、不思議に思ったものだ。

「会話をしているうちにその疑念は解けた。貴方は、杉山氏をフォローしていたのだな」

相手のことを貴方、と表現するのも、氏をつけるのも珍しい。おそらくは、気遣っているのだろう。叡太郎には——まったくできなかったことだ。

「話したことを、繰り返されることもあった」

——哲学ジャーナリストの備前さんと鷺島さん、ですね。この度は取材、お疲れ様です。

——音楽と哲学の関係！　面白そうですね。

「貴方が繰り返さなかった部分において、会話に微妙な行き違いが生じることもあった」

――ええ。『中央公論』に載せる予定のインタビューです。

――是非とも。本にして頂けると嬉しいですね。

「食事中も同様だ。俺の行儀について、僅かな行き違いが生じることがあった。貴方はそれを、さりげなく修正していた」

――いい食べっぷりですな。行儀などは、どうぞお気になさらず。

――佐恵子さんの料理、美味しいでしょう。

「気づかれていたのですね」

瑠理は項垂《うなだ》れた。京輔の話の内容が正しいと――認めた。

「高齢による難聴は、高い周波数から聴力が落ちる傾向がある。高音域が聞こえなくなるというのは、女性の声が聞こえなくなるのとは違う。さしすせそのsや、たちつてとのtなど子音が聴き取れなくなる。そして、言語が言語として認識できなくなるのだ」

「そう、だったのか」

貴志が、愕然とした面持ちで呟く。

「しかし、全く聞こえなくなるわけではない。大変な困難は伴うだろうが、楽器の演奏も不可能ではないはずだ」

「ええ。最初のうちは、備前さんの仰る通りでした」

瑠理が、話を始める。

「音の美しさが衰える。これならまだ大丈夫だと。わたしの魂の中にもベーゼンドルファーはある。演奏しながらそれを聴けばいいと」

「演奏しながらそれを聴く」というのは、おそらくは心の中で本来の音をイメージするということなのだろう。驚くべきことだが、一流の音楽家なら可能なのだろう。

「しかし、それだけでは済まなくなりました」

瑠理の表情に変化はない。声だけに、違いが表れる。

「しばらくしてから、音程が濁ると仰られるようになりました」

不規則に揺れ、小刻みに震える。怯えにも似た何かが、そこにはある。

「音程が外れているように、聞こえたそうです」

貴志が息を吞んだ。音を奏でる者にとって、それは想像を絶する恐怖なのだろう。

「左右の聴力に差があると、そうなると言われている。音楽家のように繊細な聴力であればあるほど、その僅かな違いで苦しむと聞いたこともある」

京輔が、嘆息する。

「ものの聞こえ方は、他の誰にも分からない。どんな音がどう聞こえているのか、分かるのは自分だけなのだ。人は感覚を共有できず、言葉にして伝えることしかできない」

「指先にも、衰えが生じていました」

言って、瑠理は自分の指を組み合わせた。

「得意としていた曲が、ミスなく弾けなくなっていらっしゃいました。一方で、音程が聴き取れないから、ミスタッチなのかミスタッチでないのかの判断さえ、困難になる」

叡太郎は、あのパノラマ塔屋を想像した。ピアノの前で、苦しむ一人の老演奏家の姿を。

「病で失聴したり、聴力が衰えたりして第一線を退いた作曲家は何人もいる。テノールは喉が衰え高音が出なくなる。指揮者《マエストロ》は曲を通して立って指揮することが難しくなる」

貴志が、再び話し始めた。沈鬱な口ぶりだ。

「元気だっただろう時の師匠と話したことがある。作曲家の傑作は色褪せない。高音を出さずとも、できる表現はある。座って指揮をするのは、恥ではない。俺がそう言うと、師匠はその通りだと答えた。絶頂期にベストのパフォーマンスを繰り広げることだけが、芸術ではない。芸術とはそんな底の浅いものではない。ただ才能のピークにあるだけの人間には辿り着けない、そんな境地もある、と。――師匠は、諦めたのか」

諦めた。その言葉を聞くなり、瑠理が顔を上げる。

「先生お一人では、どうにもなりません。貴志さんにも、それは分かるはずです」

彼女の瞳に、炎が宿っている。その視線で射抜かれた貴志がたじろぐほどの――激情。

「先生は、もう一度舞台に上がりたいと考えていらした。一方で、『悲劇の主役』となることも恐れておいででした」

「聴こえてくるものを、どう感じ取るのか。感じ取った何かを、どう受け止めるのか」

京輔が、瑠理を見た。

「貴方に投げかけられた問いだ。これは、杉山氏の直面する苦悩を言っていたのだな」

瑠理は首を縦に振った。静かに。そして、哀しそうに。

「――先生が全て、明らかにされれば。そして、演奏会を開かれれば。沢山の人が、聴きにいらっしゃることでしょう」

その哀しさのままに、瑠理は独語する。

「その方たちは、何を聴きに来られるのでしょう。苦しみながら絞り出す、痛ましい『ひび割れた骨董』のような演奏でしょうか。それとも、『かつての才能の輝きを失いながらも、それでも懸命に老いに立ち向かうピアニスト』という物語《ストーリー》でしょうか」

「後者である可能性を、俺は否定できない」

瑠理の呟きに、京輔が答えた。

「人は直接『物自体』に触れているわけではない。あくまで自分の感覚を通して、感じているに過ぎないのだ。我々は、一人一人が全員違う色眼鏡とヘッドホンをつけて世界を見聞きしている」

モーツァルトについて、その楽曲についてのやり取りを、叡太郎は思い出す。

「物語は、その色眼鏡やヘッドホンに作用する。古来、人の心を最も動かすものの一つが物語だ。物語に心が動けば、物事の受け取り方は全く異なるものになる」

京輔はこのことを考えていたのだろう。人が人の表現を評価することの、難しさを。

「数ヶ月前、先生は二階のバルコニーから飛び降りようとされました」

瑠理が話を再開する。明らかに間が空いたのは、その時の衝撃が蘇ったからだろうか。

「夜のことでした。その時は、どうにか間に合ってお止めできました」

瑠理の声が、言葉としての姿が保てなくなるほどに震えた。

「先生は、気の迷いだった、他の人には黙っていてほしいと仰いました。もうしない、とも」

瑠理は自分の肩を抱く。

「しかしお側で見ていたら、先生の『気の迷い』が消えていないことは明らかでした。お医者様に相談しようとお話ししても、先生は拒まれました。人に知られなくないと」

「当人の同意がなければ、診察を受けさせることはできないからな」

京輔の言葉に、瑠理は力なく頷いた。

「わたしは、できる限り先生のおそばにいるようにしました。昼間は比較的調子がよいようでいらしたので、夜にお一人にしないよう心がけていました」

彼女は、杉山の部屋にいた。あれは、そういうことだったのだ。

「やがて、昼間にもしばしばご様子がおかしくなられて。そこで、理由を付けて貴志さんをお呼び出ししました。たまたま脅迫事件のニュースを見て、真似もしました」

彼女なりに、必死だったのだろう。見守る目を増やして、防ごうとしていたのだ。

「——それも、ばれていたのでしょうか？」

「もし脅迫が本物であれば、我々が訪れた時に部屋の扉に鍵がかかっていなかったのはおかしい。貴方がうっかりかけ忘れるタイプの人間には見えない。そう考えてはいた」

「やはり、浅知恵だったのですね」

瑠理が自嘲気味に笑った。

「そう、浅知恵でした。——わたしは先生がお休みになっていると勘違いして、広間に来ました。先生が夜によく眠られることは珍しいのに、大きな声で中断されてしまってはと思って。そうしたらその心配はいらなくて、ほっとしたらつい話し込んでしまって。わたしが、先生のお側についていたら——」

瑠理は黙り込む。激しい後悔に、苛まれているようだ。

「自分を責めるな」

そんな瑠理に、京輔は語りかける。

「死に向き合う人間と二十四時間向き合い続けることは、不可能だ。どこかで自分を労らなければ、持ち堪えられるものではない」

瑠理は口を開きかけ、そして閉ざす。京輔の言葉に、感じるところがあったのだろう。

叡太郎は理解する。ふと見せた明るい横顔、うたた寝をする姿。あの時の彼女は、人一人の命を支える重さから解き放たれていたのだ。

悔やまれてならない。どうして、もう少しでいいから気づけなかったのか。疑いをかけるのではなく、心を配ることができたのではないか。

「騒ぎにしようというやり方も、決して誤りではない。著名な身内や警察を動かし騒ぎを大きくしていけば、より街中に移動する理由にもなる。そして人目に触れることが増えば、また状況も変わっていたはずだ」

「そこまで、わたしは辿り着けませんでした。先生を、お連れできなかった」

瑠理が激しく首を横に振った。美しい髪が乱れる。彼女の内心を、表すかのように。

「仕方ないことだ。杉山氏は、綿密に計画を練っていた」

痛ましく思う気持ちを、京輔は声に滲ませる。

「自殺しようとする者がそんなことをするとはおかしい、と感じるかもしれない。だが、起こり得ることなのだ。生きることへの恐怖が死ぬことへの恐怖を上回った時、人は自ら命を絶つ。恐怖から逃れるために全力を尽くすのは、生物の本能なのだ。たとえ、逃れたその先が死であっても」

堪えきれなくなったように、瑠理は両手で顔を押さえた。

「――自家発電装置も、おそらくは杉山氏の仕業なはずだ」

京輔が話を再開する。

「前もって、枝や土を少しずつ詰めておいたのだろう。そして出来上がったところで、話題に出した。長谷川氏に修理に取りかからせ、除草剤を盗み出すために」

長谷川が、無念そうに唇を嚙みしめた。佐恵子が、そっと寄り添う。

「続いて、貴方に練習するよう言った。ピアノの音くらいは聞こえるから、その練習の間に行動に移したのだろう。好んで繰り返し弾いている曲なら、弾ききるまでの時間も概ね分かる。さほど困難ではなかったはずだ」

聞いていて、胸が苦しくなった。杉山隆一は死ぬことにした。準備を重ねて、人を騙してでも。互いに大切に思っている相手を、出し抜いてでも。

「そして、準備が整った丁度その時に停電という好機が訪れた。それまでには、迷いもあり中々実行できずにいた。だが、人が増えるにつれ、段々やりにくい状況に置かれていると感じ、焦っていた。除草剤を今日盗み出したのも、更に動きにくくなる前にと急いだのだろう。人は、選択肢が多い時より少ない時に行動的になる。増えるタイミングより減るタイミングで大胆になる。やりにくくなればなるほど、やってしまうのだ」

あまりに皮肉な結果だった。瑠理が助けようと努力すればするほど、その努力が杉山を死へと誘《いざな》ったのだ。

「先生には生きていてほしかった。演奏ができなくなったから、価値がなくなったなんて思いません。死ぬことを潔いだなんて、思いません」

誰に話すともなく、瑠理が言う。

「先生は確かに偉大なピアニストです。歴史に残る音楽家です。でもそれだけじゃない。優しくて厳しくて、温かい人でした。ピアノがなくても、わたしにとって先生は父です」

後は、言葉にならなかった。代わりに、瞳から涙となって零れ落ちた。

誰もが口を閉ざした。蠟燭の炎が、幽《かす》かに揺れる。ここにいる誰かの、あるいはそうではない誰かの心の溜め息が、炎にかかったのかも知れなかった。

叡太郎たちは、地元の警察の捜査に協力した。

自殺を防げなかった責任は、問われなかった。そもそも叡太郎たちがいなければ捜査は難航した可能性があったからだ。逆に、県警本部長から直々に褒められさえした。

著名なピアニストの自殺は、世間を騒がせた。杉山については知らない人間も、あの飛鳥井貴志の師匠ということで興味を示した。

週刊誌記者の小松原聖菜から着信があり、何か知らないかと聞かれたりもした。彼女との繋がりは重視すべきだが、瑠理や死んだ杉山の苦悩を世間に晒すのも気が咎《とが》めた。そこで、二三の当たり障りないエピソードを教えたり、捜査情報の漏洩にならない程度に「警察関係者」の話をするに止めた。長野にいることも伏せた。

飛鳥井貴志は、積極的にメディアに露出した。「売名」と揶揄されるのも恐れず、「芸術」の美名の下に杉山の死を正当化しようとする人間への批判を繰り広げた。

瑠理は、脅迫状について捜査が進められている。貴志の紹介による弁護士がついているので、安心できそうだ。

長谷川夫妻は、次の仕事を探しつつしばらく洋館の維持を行うらしい。洋館の今後についてはまだ何も決まっていないが、大切にしたいのだそうだ。

——どうか、気にしないで下さい。

最後に顔を合わせた時、瑠理は言った。

——鷺島さんは、しなくてはいけない仕事をなさっただけなんですよ。

心からの言葉だと、痛いほど伝わってきた。だからこそ、余計に苦しくなった。

そんな人に自分は疑いをかけてしまったのだと、思い知らされたから。


中央自動車道を、叡太郎の車は走る。さほど、混んではいない。

「ショーペンハウアーの話をしたな」

助手席の京輔が、口を開いた。

「悪口のキレがいい人ですよね」

叡太郎の反応に、京輔は頷く。

「ああ。実のところ、他人の悪口以外に哲学的な思索も形にしている」

京輔は本を読んでいない。珍しいことだ。読むものがないのか、読む元気がないのか。

「ショーペンハウアーは、『人生は夢である』という話をすることがある。生は夢であり、死は目覚めであると。人は『命の源』とでも言うべき世界から生まれ、死んだ後は再びそこに戻る。その一瞬の間に見る夢のようなもの、それが人の生であると」

何か、自然と馴染む考え方だった。無から生まれて無に還る。そんな、東洋的な感覚に似ているからだろうか。

「悪夢において、人は不安や恐怖が最高潮に達した時に目覚める」

京輔が言う。

「もし人生が夢ならば、人生においても同じことが起こるだろう。そういう話を、ショーペンハウアーはすることがある」

それきり、京輔は口を閉ざした。

夢から目覚めたその先に何があるのか。そう訊ねようとして、結局叡太郎はやめた。聞いても、答えはないだろうと感じたからだ。

それは、究極的には目覚めてみないと分からないことだからだ。そして、夢から目覚めきった後で、夢の中に戻ってその答えを誰かに教えることはできない。

目覚めた時点で、夢は終わってしまうのだから。

第四章　東京都民

「よろしい。アテナイ人諸君、では私は
これから弁明を行わねばならぬ、そうして諸君が旧くから
私に対して抱いているところの
疑惑を諸君から除き去ることを試みなければならぬ——
しかもきわめて短時間に！」

プラトン『ソクラテスの弁明』

定時と同時に、彼は仕事を終えた。定時が来たから終えたのではない。定時に終えるよう日々緻密にスケジューリングしているのだ。

それは退勤後も同じだ。ジムで一汗流し、家に帰って夕食。毎日変わりない。

「おい、鷺島」

だが、今日は予定にない出来事が起こった。庁舎を出た途端、声をかけられたのだ。

「ちょっと、話がある。面《つら》を貸せ」

声をかけてきたのは、一人の男性だった。白いものが交じる髪、ドスの利いた声。背丈は鷺島よりも低いが、がっちりしていて精悍である。

「お久しぶりですね」

まず挨拶する彼に、男性は――落合静夫は顔をしかめた。

「いつまで経っても堅苦しいな、鷺島は」

今でも彼のことを『鷺島』と呼び捨てる、ごく僅かな警察関係者の一人である。

「貴方も、相変わらず言動が突発的です」

「人を脳卒中みたいに言いやがって」

静夫はぎょろりとした目をすがめる。昔から変わらない癖である。初めのうちは何らかの不快を表明しているのだろうと推測していたが、少しして違うと分かるようになった。眉間に皺を寄せるとか苦笑とかふくれっ面とか、そういう様々な感情表現を彼はこの表情に集約しているのである。大変効率的で、見る度に感嘆させられる。

「まあ、呑みながら話そうや」

静夫は彼の背中を叩いた。力が強すぎてむせる。これも昔から一緒だ。初めのうちは攻撃的な意図があるのかと警戒していたが、やがて違うと分かった。単に勢いが良いだけなのだ。あるいは叩かれる彼の方に、もっと頑強な背中が必要なのかもしれない。

「呑みながらですか」

腕時計で時間を確認する。すぐ妻に連絡すれば、夕食を無駄に作らせずに済みそうだ。

「いいでしょう」

旧友と酒を酌み交わす時間は、不要ではない。鷺島勇は、そう判断した。


静夫に連れて行かれる店の傾向も、昔から変わらない。大衆的な居酒屋が多く、高級な店は「息苦しい」と言って避ける。気持ちはよく分かる。勇も同じだ。

「生一丁です」

若い店員が、静夫の前に酒を置いた。

「――カシスオレンジです」

ほんの一瞬の間をおいて、勇の前にも置く。

「落合くん、少し聞きたいことが」

店員が去った後、勇は静夫に訊ねた。

「先ほどの店員さんが、何らかの違和感を抱いているかのように感じられました」

「そりゃ、見るからにザ・エリートなおっさんがカシスオレンジ頼んだら驚きもするだろうが」

「母音の単語の前につけるTheはジと発音すべきでは」

「どうでもいいだろんなこたあ」

「The elite」

「正しい発音はいいっつうの。ほれ、乾杯」

警察大学校時代から内容に進歩のないやり取りをしながら、グラスを合わせる。進歩しなくていい関係というのもありがたいと、最近つくづく思う。

注文した料理が、次から次へとやってくる。料理を頬張り、酒を流し込み、話す。

「おたくのお子さんはどうですか？」

「ああ、割合元気にしてるよ」

二人とも年を重ねたし、家族も持った。自然と話題はそちらに流れる。

「人との会話が上手く行かねえまんまだけどな。まあ、それならそれでやり方もあらあな」

「なるほど」

「同じ本ばっか読んでんだよ。『十五少年漂流記』。俺のを貸したら、ずっと読んでやがる。感想聞いたら、一字一句まで丸暗記してるんじゃないかって勢いで覚えてやがる」

「そうなのですね。うちの息子も読書が好きです」

相槌を打ちながら、勇は軟骨をかりこり食べる。居酒屋メニューでは軟骨が好きだ。食感に特化した潔さが好ましい。

「へえ、いいじゃねえか。元気してんだな」

「ええ。しかし、弟の方に懐いてしまって。わたしはあまり好かれていないようです」

少し肩を落とす。

『鬼鷺』も形無しだな。――と言いつつ、俺も似たようなもんだ。事件だって家を飛び出す時にゃあ、ついかっかしちまう。息子をビビらせちまってるんだろうなあ」

口調はしょんぼりしている静夫だが、食べ方は猛々しい。フライドポテトやら唐揚げやら油っこいものばかりを、飢えた大学生のような勢いで食べる。健康のためにも控えた方がと助言しているのだが、中々耳を貸さない。

「そう言えば、よ。本題だ」

静夫は、彼らしくもなく言い澱む。表情と合わせて、「本題」の深刻さが窺える。

「聞いたか。尾島《おじま》が辞めるぞ」

勇は無言で頷いた。多分、その話だろうと見当は付けていた。

「ま、無理もないわな。プライドの高いあいつが、左遷を我慢するわけもねえ」

尾島正道《まさみち》。勇や静夫の同期であり、勇がその警察官生命を事実上絶った男だ。

「やっぱりあいつは公安部《ハム》に行くべきじゃなかった」

「能力的には、極めて相応しい存在だったと思います」

情報を分析する手腕、人を操る才能、手段を選ばない冷徹さ。国家体制を脅かす相手と戦うのに、正道ほど相応しい存在はいなかった。その評価は、今でも変わらない。

「んなこたあ分かってるよ。――それでも、だ」

勇にも、静夫の言わんとするところは分かる。黙って頷き、軟骨をかりこり食べる。

「自分の才能は鼻にかける、他人のことは下に見る。『政治家《バッジ》を挙げたい』やら『目標は長官』やら、模試の偏差値競争気分が抜けてないところもあったしな。嫌なやつだったよ」

手厳しい評価である。まあ事実犬猿の仲ではあった。何度仲裁したことか、そして何度仲裁しているうちに矛先がこちらに向いて迎え撃つ羽目になったことか。

「負けず嫌いな一方、相手のいいところは認めることができるやつだった。褒められると素直に喜ぶし、何か失敗したら隠さず正直に白状した。正々堂々たる嫌なやつだった」

一方で、二人は憎み合ってはいなかった。犬と猿は、互いに認め合ってもいたのだ。

「でも、公安部に行ってからやつは変わった。なまじ向いてたから、適応しすぎたんだ」

地下に潜り、対象となる組織の内部やその周辺に協力者を作る。尾行や監視を通じて相手を調べ上げる。場合によっては、対象が不法行為を犯しても見て見ぬ振りをすることさえある。それが公安警察だ。正道はそこで、連綿と受け継がれてきた「手法」を身に付けた。その「手法」は、やがて正道を侵食した。少しずつ、彼の心を染め上げていった。

「そして、一線を越えた」

勇は呟く。

公安部の仕事は、通常表に出ない。しかし、だからと言って何をしてもいいわけではない。警察官として、人としてやってはならないこともある。正道はそれに、手を染めた。

「俺は、お前があいつのしたことを裁いたのは良かったと思ってる。誰かが止めなくちゃいけなかった。むしろ、押しつけたみたいになったんじゃねえかって後悔もしてる」

静夫は目を逸らす。勇はいいえと首を振って見せた。

「わたしはわたしの仕事をしたまでです。あの時あああするのは、わたしが適任でした」

自惚れで言っているのではなく、正道に引導を渡せるのは勇だけだった。他の誰であっても、上手く行かないか、正道が納得せず徹底的に反抗するかのいずれかだっただろう。

「それでも、だ」

俯きがちに、静夫は言った。彼のジョッキはほとんど空になっている。

「俺ぁ心配なんだ。あいつがどうなるかだけじゃねえ。あいつが、何をやらかすかもだ」

「――信じましょう」

そう答えると、勇は新しい軟骨をかりこりと食べる。

「ところでだな、おめえは軟骨ばっかり食ってんじゃねえよ」

「好きですので」

「未来の警察庁長官殿ともあろうものが、好物が軟骨じゃしまらねえよ」

「たこわさも好きです」

「大して変わんねえよ。――しかし、そうか。警察庁長官か」

静夫は殆ど空のジョッキに口を付け、残り僅かなビールを流し込む。

「俺たちの代の総意だよ。お前が警察庁長官で、あいつが警視総監。それでよかった」

そう言って、静夫はジョッキを置いた。

「それでよかったんだ」

彼の目は、寂しそうだった。二度と戻らない何かを悼《いた》む。そんな色が、あった。

多分、自分も同じ目をしているのだろう。勇はそう思った。


捜査顧問のサポート。一般的ではない職務であり、勤務形態もまた類を見ない形である。具体的に言えば、そこまで頻繁に出番がない。何だかんだまだまだ日本は平和で、捜査顧問が出張って哲学的な対話を繰り広げるべき事件がぽんぽん発生することもないのだ。

さて。その間、捜査顧問のサポートたる叡太郎は何をしているのか。

「すいません、自転車ちょっと止めて頂けますか」

普通の警察官の仕事をしているのである。

——キャリア警察官が地域警察官の仕事をするのかと言われれば、答えはYESだ。現場見習いという期間があり、交番での制服勤務や捜査実務を経験するのである。

「自転車の防犯登録番号の確認、させて頂いてもよろしいですか」

叡太郎が言うと、若者はようやく自転車から降りた。年齢は高校生くらいだろうか。

「警察もさせて頂く語使うんだ」

若者は、小馬鹿にするような物言いをしてきた。

「すいませんねえ。少しだけお時間取らさせて頂きます」

一緒に行動している高中誠也《たかなかせいや》巡査長が、押し出し強くやりとりする。ゴツい体形と餃子型に潰れた耳が発する、無言の威圧感。若者は怯み、慌ててふて腐れた態度で誤魔化す。その間に、叡太郎は登録データをオンラインで確認した。後藤翔人《ごとうしょうと》。住所はこの辺りで、年齢も見た目通りだ。一応確認しておこう。

「お名前をお願いします」

「後藤翔人」

スマートフォンを触りながら、若者は極めてぶっきらぼうに答えてきた。失礼な態度である。おのれ、つけ回してながらスマホの現場でも押さえて補導してくれようか。

「はい、ご協力ありがとうございました」

という内心は抑え、高中以上のにこにこ笑顔で叡太郎はそう言ったのだった。


「今日は良い天気ですねえ」

パトカーのハンドルを切りながら、高中が言う。運転も叡太郎がやるし、言葉遣いも新人に対するものでお願いしたいと言っているのだが、高中は聞いてくれない。

まあ、こうして話してくれるだけでもありがたいのだが。『刑事局長殿の弟のルポライターさん』が各地の都道府県警で特別扱いされる小説があるが、叡太郎の父親は警察庁長官殿である。フィクションよりたちが悪い。

しかも、父はただの警察庁長官ではない。警察組織内のあらゆる不正に対して、徹底した処分を下してきた長官なのだ。ついたあだ名が「鬼鷺」である。

その息子は、鬼の息子としての扱いを受ける。何か親にご注進でもされたらたまらない、というわけだ。冷静に考えれば、そんな生きる警察法みたいな人間が、自分の息子の告げ口なり讒言《ざんげん》なりに耳を貸すわけもないのだが。

「晴れてますよね。もう沖縄の方は梅雨入りみたいですけど、東京はまだまだですね」

叡太郎は、高中の話に返事をした。時候の挨拶の極みである。

「しかし、さっきのガキは生意気でしたねえ」

それまで出していたウインカーを消すと、高中が言った。叡太郎は、ちらりと高中の顔を見やる。彼の声に、単なる雑談以上の棘を感じたのだ。

「最近ね、感じるんすよ。ああいう空気みたいなの」

彼の細い垂れ目は、相当に尖った光を放っていた。

叡太郎が勤務している交番で、荒事に一番強いのは高中である。いざ相手を制圧すべき時に一切の躊躇なくねじ伏せられる猛々しさが、彼にはあるのだ。世が世なら、きっと野武士として暴れ回っていたことだろう。

「SNSでも、警官の悪口が増えてんすよ」

声に、忌ま忌ましさを滲ませながら、高中が言った。

「最近、色々起こってるでしょ。事故とか事件とか。それ、全部警察のせいにされてて」

「えええ」

叡太郎は驚く。あまり見る習慣がないので、全く知らなかった。

先ほどの若者の姿を思い出す。彼が触っていたスマートフォンを思い出す。彼もまた、「お巡りに自転車止められた。うぜえ」みたいな投稿をするのかもしれない。

警察官はあまりSNS映えしない。スピード違反の取り締まり、巡回連絡。駐車禁止の取り締まり、職務質問。どれもこれも、愚痴を吐かれるような業務ばかりだ——

そう考えて、何となく不気味な気分になった。京輔流に言うと、直観だろうか。何か、良くないことが起こるような気がする。特に根拠はないのだけれど。

「そういや、そろそろ昼ご飯ですよね。出前取りましょうか」

叡太郎は、話題を変えることにした。この話を続けても、気分が暗くなるばかりだ。

「あ、いいですねえ。やっぱ八珍亭《やっちんてい》のチャーシュー麺餃子セットかなー」

高中は嬉しそうに笑う。ほっとしながらも、叡太郎は不吉な予感を拭いきれなかった。

＊

『若いのとデカいのに絡まれた警察は調子乗ってる』

下手な文章と立てた中指の写真が、画像SNSを流れていく。句読点も使えない、画像に頼らないと感情表現もできない。そう見ると言語能力が劣化しているようだが、こういう若者でも話してみると会話になることが多い。知識や語彙も豊富で、ネットを無駄に使っていないことが分かる。結局のところ、文章も写真も「文法」なのだ。

見分けるポイントは、文章の繋がりだ。起承転結があり、一文一文が繋がっていればまず問題ない。思考の芯が通っているかどうかで、判断できるのだ――

「ふん」

思わず、苦笑した。あらゆるものを分析する。まったく悪癖だ。

SNSを閉じ、海外製のメッセージアプリを開く。匿名性の高さで知られるアプリだ。業者の何人かから、連絡が来ていた。適宜確認し、指示を出す。使っている端末はタブレットである。老眼ばかりは、如何《いかん》ともし難い。

――インターネット上の評判は、操作できる。これは本来常識であるはずだ。SNSのフォロワーは金銭で買える。ショッピングサイトや地図ソフトの悪評は野放しだ。グルメサイトにしても、口コミという仕組みの原理上、決して透明にはなり得ない。

ウェブコンサルティングだSEO対策だといった看板を掲げる業者の中には、そういった部分で「飯を食っている」者が少なくない。その中から使えそうな者を選んだのだ。

メッセージアプリに、再び通知が来た。

【約束の件、何卒よろしくお願いします】

――業者といえど、分解していけば人だ。そして人の所行は、善事のみで構成されていない。社会に対しての、組織に対しての、家庭に対しての、背信行為も含まれている。

今話している相手の弱みは、未成年相手の買春行為だ。インターネット上で「炎上対策」や「マーケティング」を行う内に、身元を隠しおおせるという自信をつけ、「リアルＪＫ」との買春に及んだのだ。

「現場」の動画、買春相手の証言、連絡の一部始終——全てを押さえてある。彼には、行為そのものは現実世界で行うという感覚が抜け落ちていた。それが、命取りだった。

【ご心配なく。ところで、お願いしている投稿の件なのですが】

追加で指示を出す。彼らは、ＳＮＳやウェブ検索結果の操作などについての技術には習熟している。だが、もっと基本の部分、情報収集分析《インテリジェンス》における教育が不足している。

【分かりました　気をつけます】

こちらの指示にそう答えてから、相手は一言付け加えてきた。

【ここまでやって大丈夫なんでしょうか？】

その心配は、実のところもっともである。ネット上の情報操作には越えてはならない一線があり、今やっていることはそれを明確に越えている。それこそ、素人でも分かるほどにだ。

【大丈夫です。狙っているのは、瞬間最大風速での混乱なので】

【分かりました】

相手は納得した。ちなみに彼の買春相手には、素性を知りたいと頼まれている。彼を脅す際に協力を得たので、教えるつもりだ。知ってどうするつもりなのかは、興味もない。

かつては、もっと丁寧に「メンテナンス」していた。任務上、様々な人脈を保持することはそのまま自身の武器となったからだ。

しかし、今の自分に任務はない。あるのは、義務だけだ。

目には目を、歯には歯を。人が、板状電子機器《タブレット》ではなく粘土板《タブレット》に文字を刻んで情報を保存していた頃から変わらない法則。それに基づいた、義務だ。

＊

勤務を終えると、叡太郎は寮に戻った。

スマートフォンで、ＳＮＳを眺める。まともに見るのは、編集者の一件の時以来だ。

「――うーん」

なるほど、確かにひどい。ＳＮＳ上において、警察への猛烈なバッシングが繰り広げられていた。警察官の評価を貶めるような真偽不明の画像さえ、無数に出回っている。

「警察は貴族だ」「支配者階級だ」。そんな意味合いの書き込みまで見られる。荒唐無稽な話だ。警察官のなり手は、この十年で半分に減少したと言われる。キャリアもノンキャリアも、等しく人気が落ちている。仕事の大変さで、避けられるようになったのだ。国民千人あたりの警察官の人数も、世界で最も少ない部類に入る。

腑に落ちない。事実《ファクト》にうるさいはずの今のＳＮＳで、なぜこうなってしまったのか。誰が、これを引き起こしたのか。そこが全く見えない――

『無実の人間をでっち上げて逮捕して、点数稼いでるんだろ』

そんな書き込みが目に入った瞬間、叡太郎の頭は真っ白になった。何も考えられなくなり、反射的に書き込みをＳＮＳのアプリごと画面外へとスワイプする。

長野で自分が犯した失態――無実の人を犯人扱いした記憶が、まざまざと蘇る。

――自分は、警察官に向いてなどいなかったのではないか。

叔父だったら、きっとあの場でもっと冷静に振る舞えただろう。少なくとも、自分を見失うことはなかったに違いない。それが本当の、本物の、警察官だ。

――いっそのこと、やめてしまうべきではないか。

父には、どう思われるだろう。呆れた目で見られ、馬鹿にされるのだろうか。想像しただけで、情けなさに体が震える。しかし、このまま続けていく自信はどこにもない――

思い悩んでいると、スマートフォンが振動した。メッセージアプリの振動パターンだ。

【笛を吹くことは素晴らしい。心が癒やされる。そして哲学的でもある。哲学とは……】

京輔だった。ちょっと今は哲学に付き合う元気がない。見なかったことにしよう。

【備前京輔が動画を送信しました】

目を離す直前に、そんな通知が来た。動画を送ってくるとは、ただ事ではない。

メッセージアプリを立ち上げる。表示されたのは、笛の哲学的意義に関する長文メッセージと、一本の動画だった。メッセージは後回しにして、とりあえず動画を再生する。

液晶画面に映し出されたのは、リコーダーを手にゲーミングチェアに座る京輔の姿だった。冗談じみた光景だが、京輔の面持ちは真剣だ。そこが更に冗談的である。

京輔はさっと笛を構えた。吹き口に唇を当て、リコーダーを吹く。

ぴー、ぴーひょろ。

あまりのことに一時停止する。そういえば、音楽を深く理解することの難しさに煩悶する京輔に何か簡単な楽器でも始めてはとすすめた記憶がある。それに従い、リコーダーを始めたようだ。

【再生したか。どうだった俺の演奏は。】

京輔が、リアクションを要求してくる。

【今後の成長に期待してます。何の曲ですか？】

実際のところ音楽にさえ聞こえなかったが、それは言い過ぎなので加減しておく。

【ドレミの歌だ。】

もう一度再生してみる。ぴーひょろ。

【今後の成長に期待してます】

【ああ。きっと応えてみせよう。これからも定期的に成果を披露する。】

リアクションを間違えたかもしれない。叡太郎が軌道修正を模索していると、着信が入った。小松原聖菜。週刊誌の記者だ。まったく、落ち込んでいる暇もない。

「はい、もしもし」

叡太郎は通話ボタンを押した。出ないわけにもいかない。

『ども、小松原です！』

元気いっぱいの声が飛び出してくる。彼女のつぶらな瞳が、ありありと思い浮かぶ。

『お忙しいところすいません、少々折り入ってお話が』

すいません、といいつつ話す気満々だ。この辺り、さすがは記者と言うべきだろう。

「はいはい、何でしょう」

埼玉の病院で出くわし、色々あって協力を要請して以降、叡太郎と聖菜は時折こうしてやり取りしている。聖菜の方からかかってきて、あれやこれやと取材されるのが基本だ。

『詳しくは、一度お会いしてお話しすべきだと思います。できるだけ早く』

しかし、今回は違うらしい。聖菜の声は、いつになく緊張している。

『鷺島さんのお父様を誹謗する怪文書が、弊誌編集部宛に届きました。他の報道機関にも送りつけられているようです』

＊

【首になるだけではすまなそうです】

そんなメッセージを見て、だろうなと呟く。相手は、大手携帯キャリアに勤める女だ。

【わざとだったとは気づかれなかったんですが、それでも何らかの形で責任は問うと】

この女のミスで、大規模な障害が発生した。他社が起こした障害と同じミスであり、業界全体の批判に繋がっている。責任を問いたいという気持ちは分からないでもない。個人ができる補償などたかが知れているので、見せしめの意味が大きいだろう。

【少々お待ちください。お金を振り込みます。迷惑料とお考え頂ければ】

相手の仮想通貨のウォレットに、送金する。約束の分は既に払っているが、追加の口止め料だ。

【確認しましたありがとうございます　凄くたくさん】

しばらくしてから、メッセージがきた。

【これで、リュウくんにお店を持たせてあげられます！】

彼女の弱みが、これだった。ホストに入れあげているのだ。

彼女は知らない。そのリュウくんが店を持つ気などさらさらなく、適当なところでホスト業を切り上げて後は遊んで暮らすつもりなのも。そのために、もっと「太い」相手を捕まえていることも。何人もの女性を風俗に沈め、やり過ぎたことで素性の分からない相手に脅され、自分の「客」についての情報を流したことも。

まあ、知っていたとしても何も変わらなかったかもしれない。リュウくんを助けるために、結局まったく同じ行動を取ったかもしれない。

実のところ、特別珍しい話ではない。様々な界隈で、同じ光景を見てきた。女にも、男にも、執着した相手のために全てを擲《なげう》つ者がいる。むしろそうすることで悦びを得ているようにも見える者がいる。そしてそういう者たちを利用し、骨の髄までしゃぶりつくしてから捨てる者がいる。何百年、何千年と繰り返されてきたのだろう摂理だ。

一段落したところで、今度は別の端末が鳴った。端末は相手やグループによって分けている。足がつく可能性は、どれだけ低くしても低すぎるということはない。

「何だ」

通話に応じる。相手によっては、何らかの理由でスマートフォンが使えなかったり、慣れたアプリ以外操作できないという者もいる。そういった相手用の端末の一つだ。

『おい、大変だ』

大きな声が、端末から流れてくる。追い詰められた人間特有の、上ずった響き。

無言で通話を切る。即座に端末の電源を切り、ＳＩＭカードを抜いて破壊する。今のは、送電鉄塔を倒すにあたって用意した協力者の一人だ。捜査の手が伸びたのだろう。長野でいくつか停電を引き起こしても、その被害が全国的に広まるものではない。あくまで、「警察への不信感」や「治安への不安」を喚起するための、一つの手段だった。

「停電」は、とりわけ都民には一種のトラウマだ。そこを揺さぶって不安を生じさせ、業者たちが警察への不信へと誘導していく。狙いは成功し、警察バッシングは加速した。

相手の声からすると、捜査線上に浮上して当局から接触があったのだろう。経路はいくらでも考えられるが、いずれにせよ想定の範囲内だ。計画に時間をかけたのは、あらゆる事態を想定するためである。長野の連中が当局に捕捉されるという事態も、検討済みだ。

そもそも、人生において想定し得なかった出来事などほとんど出くわさなかった。唯一完全に計算外だったのは、あの男に裏切られたことだ——

瞬間、腹部に猛烈な痛みが走る。つらい過去を思い出して胃が痛い、などという可愛いものではない。命そのものが終焉《しゅうえん》に近づいていることを知らせる、まさしく警報だ。

誤魔化すための薬の在庫は少ない。追加調達できなくはないが、手間がかかる。死病に冒された人間が、入院せず終末期医療施設《ホスピス》にも入らず痛みを緩和するのは、中々困難だ。

痛みの中で、冷静に考える。残された寿命と、必要な時間。どちらが、より長いか。

可能性は、四対六といったところだろう。賭けとしては——悪くない。

＊

非番の日。指定された喫茶店で、叡太郎は聖菜と落ち合った。

「こちらです」

挨拶もほどほどに、聖菜はクリップで留められたＡ４のコピー用紙の束を差し出してきた。

「内容が内容なので迷ったのですが、やはりお見せした方がいいかなと。どうぞ」

受け取るなり、叡太郎は失笑しそうになった。一枚目にでかでかと『史上最も恥ずべき警察庁長官』などと印刷されていたのだ。

「いやあ、これはまた」

何というか、実にわざとらしい。海千山千の報道機関にこんなものを送りつけても、かえって相手にされないのではないだろうか。不思議に思いつつ、ひとまずめくってみる。

『爛れた女性関係！』

秘書官を務めるノンキャリア出身の優秀な女性に、関係を強要したりしているらしい。

『納入業者との不適切な関係！』

リベートを取り、私腹を肥やしているらしい。

『溺愛する馬鹿息子を後継者としてねじ込む！』

出来の悪い息子を後継者に据えるため、国家公務員採用総合職試験の試験問題を事前に入手したらしい。また、その馬鹿息子が学生時代、交際していた経済学部の学生との別れ話をこじらせたり、バイト先の面倒見が良い先輩の女性に手を出しトラブルになったりしたので、その度に揉み消していたそうだ。

「事実無根ですね」

叡太郎は呆れた。中傷するにしても、もう少しやりようがあったのではないか。

「僕は試験問題の提供も受けていませんし、女性問題を起こしてもいません」

おかしいところは、いくらでもある。そもそも警察庁長官に試験問題を入手する権限はないし、もし叡太郎が女性トラブルを起こしたとしたら、父は率先して徹底的に責任を取らせてくることだろう。勘当も視野に入るかもしれない。

「はい、それは分かっています。鷺島さんは、そんなひどい人じゃないですよね」

ふふふと聖菜は笑う。大きな瞳に、おどけた悪戯っぽさが揺れる。

「しかし、こういうの――いい気がしないもんですね」

叡太郎は少し驚いていた。自分のことを悪く言われるのも不快だが、それよりも父へのでたらめな誹謗に対して憤慨している。父をかばいたいわけでも、ないはずなのだが。

「はい、心中お察しします――なんて決まり文句では言い表しきれないでしょうが」

聖菜が、気遣わしげに言う。

「警察幹部に関する怪文書が出回るのは、時折あることです。大体の場合は、派閥とか出世争いだとか、そういう関係ですね」

「だとしたら変ですよ。警察内部の人間が、『息子を後継者』なんて書かないです」

警察庁に限らず、省庁は一族による支配が難しい仕組みになっている。二世官僚が全くいないわけでもないが、政治の世界のように勢力を引き継いだりすることはできない。どこそこ省は代々だれそれ一族が事務次官（つまりトップ）になっているとか、派閥の領袖として権勢を振るっているみたいな話はない。霞が関と永田町はルールが違うのだ。

「ですよね。鷺島長官の品行方正さは有名ですし」

うーんと聖菜が腕を組む。叡太郎もむうと考え込む。

「ほう、そこにいるのはあの週刊誌記者めではないか」

二人揃って唸っているところに、一人の男性が颯爽《さっそう》と現れた。

「ここで会ったが百年目。その腐った性根を叩き直してくれる」

言うまでもなく、京輔である。

「すごい！　どっちの言葉も実際に使われてる場面に初めて遭遇しました！」

聖菜が目を輝かせた。

「その使用の対象はお前だ。さあ、年貢の納め時だぞ」

「それも初めて！　あ、記事で書いたことはあるかも」

「遅れてやって来て、いきなり果たし合いボキャブラリーを連発しないでください」

隣に座った京輔に、叡太郎は突っ込みを入れた。「怪文書が出回っているらしい」という話をしたら自分も読みたいと言ったので、聖菜にも話を通した上で呼んだのだ。業務外なので迎えには行かなかった。公用車を私用してはならない。公務員の基本である。

「仕方がない。電車を間違えたのだ。東京の電車は複雑すぎる。不完全性定理のようだ」

京輔が、不満げに言う。

「不完全性定理が何か知りませんが、多分青梅線から中央線に乗り継ぐ方が簡単ですよ」

「断じて否だ。さて、怪文書はどれだ。これか」

叡太郎の突っ込みを撥《は》ね付けると、京輔は怪文書を真剣そのものの表情で熟読する。

「何ということだ」

一通り読み終わると、京輔はきっと叡太郎を睨んできた。

「お前は、試験をカンニングで通過し、大学時代は女性に不埒《ふらち》な行いをしていたのか」

「そんなわけないでしょう」

叡太郎は愕然とする。まさか、この怪文書を真に受ける人間がいようとは。

「冗談だ」

にこりともせず、京輔はそう言った。

「冗談は冗談と分かるように言って下さい。結構ショックだったんですけど」

「冗談を言う前に『俺は今から冗談を言うぞ』とことわっては面白みも半減ではないか」

「事前に宣言する以外にも、冗談を冗談として表現する方法は沢山あります」

「お二人のやり取り、楽しいですね。ずっと見てられます」

聖菜が、ころころと笑った。

「お前に娯楽を提供しているつもりはない」

京輔がむっとした面持ちを見せる。

「お気になさらず、勝手に楽しんでますので」

聖菜はにこにこしながら、注文したクリームソーダのストローに口を付けた。

「そうか。分かった。以降我々はこやつをいないものとして話を進めることとしよう」

「あっ、ひどい」

「勝手に楽しんでおれ。——さて、怪文書だが。これについての感想を聞かせてくれ」

京輔が、叡太郎に訊ねてきた。

「基本的には、論外なんですけど」

「けど？」

聖菜が、じっと叡太郎を見てくる。そう、「けど」なのだ。

「実のところ、ちょっと不気味な点もあるんですよね」

叡太郎は怪文書をめくり、自分について中傷されている部分を開く。

「大学時代の彼女について書いてありますけど、経済学部だっていうのは合っています。バイト先にそういう先輩がいたのも事実です」

事実無根ではあっても、荒唐無稽ではないのだ。

「となると、もしや鷺島さんが誰かの恨みを買っているとか？　警察の外とかで」

聖菜が、ずばりと切り込んでくる。

「うーん、どうだろ。自信を持って『ない』とは言い切れませんが、でもなあ」

憎しみも不興も、叡太郎は買いそうだと感じたら回避しようとするタイプである。

「なるほど、分かりました。さて、捜査顧問の見解はいかがですか」

聖菜が、京輔に訊ねる。

「黙秘権を行使する」

京輔は、極めて非協力的な態度を示した。

「黙秘権は、取り調べや裁判の場で供述したくないことをしない権利、及び供述しないことで不利益を得ることのない権利です。捜査顧問として質問を受けた際に行使できるものではありません」

叡太郎は、京輔の主張の法的根拠に不備があることを衝く。

「お前はどっちの味方なんだ」

「警察官は正義の味方です」

聖菜は手を叩いて喜び、京輔はむむむと唸る。冗談としては、うまく作用したと言えるだろう。しかし、自分自身に思わぬ反作用が返ってきた。

胸が痛んだのだ。警察官は、正義の味方。それはその通りだ。しかし、自分は——失格かもしれないのである。

「さあ、顧問さん。孤立無援ですよ。観念して話しなさい」

「弁護士を呼べ。弁護士が来るまで何も話さない」

他愛ない会話に愛想笑いをしながら、叡太郎は自分のアイスコーヒーを啜る。あまり味がしない。コーヒーではなく、叡太郎自身の問題だろう。

「サポート役がサポートせんのでは話にならん。仕方ないので、少し話すこととしよう」

「おお、捜査顧問の名推理が聞けるんですね。わたし初めて拝聴します。楽しみ」

「俺は解いているのではない。問うているのだ」

何だかんだ京輔は乗り気だ。聖菜が聞き上手なのか、京輔がおだてられると調子に乗りやすいのか、実のところ二人の相性がそう悪くもないのか、そのどれもなのか。

「今回の怪文書には、中傷以外の目的があるように感じられる。二人とも、インターネット上で警察が攻撃に遭っていることは知っているか」

「ええ、まあ」

平静を装いつつ、叡太郎はそう答えた。内心では、意気消沈した記憶が蘇っている。

「そうですね。週刊祐洋《うち》の編集部でも話題です。なんか変だよねって」

「だろうな。SNSやインターネットと距離を取っている者ほど気づきやすい」

二人を交互に見ながら、京輔はそう言った。

「誰の得にもならないし、本来盛り上がらないような話題だが、続いている。となると、やはり誰かの利益となるのかもしれない。限定された『用途』があるのかも知れない」

「なるほど！」

京輔の言葉に、聖菜は身を乗り出す。

「では捜査顧問、その用途とは？『誰か』の正体とは何でしょう？」

「まだ分からん」

「ずこー」

身も蓋もない返事に、聖菜はヘッドスライディングのようなジェスチャーで返した。

「哲学とは時間がかかるものなんですよ」

叡太郎は、フォローしておく。こういうことばかり、そつなくこなせる。警察官としてやるべきことは、全然できていないのに。

定時と同時に、勇は仕事を終えた。定時が来たから終えたのではない。定時に終えるよう日々緻密にスケジューリングしているのだ。

それは退勤後も同じだ。ジムで一汗流し、家に帰って夕食。毎日変わりない。

「東洋自由新聞の船原《ふなばら》です」

しかし今日は、庁舎を出た途端話しかけられた。予定にない出来事だ。

「鷺島長官、よろしいですか？」

広めの額に、太い眉と細い目。それらのパーツを、人好きのする笑みでまとめている。

「――っとと」

そんな船原は、驚いた様子で後退った。無言で、大柄のSPが前に進み出たのだ。

何か特別な出来事があるからSPがいるのではなく、これが常態だ。警察庁長官は、警察にとって「常時固有遊動警戒」を実施する対象である。居住地域を所轄する警察署に専従のチームを作り、二十四時間体制で警備警戒を行っているのだ。

「中寺《なかでら》くん」

勇は、SPの中寺に声をかけた。中寺は、頭を下げて後ろに引く。

「船原さん、でしたね。立ち話でよろしければ」

あまり褒められた取材方法ではないが、勇は応じることにした。東洋自由新聞は警視庁の記者クラブの一つである八社会に所属している。多少のことは大目に見るべきだろう。

「はい、すぐに終わりますので。ちょっとお渡ししたいものが」

船原は、肩から下げていた鞄からA4サイズがそのまま入る角形2号の封筒を取り出した。

「長官に関する怪文書です」

中寺の空気が変わる。寡黙で忠実だが、少々融通が利かないところもある。先ほども、勇が止めていなかったら船原のことをがしりと捕まえていたことだろう。

「報道各社に届いています。中身はたわいもないものなのですが、一応お目にかけておいた方がいいかなと思いまして。読まれましたか?」

「いいえ」

怪文書とは、奇怪な文章が綴られたものを指すのではない。出所が明らかでない、誰かを中傷する文書をいう。どうやら、勇の悪評を報道機関に流した人間がいるらしい。

「受け取りましょう」

迷うことなく、勇は言った。どんなものか確認しておく必要がある。

「はい、どうぞ」

船原が、封筒を差し出してきた。

「確認を」

中寺が封筒を受け取り、中に不審なものが入っていないか触ってチェックする。

「テロリストみたいな扱いですね」

船原が笑い、中寺がぎろりと睨んだ。

「おお、こわ」

剽軽《ひょうきん》な素振りで、船原が怖がってみせる。東洋自由新聞は明治十年代に創刊され、現存する新聞社の中では最も長い歴史を誇っている。その伝統の重みは記者の一人一人に受け継がれ、謹直な取材姿勢で有名だ。船原のようなタイプは珍しい。

「どうぞ」

確認を済ませた中寺が、封筒を渡してきた。

「ありがとうございます」

受け取ると、勇は会釈して歩き始めたのだった。


「うまかったよ」

夕食を終えると、勇は妻の佳枝《よしえ》にそう声をかけた。何十年も言い続けていることだ。

「お粗末様です」

佳枝もまた、何十年も同じ言葉を返してくる。あまりにやり取りが定型化しているため、退屈ではと懸念し聞き取りを行ったことがある。佳枝は「気持ちが伝わってきているのでいいですよ」と答えた。勇は安心し、また「うまかったよ」と伝え続けている。

晩酌の類はしない。家で酒を飲んだのは、親友が事故死したと聞かされた時。そして弟が——優《まさる》が殉職した時だけだ。

「少し確認するものがあるから、部屋に行くよ」

勇はそう言い残すと、佳枝が淹れてくれた茶を持って自分の部屋に向かった。

部屋に入ると、机の上に茶を置く。椅子に座ると、置いてあった封筒を手に取る。

クリップで留められたコピー用紙の束に、あれこれ書かれている。総じて低俗な中傷だが、一方で無視できない面もあった。男女関係にあるとされる伊福部凜《いふくべりん》秘書官のプロフィールや、息子の学生時代の交際相手の話など、端々に事実が織り交ぜられている。偽情報を流す際の基本であり、相手は諜報活動《インテリジェンス》のノウハウを有していると考えられる。

「——まさか」

諜報活動のノウハウを有していて、勇に恨みを抱く人物。心当たりは、ある。

もし怪文書をばらまいたのが彼なら、内容の低俗さは罠だ。他に何らかの狙いがあると考えるべきである。

彼は極めて優秀だった。あんなことがなければ、きっと要職を歴任していたはずだ。

——俺たちの代の総意だよ。お前が警察庁長官で、あいつが警視総監。

今は亡き、親友と呼ぶべき男がかつて口にした言葉だ。自分の意見を述べるなら、彼と親友が警察庁長官と警視総監の座を分け合うべきだった。自分はうるさい首席監察官として、他の警察官たちから煙たがられる方が相応しかったはずだ。

言葉にできない、哀しさがあった。何だか、無性に酒を飲みたくなった。

しかし、そんな場合ではない。一人の警察官として、人間として、かつての親友が道を踏み外しているというなら、諫めなければならない。――あの時のように。

彼が警察を去ってから長い。しかし、彼と関係があった人間全てが一緒に去ったわけではない。そして、彼と関係のあった人間全てが関係を絶っているとも考えられない。調査は、間違いなく信頼できる人間にのみ任せるべきだろう――


警察庁本庁の駐車場を歩いていると、メッセージが来た。京輔だ。

【新たな曲を練習している。「おお牧場はみどり」だ。】

リズムの面で難しいのではないかと思うが、練習曲の選曲についてはまた今度だ。

【顧問の仕事があります。今し方拝命して参りました。怪文書の調査です】

感情的になるのを堪えながら、伝えるべきことを伝える。

【とりあえず説明に行きますので】

車の運転には気をつけないといけない。感情的になって事故でも起こしたら、大変だ。警察庁長官殿の体面に、傷を付けてしまうではないか。

いつもの車に乗り込み、深呼吸をする。怒りをコントロールするには、決まった秒数待つのが重要だ。一、二、三、四――そこまで数えたところで、先ほどのやり取りが蘇る。

怒りの管理《アンガーマネジメント》はあえなく失敗した。叡太郎はハンドルを殴り、また殴った。

父は――否、鷺島長官は言った。

「怪文書の件について、捜査顧問の協力を要請する」

それについては特に不満もなかった。色々と怪しく、調べる必要があるものだろう。

「調査していることについては、厳重に秘匿するよう」

気になったのが、そう付け加えられたことだった。

「なぜでありますか」

長官室に二人、ということもあったのだろう。思わず、そう聞いてしまった。

「高度な機密性を確保する必要がある。任務の遂行に全力を尽くしてくれたまえ」

木で鼻をくくったような返事だった。

「適切に任務を遂行するためには、詳細な情報が重要です。捜査顧問とも共有し――」

叡太郎は、食い下がった。

「その必要を認めない」

ぴしゃりと、鷺島長官は言った。まるで、聞き分けのない子供を黙らせるかのように。

認めていないのだな、と思った。叡太郎のことも、おそらくは叔父のことも。だから、伝えないのだ。伝えるほどに、重要な存在ではないから。

「長官殿のご命令、慎んで拝命いたします」

馬鹿丁寧にそう言うと、叡太郎は敬礼した。長官は敬礼を返してくる。決まり通りに、何の感情も見せずに。

叡太郎は、部屋を出た。早足で歩いていると、背筋の伸びた女性とすれ違った。髪は後ろにまとめ、化粧気もあまりない。しかし、颯爽としたその佇まいが、彼女をとても魅力的に見せている。階級章からすると、警視だ。多分、父の秘書官だろう。女性は不思議そうな顔をした。叡太郎は敬礼で体裁を取り繕い、その場を立ち去った。

頭が冷えてくるうちに、そんな言葉が口をついた。

「最低だな」

『百メートル先、右です』

カーナビが、返事のようなタイミングで指示を出す。

全く最低だ。百メートル先で右折しないといけないのと同じくらいの確かさで最低だ。まず前提として、警察庁長官とはあらゆる警察官の上に立つ唯一の存在だ。新人である叡太郎が生意気にも反論するなどというのは、あり得ないことである。

それでも反論するなら、言い募れば良かった。警察官らしく反論しないなら、ぐっと堪えれば良かった。中途半端で、どっちつかずで、一番みっともない姿を晒してしまった。

ハンドルに三度目の打撃を加えかけたところで、行く手の信号が黄色に変わった。ブレーキを少しばかり乱暴に踏む。車はその乱暴さを忠実に再現した停まり方をする。

スーツを着た男性が、脇の歩道を歩いていた。会社員だろうか。なんとも疲れた様子だ。会社員は、ちらりとこちらを見た。その表情に、何かひどく澱んだ色が浮かぶ。男性は足を止めると、スマートフォンをこちらに向ける。カメラで撮影したようだ。

叡太郎は、扉に「警視庁」と書かれていることを思い出した。ひどく不気味だ。謂われのない悪意に、見張られているような。

信号が変わり、叡太郎は車を発進させた。気持ちを重くするようなことばかりだ。京輔と、どんな顔をして会えばいいのだろう。


結論から言うと、驚いた顔をする羽目になった。京輔が昼食を作ってくれたのである。

「うわ、めちゃ美味しそう。意外と料理上手なんですね」

ピラフである。エビにグリーンピース、コーン、ごぼう。人参やピーマンは丁寧にみじん切りされている。勿論、冷凍食品ではなく京輔の手料理だ。

「意外と、とはどういうことだ。俺は粗雑な食事をしていそうなイメージでもあるのか」

そんなことを言う京輔は、猫のシルエットがプリントされたエプロンを着用している。

「そうですね。『哲学者は食べるためではなく考えるために生きているのだ。Byルソー』とか何とか言いながら、食パンを生のまま食べてそうです」

「ルソーはそんなことを言っていない。そして俺はカロリーや必須栄養素の計算を欠かさずしている。豊かな思考は安定した健康に支えられて生じるものだ」

「えらいですね。長生きしそうです。それでは、頂きます」

叡太郎はピラフに手を合わせる。

「ほう。妙に丁寧に挨拶するな」

自分の分のピラフを持って叡太郎の向かいに座ると、京輔は不思議そうに聞いた。

「いやだって。ここ家庭科室じゃないですか。条件反射でやってしまいます」

叡太郎は、周りを見ながら言った。大きな机と、そこに備え付けられた流しとコンロ。前には黒板と大きな教卓。その机の一つに、二人は差し向かいで座っているのだった。

京輔はここに叡太郎を連れてくると、隣の準備室にある冷蔵庫から食材を持ち出してきた。そして、お昼ご飯のピラフを作ったのである。

叡太郎はスプーンを手に取った。さて、お味の方はいかがか。

「――あ、おいしい」

叡太郎は目をぱちくりさせた。

ピラフとは、炒飯とも焼き飯とも似ているようで全く異なるメニューだ。そのピラフらしさが、じっくりと感じられる。まろやかで、優しく、しかし決して薄味ではない。

京輔は、コンソメやバターを使っていた。それら調味料は己を主張せず、力を合わせて「ピラフ」の表現に専念している。

盛りだくさんの具材が織りなす食感のハーモニーも見事だ。ぷりぷりしたエビとざくざくとしたごぼうが主旋律《メインパート》を奏で、噛んだ直後にほぐれるグリーンピースと旨みがじわりとにじみ出すコーンが対旋律《カウンターメロディ》を添える。

「おいしかった。ごちそうさまでした」

ゆっくり味わって食べ終わると、叡太郎は手を合わせた。

「コーヒーだ。インスタントではあるが」

先に食べ終わっていた京輔が、湯気を立てるマグカップを差し出してきた。何だか至れり尽くせりである。お礼を言って、ありがたく頂く。

砂糖抜きのブラックである。ピラフの味わいと対照的で、舌にとても心地良い。

「毎日こういう食事を？」

コーヒーを二口三口味わってから、叡太郎はそう訊ねた。

「そうだな。思索で疲れた時は冷凍食品も利用するが」

洗い物をしながら、京輔は答える。

「えらいなあ。——あ、考えてみると水道もガスも電気も通ってるんですね」

ふと叡太郎は気づく。京輔はガスコンロとフライパンと電子炊飯器でピラフを作っていた。

「うむ。特例として家庭用の契約を行っている」

「そんなのありなんですか。改めて備前さんって何者なんですか」

「哲学の学徒だ」

「そういうことを聞いているんじゃないです。素性とか正体とか、そういうことです」

「ふむ。そう言えば、話したことがなかったな」

洗い物を終えると、京輔は自分のコーヒーの準備を始める。

「では、俺の両親の話からしようか。あまり人に話したことはないのだが」

コーヒーを淹れ終えると、京輔は叡太郎の向かいに座った。

「父は探検家だ。古アッシリア時代の秘宝を探して遺跡を巡っている。母はいわゆる怪盗だな。大英博物館に収蔵されていたヴィクトリア女王の王冠を盗み出し、ＩＣＰＯから指名手配されている」

「まさか、そんな」

叡太郎は衝撃を受けた。そんな漫画みたいな両親を持った人に会ったのは初めてだ。

「冗談だ。信じるとは思わなかった」

にこりともせず、京輔が言った。

「ひどい！　騙された！　現実離れしすぎだと思ったんだ」

「警察庁長官の息子の警察官というのも、大概フィクションめいていると思うが」

何気ない京輔の言葉が、一時的に忘れていた複雑な気持ちを蘇らせる。

「――官僚の子が官僚になる例はありますし、他省庁だとトップの事務次官の子が同じ省に入ったこともあります。親が探検家とか怪盗っていうのよりは、現実的ですよ」

それが表に出ないよう努めながら、叡太郎はそう言った。

「なるほどな。それは失礼した」

言いながら、京輔は叡太郎を見てくる。どうやら、表情には少し出てしまったらしい。

「さあ、任務です。怪文書について調査せよとの長官命令が出ました」

誤魔化すようにそう言うと、叡太郎は持ってきていた鞄の中から怪文書を出す。

「いいだろう。実際、少々気になっている。なぜ、今このタイミングかということだ」

叡太郎から怪文書を受け取ると、京輔は改めて目を落とす。

「変ですよね。何か大問題があるわけじゃなし。ネットの警察叩きに影響された、とか？」

「事実が織り交ぜられているのだろう？　ならば計画的に作られたものであるはずだ」

叡太郎の思いつきに、京輔は首を横に振った。

「――うーん」

早速考えあぐねる。何しろ、怪文書の対象と言い合いになったばかりなのである。あちらは、顔色一つ変えず職務を全うしていることだろうが――


「長官、いかがなさいましたか」

伊福部凜の優秀たる所以《ゆえん》の一つは、その洞察力である。顔色だけで、実に様々な物事を読み取ることができる。怪しい人間をすぐさま見分け、状況の変化を敏感に感じ取る。

「そうだね。年齢を感じるよ」

曖昧な言い方で煙に巻きながら、勇は凜を観察した。

彼女は警備畑――すなわち警備警察の人間だ。警備警察は、要人警護や災害救助を担う。治安警備を行う機動隊も警備警察だ。そして、公安警察も。

警備や警護の任務で活躍してきた凛だが、公安の部署にいたこともあるはずだ。文字通り至る所張り巡らされているのが、公安警察の人脈である。

「伊福部秘書官。尾島正道を知っているかな」

勇は、そう声をかけてみた。

「——はい。直接は存じ上げませんが」

凛は言葉を選ぶ素振りを見せた。尾島正道が誰か知っていれば、当然の振る舞いだ。

「どう評価している」

そこで、重ねて質問をする。

「大変優秀な方だったそうですね。処分の経緯については、やむを得ないかと思います」

慎重な回答だ。勇に気を遣っている、とも取れる。言質を取られないように気を配っている、とも疑える。

「ありがとう。——さて、午後の予定は？」

すっぱりと、話題を別のものに転じる。

「はい。まず日本記者クラブで昼食会。その後は交通安全標語の受賞児童への賞状授与式。夕方は岡羽《おかばね》サイバー警察局局長より、官民連携による端末記録分析調査技術《デジタルフォレンジック》研究計画案骨子の説明。夜は料亭『やざわ』にて戸倉《とくら》内閣危機管理監と会食があります」

料亭か、と苦笑する。今は亡き友が聞いたらどんな顔をするだろう。

亡き友の顔は、やがて先ほど会った息子のものへと変化した。息子の目が怒りに満ち満ちていたことは感じていた。しかし、意図や正道のことを話すわけにはいかなかった。

まだ正道の仕業だと決まったわけではない。先入観を与えてしまっては、かえって捜査が難航してしまう可能性が高い。

新人と外部の人間に任せるのは心苦しいが、警察官僚は現場で鍛えられ育つものだ。歴代の長官や幹部が口々に言っていることである。自らの経験からも、それは言える。せめて叡太郎の糧となればと、勇は願った。


「うーん、中々思いつかないなあ」

叡太郎と京輔は、場所を体育館に移し怪文書についての思索を続けていた。

叡太郎は京輔が以前まで使っていたOAチェアに座り、あれこれ考えようとしたりスマートフォンを触ったりしていた。しかし、今のところこれといった成果は出せていない。

一方京輔は、沢山の本を積んで頁をめくっていた。何かヒントを探しているらしい。

鶯が鳴いた。立派な鳴き方である。どこに出しても恥ずかしくない、堂々たる鶯だ。

「鶯ってすごいですよね。この鳴き方を教わらずに生まれつき知ってて、自分で練習して上達していくって」

ふと、そんなことを思った。まあ向こうからしたら「人間ってすげえよな。手とかいう謎のパーツがついてて、それでものを持ったり投げたりするんだぜ」といった感じなのかもしれないが、それはそれで良いだろう。互いに尊敬しあう関係というのは大事だ。

「それが鶯の本質なのだ。進化の果てにそうするよう宿命づけられて生まれ、次の世代へとその宿命を受け継いでいく」

京輔が返事をしてきた。叡太郎の声が聞こえてはいるらしい。

「本質かあ。でもそれって、他のことができないってことじゃないですか」

「うむ。しかし、そう考えるのは人間だけだ。人間だけは本質というものがないからな」

本の頁をめくりながら、京輔は話に応じる。彼も彼で、中々行き詰まっているようだ。

「そうなんですか？　人間だって、決まった姿形をしてるじゃないですか」

自分の力で空を飛びたいとか、水中で呼吸したいとか願っても叶わない。翼もなければ鰓《えら》もないからだ。人間は、人間《ホモ・サピエンス》としてしか生きられない。

「鶯は鳴き声を決まった形でしか使わない。求愛のために鳴き、警戒のために鳴く。それだけだ。一方人間はどうか。自分に与えられたものを、好きに使える」

京輔は本を閉じ、叡太郎の方を見てくる。あのエプロンはもう外し、部屋着姿だ。

「所与の条件、すなわち与えられた環境なり特性なりに納得して平和に生きる道も選べる。逆に、所与の条件に逆らい、己の道を進むこともできる。『配られたカードで勝負するしかない』のは事実だが、どう勝負するかは自分次第だ。自らを投企《とうき》する――自らが何者であるかという可能性の追求を、自分で自由に企てる。人間とは、そういう存在なのだ」

ただ哲学を解説するのではなく、その哲学が目指すものを示すように、京輔は語る。

『どうであるか』ということを意味する本質に対して、『どうなりたいか』ということを指して実存という。この実存を重視する実存主義哲学を唱導したのが、フランスの哲学者であるジャン＝ポール・サルトルだ。今日の講義はここまで」

「なるほど先生。勉強になりました」

叡太郎は頭を下げた。京輔が示したのは哲学だけではない、と伝わってきたからだ。

「よろしい。次までに『存在と無』を読んでレポートを提出するように」

京輔はそう言うと、再び本を手に取った。

「何か難しそうな本だなあ。『五分で分かるサルトル』とかないんですか」

じっくり向き合うにしても、いきなり存在とか無とかに直面するのはハードルが高い。

「五分で哲学を理解しようとするな。——そうだな。サルトル全集を貸してやる。良い機会だ、しっかりサルトルと対話するといい。訳本だから安心しろ」

「全集の時点で不安しかないです。——しかしその考え方、『進歩的』って感じですね」

叡太郎はふと思いついたことを口にした。左派、とまで言えるかどうかはさておき、物事は変えるべき、よくするべき、革新すべきという手触りを感じる。

「サルトルは進歩的知識人の代表格だ。チェ・ゲバラへの連帯を表明したこともある」

「へえ、そうなんですね」

「フランスの植民地だったアルジェリアで独立戦争が勃発すると、サルトルはアルジェリアを支援し保守派の怒りを買った。家を二度爆破され、退役軍人五千人がサルトル批判のデモを実施し『サルトルを殺せ』と叫ぶということもあった」

「互いに本気度がすごいというか」

圧倒されてしまう。哲学とは、時に命懸けらしい。

「実際、フランスの哲学者にはそういった存在が多いな。サルトルの妻のボーヴォワールもそうだし、フーコーやドゥルーズも然りだ。ピケティは経済学者だが——」

そこで、京輔ははっと息を吞む。

「そうか、階級闘争的なのか」

京輔は呪文を唱えた。

「何から逃走するんですか」

叡太郎は混乱した。

「闘う方の話だ」

ぱっと立ち上がると、京輔は早足で去って行く。戸惑いながら、叡太郎はその場で待つ。

京輔は岩波文庫の山を抱えて戻ってきた。『資本論』、『共産党宣言』、『裏切られた革命』、『レーニン　哲学ノート』。今にも資本主義を粉砕し始めそうなラインナップである。

「お前たち警官にとっては、穏やかならざる本と言えるだろうな」

京輔の言葉に、叡太郎は頷いた。

「そうですね。鬼門中の鬼門です」

よど号、あさま山荘、三菱重工。深刻な意味を持つキーワードが、即座に連想される。

日本中の交番に張り出されている重要指名手配犯の中には、長きにわたって「革命家」たちの姿があったものだ。

「――やはり、やはりな」

京輔がぱらぱらと頁をめくる。覗き込んでみると、沢山線が引かれ書き込みがなされている。この体育館にある本は、まさか全てが読了済みなのだろうか。

「少し待て。見せたいものがある」

本を置き、京輔はスマートフォンを手にした。少し操作してから、画面を見せてくる。

『警察貴族は日本の癌《がん》』

遂に一つの成句が誕生したようだ。何となく収まりがよく、そこそこ流行りそうだ。

「これも見てみろ」

『俺たちが必死で働いてる間　あいつらは交番で座ってるだけで沢山給料もらってる　俺たちが必死で払った税金はこういうやつらに注ぎ込まれてるんだ　返せよほんと』

「『外被は爆破される。資本主義的私有の最期を告げる鐘が鳴る』」

京輔が呟く。呪文と呼ぶには分かりやすく、また緊迫感を漂わせている言葉だ。

「『収奪者が収奪される』」

「――それは？」

叡太郎の問いに、京輔は答えた。

「カール・マルクス。虐げられた者たちが連帯すれば世界を変えられると信じ、また多くの人々にそう信じさせた男の言葉だ」

＊

人を負の方向に変える要因には、いくつかのものがある。

たとえば、つらい経験。苦悩も屈辱も、度を過ぎれば人を鍛えるのではなく屈折させる。麦は踏まれれば踏まれるほど強くなるというが、踏みにじられれば折れ曲がるのだ。

たとえば、困窮。「健康で文化的な最低限度の生活」とはまことによく言い得た表現で、この水準を下回ると人は様々なものを妬むか恨むかし始める。あるいは人間的な生活を送るために必要な気力さえ失い、最低限度の尊厳さえも失っていく。

たとえば、孤独。これは耐性如何である。一人でも生きて行ける人間もいる。自分がそうだ。一方で、正反対の人間もまたいる。彼らにとって一人でいることは独りでいることであり、胸が張り裂けるような苦しみであると感じられる。

独りがつらい者たちは、どうにかして繋がろうとする。仲間を、居場所を手に入れようとする。それが成し遂げられた時初めて、自分を自分で肯定できるようになる。

そんな者たちには、「革命」でさえ居場所たり得る。かつての職場で学んだことだ。

歴史的使命に、身を捧げる。歴史的必然によって訪れる未来の、礎となる。『同じ志』を抱く仲間と共に行動することそれ自体に、孤独に震える者たちは喜びを見出す。

右翼の街宣車から怒声を浴びせられ、通行人から冷たい視線を投げかけられ、屈強な警官にもみくちゃにされ。それでも、いや、だからこそ、絆を強く感じられる。

最も付け入りやすいパターンの一つだった。居場所を求める人間は、より快適な居場所を与えればそちらに転向するのだ。工夫し時間をかければ、成功率は高かった。

彼らの思想については、しっかり学んでいた。何を考えているのか、何に引きつけられているのか。摑むために、丁寧に研究した。

技術が進歩すれば、生産力が高まる。一方労働者を支配する資本家は、現在の仕組みを維持するために制度を利用し、搾取を続ける――そんな基本的な考え方はイメージしやすかったし、普遍性も感じられた。普段そういった考えを軽んじている者たちも、全く同じ不満を抱えていることが多い。つまり、誰にとっても納得感がある考え方なのだ。

とはいえ、ミイラ取りはミイラにならなかった。大本の考え方の説得力はさておき、後に続いた者たちによる曲解は世界の歴史に深刻な影響を与えた。マルクスがつき、盟友のエンゲルスがこねた餅は、殺戮兵器に改造されて無数の不幸を生み出した。

だから、関心は純粋に技術的な方向に向いた。人に全てを懸けさせる何かが、彼らの「主義」にはある。純粋な興味からこつこつと研究し、やがて活用するときが訪れた。

関越自動車道で事故を起こした運転手は、家族も友人もいない孤独な男だった。誰もいない廃墟のようなＢＢＳ《インターネット掲示板》に、日記めいたものを毎日書き込むのが唯一の慰めだった。

ＳＮＳの輪にさえ入れない彼は、格好の対象だった。洗脳においての必須条件の一つは、外部との隔離だ。世間の目、社会の常識から切り離すことで、人は染まる。

「革命思想」をベースに、独自のアレンジを加えた手法で、運転手を変えた。孤独に苛まれている人間の御《ぎょ》しやすさは、赤子の手をひねるようなものだった。こちらの指示に忠実に従い、命さえ投げ出す「闘士」へと変えることも、そう時間はかからなかった。

闘士となった彼は、指示通り大事故を起こし、命を落とした。洗脳してからも毎日続けていた書き込みは止まり、廃墟のような掲示板は本当の廃墟になった。

彼が、周囲にこちらの存在を漏らすようなことはないよう留意していた。こちらの行いは明るみにならず、計画を更に推し進めることに成功した。

彼の事件を事例研究《ケーススタディ》として活かしつつ、計画を更に推し進めた。

第一段階。インフラ等社会の基幹を担う仕組みに、あり得ないような事故を立て続けに起こす。人々は一人残らず、いつもの日常が破壊され二度と元に戻らなくなるという事態を経験している。再び世の中の根底が揺らいでいると感じれば、大きな恐怖に囚われる。

第二段階。標的として警察を設定し、そちらへ敵意と攻撃性を向かわせる。人を動かす最も強力な感情の一つは恐怖であり、恐怖を発散させるために最も効果的な行動の一つは攻撃である。逆に辿るなら、人を攻撃的にさせたければ恐怖に怯えさせるのが一番なのだ。

成果は目覚ましいものがあった。自分は奪われている。やつらは自分から奪ったもので楽しく過ごしている。そう誘導したら、人々の不安は憤怒へと変化した。

未だ存在する革命の残党たちは、ここぞとばかりに勢力の拡大を図っているが、成功しているとは言い難い。労働者階級《プロレタリアート》は、団結しない。そんな事実をいつまでも受け入れられず、足踏みし続けている。

そこが、ネックである。このやり方は、真の意味で「革命的」ではない。気づく者は気づくだろう。その前に、やりきる必要がある——

「めっちゃワクワクしますよね」

野卑な声に、尾島正道は現実の世界へと引き戻された。

車の助手席。隣の運転席には、男が一人。「バイト」として雇ったものだ。

「何かね、大人しくなりすぎなんすよ日本人」

運転席の男が喋る。大柄な体格、短い金髪に丸みを帯びた顔つき。無駄に尖った声色が、粗暴な性格を示唆する。名前は覚えているが、思い出す必要性を感じない。

「平和ボケしすぎなんすよ。ガツンと自己主張もできなくて、舐められてばっか」

甲高い声で、男は吐き捨てる。彼にとって、平和とは「なよなよとした弱々しいもの」であり、主張とは「言うことを聞かない相手を殴って従わせること」なのだろう。

彼の言う「平和」を守ってきた者として、面白くはない。こんな連中を粋がらせるために、「国家の犬」をやってきたわけではない。そんな思いが、疼《うず》かなくはない。

「どうなんすかね！」

男はしつこく聞いてくる。仕方ないので、適当な話を返すことにした。

「昔は、日雇い労働者や学生がよく暴れたというな」

「あ、いいですねえ。ガクセイウンドウ！」

男は、声を弾ませた。

「棒でお巡りと殴り合うんでしょ。すげえよなあ」

うきうきした様子だ。逆に、正道は考え込んでしまう。

正道が警察に奉職する頃には、学生がゲバルト棒を持ち出すことはほぼなくなっていた。しかし「活動」自体はまだまだ活発で、全盛期ほどの規模ではないにせよテロ行為に及ぶこともあった。「極左暴力集団」は、未だしっかりとした暴力を保有していた。

故にその構成員には、この男と大して変わらないような者も少なくなかった。しかしそんな連中でも、「帝国主義打倒」「反スターリン主義」といった建前は暗記し発語していた。それすらない彼が、平和を疎んじるのも無理ない話だ。彼は生まれる時代を間違えたのだ。人が未だ二足歩行を覚えたばかりの猿だった頃なら、充実した生活を送れただろう。

「マルクスを読んだことは？」

無駄だろうな、と思いつつそんなことを訊ねてみる。

「ハァ？　なんすかそれ」

「地底人を知ってるか？」とでも聞かれたような声で、男は返事をしてきた。バカにされるのを避けるため、知らないものは先手を打ってバカにするのだろう。

「いいや。何でもない。――ああ、あそこだな」

目的地を見つけ、正道は会話を打ち切った。どこにでもあるような、街の交番だ。しかし、計画にとっては大変重要である。第三段階の実行に必要な相手の、高中誠也巡査長がいる。

本来は、彼をひとりにするために様々な工夫が必要になるはずだった。しかし、タイミング良く相方――あの男の息子が別の任務で離れたらしく、省略することができた。

「いよいよっすねえ」

短髪男が、浮かれた声を出す。それなりの金を握らせ、「警察を相手に暴れる」と話すと男は浮かれた。未だに「闇バイト」に応募する人間らしい、考えの浅さが感じられた。

「まずは前を横切って確認する。力は本番までとっておけ」

そう釘を刺しておく。最後の最後で余計なことをされて台無しになったら、たまらない。

交番の前を通り、中を確認する。一人の警察官が、退屈そうに椅子に座っていた。体つきはしっかりしていて、短髪男のような単なる乱暴者とは違う、鍛えた力強さと逞《たくま》しさがある。一方で温和ということもなく、荒々しさを感じさせもする。うってつけの相手だ。

バックミラーで、正道は自分の顔を確認する。目深に被った帽子とマスク。これなら、仮にカメラに映ってもすぐ自分と知られることはない。

交番を通り過ぎると、適当なところに車を乗り捨てた。

「段取り通りに」

自分のリュックを背負って車から降りると、それだけ伝える。

二人で歩いて交番に近づき、途中でいきなり正道は走り出した。

いると見えたことだろう。

「待てやコラァ」

打ち合わせ通り、男が怒鳴った。怒声は様になっている。

交番の前を走り抜けながら、中を見る。驚いた様子の高中と、目が合う。助けを求めているように見えたことだろう。

そのまま走り、路地へと入る。それなりの広さがあり、なおかつすぐには人が来なそうな場所だ。こういう場所のそばに位置する交番があり、そしてそこに高中のような警察官が勤務していることは本当に僥倖《ぎょうこう》だった。

「何をしている！」

高中らしき声がした。こちらも、しっかりした声が出ている。場慣れしているのだろう。

男がすぐさま追いついてくる。頷いてみせると、遠慮なく殴りかかってきた。

体重の乗った一撃だった。倒れ込めば、すぐに蹴りを入れて追撃してくる。

少し驚かされたが、耐えられている。元々、殴られるのは慣れていた。転び公妨——相手にわざと暴力を振るわせて公務執行妨害で逮捕するのは、結構な得意技だった。久々だったが、体は覚えている。いかにも痛がって見せながら、ギリギリで急所を外す。

路地の地面はコンクリートだった。ざらつくコンクリートを這いずり回る、懐かしい感触。もう一度味わいたいとは思っていなかったが、なぜか感慨深い。

「やめないか！」

高中が追いついてきた。拳銃に手はかけていない。不要だという自信があるようだ。

「んだぁ、お巡りが」

男が、実にありきたりな台詞を吐く。

「大人しくしろ」

堂々たる態度で、高中が牽制する。短髪男は、言葉未満の罵声と共に殴りかかった。高中の身のこなしは鮮やかだった。短髪男の拳を躱《かわ》しつつ懐に入り、服を摑む。続いて短髪男の体の軸を斜め前へと崩し、自分の腰に乗せるようにしつつ足を払う。払腰だ。男の体は宙を舞った。受け身もろくに取れず、コンクリートの地面に叩きつけられる。男は呻き声も上げなかった。気絶はしていないだろうが、もうろくに動けまい。

「大丈夫ですか？」

高中が訊ねてくる。どこか爽快そうだ。

「ちょっと、立てなくて」

苦しそうな声を出す。

「そりゃあ大変だ。ちょっと見せて」

高中が、脇にしゃがみ込んできた。そこで正道はすっと立ち上がり、高中の後ろに回る。そして首に手を回し、いわゆる裸絞めの形を取る。

「――っ」

高中はもがくが、すぐに気を失った。確実に極まった裸絞めは、すぐさま相手の意識を奪う。眠らせる絞め技の英語名《スリーパーホールド》がある所以だ。

「——この、野郎」

短髪男が呻きながら立ち上がった。まだ立てるとは、随分と頑丈らしい。あるいは、アドレナリンを即座に大量に分泌できるのかもしれない。全く原始人向きの男だった。

正道は、高中の腰から拳銃を抜き取った。ニューナンブM60。未だに持たされている警官もいるのだな、なんてことを考える。

セーフティ代わりの安全ゴムを外すと、短髪男に銃を向け、引き金を引いた。

発砲音。男は唖然とした顔をし、その場に膝を突く。歩いて近づき、こめかみに当ててもう一発。頑丈なことを考慮して、丁寧にとどめを刺しておく。計画は順調だ——

その時、一人の子供の存在に正道は気づいた。自転車を止め、路地を覗き込んでいる。

正道は無神論者に近い。公安警察として対峙した相手には、信じてはならない類の神を信じ人生を棒に振った人間たちもいた。元々神の存在には懐疑的だったが、「信者」たちの悲惨な姿を見る度にその思いは強まった。いるかいないか、信じるか信じないかではない。この世には、神がいない方がいい。

したがって、この時正道は神に感謝しなかった。この幸運を引き当てた自分の努力に感謝しながら、銃口を子供に向けた。

＊

一度目は、何だか分からなかった。立て続けに響いて、まさか銃声？　と考えた。

そこで澤田紘樹《さわだひろき》はスマートフォンを手に音がした方へ向かった。珍しいものは撮影する。それは、現代人の習慣のようなものだ。大学の講義は、まあ遅れてもいいだろう。

「ちくしょう！　ちくしょう！」

そんな声が聞こえてくる。とても切羽詰まっていて、ただ事ではなさそうだ。

澤田はカメラの動画撮影をしたままで走り、そして——現場に辿り着いた。

路地の入り口に、子供が血を流して倒れている。その光景が、現実感を吹っ飛ばした。

中を覗くと、人が一人倒れている。血だらけだし、臭いも凄い。スマートフォンの画面を通して、澤田はそう考えた。異常事態を茫然と撮影している自分がいて、それが正常の事ではないと分かってもいて、しかし撮影を続けていた。続けてしまっていた。

「この野郎！」

更に奥では、誰かが誰かを馬乗りで殴っていた。殴られているのは、警察官のようだ。

「撃ちやがった！　警察官が子供を撃ちやがった！」

子供以外も撃たれてるけどなあ、と考えていると、男性がこちらを振り向いた。驚いて、カメラを向ける。帽子を深く被りマスクを着けていて、顔は分からない。

「ネットに載せないと。警察貴族のやったことを許しちゃいけない」

ああ、最近警官叩きをＳＮＳで見るなあ。そう思っていると、男性が声を大きくした。

「何やってる、早くしろ」

強く言われ、そのまま従ってしまった。動画をＳＮＳにアップロード。コメントは――警察官が子供を撃ちやがった、か。

「上げたな」

男性が聞いてくる。澤田が頷くと、男性は足早に立ち去った。

澤田は救急車を呼び、それから我に返りとんでもないものをアップしてしまったことに気づいた。通知が鳴り止まず、その「とんでもなさ」を伝えてきたのだ。

澤田が確認した頃には、数万回拡散されていた。怯えた澤田は動画を消したが、既に沢山のアカウントがそれを保存しており、数え切れないほどにアップし直された。

都心環状線を、叡太郎は爆走する。車の屋根の上では、回転灯が赤い光を放っている。

「取り外し可能な回転灯というものは、実在するのだな」

助手席に座った京輔が言う。さすがに本は読んでいない。

「僕はあぶなくないし刑事《デカ》でもないので、あんまり使いたくないんですけどね！」

必死でハンドルを捌きながら、叡太郎は言う。車がスポーツタイプでよかった。軽自動車だったら、がたがたとハンドルが揺れてとても大変だっただろう。

道は空いているとは言えない。他の車を赤色灯とサイレンで追い散らし走り続ける。

「む、お前のスマホに着信が来ているぞ」

京輔が言う。スマートフォンは彼に渡してあるのだ。

「出て下さい、スピーカーで！」

『小松原です。お探しの人物、見つかりましたよ』

スマートフォンから元気な声が飛び出す。ただしいつもと違う。響きが真剣だ。

「でかした」

京輔が頷く。

『弊誌は記者クラブに加盟しておりませんが、まあこのくらいの情報なら』

何気ない聖菜の言葉に、自分たちの情報収集能力への矜持《きょうじ》が垣間見える。

『鷺島長官に辞職に追い込まれた警察官で、公安部に在籍経験のある人は三人。うち一人は高齢で物故《ぶっこ》し、もう一人は現在アメリカ在住です。最後の一人は、現在消息が不明です』

「何者だ」

『尾島正道。キャリア警察官で、鷺島長官と同期です。大変優秀だったのですが、警視庁公安部長時代に問題を起こして辞職しました』

「なぜ辞職した」

それまで滑らかに喋っていた聖菜が、一瞬詰まる。

『その――容疑者への、拷問です』

寒気がした。それは、それだけはやってはならないことだ。

「公安警察は、特高警察の系譜に連なる存在だ。旧特高警察官は戦後公職追放を受けたが、五年ほどで公安警察部門に復職し、かつてのノウハウや経験を活用していった」

京輔は、小さく息をつく。

「その尾島という男は、受け継ぐべきでなかった伝統を受け継いだのだな」


――体育館で京輔は、持ってきた本を一通り確認すると言った。

「やはりそうだな。これは『革命』の手口を用いて扇動されている」

「それって、あれですか。いわゆる『極左暴力集団』が裏にいるってことですか？」

叡太郎は首を傾げた。彼らと警察は不倶戴天《ふぐたいてん》の敵同士だが、いまいち現実味がない。

「いや。革命家の仕業にしては手口が洗練されすぎている。もしこれだけのことができるなら、とっくに彼らは資本家階級を打倒できている」

「では、誰が？」

「革命思想をよく研究し、それを人心操作に活かし得るだけの能力と経験を持つ者だ」

「そんな人、いるんですか？」

経済学者や歴史学者は、違うだろう。研究することはあれど、悪用するとは思えない。

「公安だ。日本で一番革命家に詳しい集団は彼らだ。党派を横断して研究していると考えると、当人たちよりもよく知っているかもしれない」

「いや、でも。なんで公安が警察官への憎しみを煽るんですか」

その必然性がない。彼らにとって、得な事は何も無いはずだ。

「公安警察として活動した者が、みな警察の中で満足すべき扱いを受けて円満に定年退職したわけではあるまい。何らかの事情で、恨みを飲んで離れた者もいるはずだ」

「それはまあ、ないことはないでしょうが」

様々な理由で、途中で職を辞する警察官はいる。その中には当然、遺恨を抱く者もいる。出世に命をかけるものが多いキャリアであるなら、尚更だという。

「異様な事件が続いているだろう。もしかしたら、繋がるのかもしれん」

「思いつきというか、想像の域を出ないと思いますが——」

叡太郎は、言葉に詰まった。陰謀論と一蹴しきれない、何かがある。

「怪文書もそうだ」

京輔が、代わりに口を開く。

「あれは怪文書としては価値が高くない。しかし、他に目的があるかもしれない。もしかしたら、特定の誰かへのメッセージだった可能性もある。虚実を織り交ぜ、情報収集の腕をアピールする。自分の存在を思い出させるためのものだったのかもしれん」

「脅迫状、みたいな？」

口にして、その響きの空恐ろしさを感じる。二度、叡太郎たちは脅迫事件を捜査した。それはどちらも、本当の殺意を示すものではなかった。三度目は、本物なのか。

「公安に在籍した者で、鷺島長官に恨みを持っていそうな人間を探してみろ。実在するようであれば、この思いつきは真面目に検討すべき仮説となる」

京輔の言葉には、真剣さがあった。

「その場合、警察への敵意の醸成は目的ではなく手段だ。目的とは何か」

京輔は、叡太郎を見てくる。

「鷺島長官の命だ。失脚程度なら、ここまでせずともいくらでも確実性の高いやり方がある」

頭を殴られたような感覚がした。長官の、命を、狙う。父が、命を、狙われている。

「連絡は取れるのか」

「直接には無理です」

電話番号ぐらいは知っているが、勤務時間中に父が私物の電話を見ることはない。

「人を介するのは避けたい。どこに息のかかった人間がいるか分からん」

「――そうだ。椎名警務部長に聞いてみましょう。あの人なら大丈夫です」

叡太郎は、椎名のスマートフォンに通話をかけた。スピーカーモードにして、京輔もやり取りできるようにする。

『チャック、俺だよ。いとこのマーヴィン・ベリーだよ』

通話に出るなり、椎名はよく分からないことを言った。

「二十一世紀生まれの人間にバック・トゥ・ザ・フューチャーのネタを振るな。大体マーヴィン・ベリーは電話をかける方ではないか」

京輔がすかさず突っ込む。

『ごめんごめん、つい。どうしたんだい?』

「鷺島長官の本日のスケジュールは分かるか」

『長官? うーん、どうなんだろう。あ、ちょっと――』

「待て。人に聞くな」

椎名が近くにいる誰かに聞こうとしたのを察して、京輔が止める。

『ううん、何でもないよ』

椎名が、相手を誤魔化している。他には何も言わない。様子が変だと察したようだ。

「長官の身に危険が迫っている可能性がある。どこに手先が潜んでいるか分からん。危険について直接伝えたいので、スケジュールを知りたい」

『はいはい、分かりました。メールするね。それじゃ』

何でもないことのように言って、椎名は通話を切った。少ししてから、メールが届く。

『これから交通安全標語の授賞式。夕方は本庁に戻ってサイバー局長の報告。夜は前警視総監で現内閣危機管理監の人と料亭で食事。詳しいことが分かったら教えてね』

端的な内容で、授賞式の会場や料亭の詳細もついている。本当に頼りになる人だ。

「助かるが、これ以上椎名には頼れんな。あの記者めに連絡しろ。『黒幕』については、やつに調べさせよう。無論結果をのんびりとは待たん。すぐ移動するぞ」

言うが早いか、京輔は体育館の出口へと向かったのだった――

『元同僚の怨恨っていう視点自体は分かります。鷺島長官は廉直な分、恨みを買いやすいところはあったでしょうし。でも、昨日今日首になったわけじゃないですよね。長い間恨み続けて、こんなに規模の大きいことをやってのけるって可能なんでしょうか』

聖菜が、疑問を挟む。これは当然だ。臥薪嘗胆という言葉があるが、薪《たきぎ》の上で臥したり苦い胆《きも》を嘗《な》めたりするのは、そうでもしないと恨みを忘れてしまうからなのである。

「三木清という哲学者が、お前と同じことを言っている。怒りは突発的なものであり、それを癒やすのは時間が最上のものだとな。三木清は『時とは消滅性である』と表現した」

しかし、と京輔は言葉を継ぐ。

「それには例外があることも指摘している。『怒《いか》は復讐心として永続することができる。復讐心は憎《にくし》みの形を取った怒である』とな」

言葉が、重く響いた。父に向けられた悪意は、永続するものなのかもしれないらしい。

『あ、すいません。——え、何ですか？』

聖菜が誰かと喋り始めた。急に話しかけられたらしい。

『——う、わ』

聖菜の声が、凍りつく。

「どうした」

京輔が訊ねた。

『——ＳＮＳで、警官が人を撃った現場とされる動画が流れてます』

間を空けて、聖菜が耳を疑うようなことを言ってきた。

『子供が撃たれてます』

聖菜の声に震えがあった。それだけ、衝撃的な内容なのだろう。

『すいません、ちょっと弊誌も動きます。何かあったら共有します』

慌ただしく、通話は切れた。

「調べてみる」

短く言うと、京輔はスマートフォンを操作し始めた。

『ちくしょう！　ちくしょう！』

そんな声がする。気になるが、何しろ運転中なのでよそ見もできない。

「声に真実味はある。しかし、どこか演技じみて感じられもするな」

京輔が動画を批評する。割と呑気である。そこまでひどいものでもないのだろうか――

『撃ちやがった！　警察官が子供を撃ちやがった！』

京輔が絶句した。凄惨な光景が広がっているらしい。

「――動画の真偽は定かではない。偽物《フェイク》である可能性も捨てきれんだろう」

ようやく、京輔が口を開いた。その声は、ひどく重い。

「しかし、俺は仕掛けてきたと見る。警察官が、罪のない人間を撃った。動画を見る限り、そんな筋書きだろう。子供は、あるいは不幸にも通りかかっただけなのかもしれん」

その内容も、重い。

「今や仮説の蓋然性は高まった。可及的速やかに長官に伝える必要がある」

「もうすぐです。高速降りたら割とすぐなので」

丁度高速の出口が見えてきた。移動し、ＥＴＣレーンを走り抜ける。

「向かう先は、授賞式の会場でいいんでしょうか」

赤色灯とサイレンで他車を追い散らしているうちに、叡太郎はそんなことに気づいた。

「こんな事件が起きたら、長官は予定をキャンセルして警察庁に戻るもんでしょう」

「ああ。だが、それを考慮せずに犯人がことを起こしたとは考えにくい。一旦車に乗られると、追いかけるのは大変になる。そこに思いが至らない犯人ではあるまい」

京輔は問題点を指摘してきた。

「車に爆弾を仕掛けるとか」

「その場合、このような大がかりな仕掛けは不要だ。相手は冷静かつ計画的だ。爆弾を選ばなかっただけの理由があると考えるべき――」

そこで言葉を切り、京輔は眉をひそめた。

「何か聞こえないか」

大勢の人間が、一定のリズムで同じ言葉を叫ぶ。これは――シュプレヒコールだ。

「抗議活動か」

「まさか、早すぎるでしょう」

動画がアップされたばかりで、すぐそんなことが起こるとは考えにくい。しかし、近づいてくるコールは、京輔の言葉の正しさを裏付けている。

警察、辞めろ。貴族は、消えろ。字面にすれば、ひどく未洗練のものだ。しかしそれだけに、マンネリズムを感じさせる「活動」とは無縁の異様な熱気を感じさせもする。

「無届けデモはまずいですよ」

思わず口走ってしまう。デモは、一見反社会的だったり常識外れだったりするようなものでも、きっちり申請し許可を得た上で行っている。それをしないデモは取り締まりの対象であり、指導者や参加者が逮捕されることもしばしばある。

「すぐ解散すれば、お咎めなしにもなりますけど。むしろ僕が止めないといけないのか」

「やめておけ。お前が血祭りに上げられでもしたら、勢いづいて暴動に発展しかねん」

そんな非現実的な、と笑い飛ばそうとして、叡太郎は失敗した。現実的ではない物事など、もうないのかもしれない。

「新宿、渋谷、池袋。あちこちで同時に起こっているようだな」

スマートフォンを触りながら、京輔が言う。

「おそらくは、SNS上で扇動が行われている」

「——まさか、これも？」

何を指すのか言わずとも、京輔には伝わった。

「そう考えるのが妥当だろうな」

「工作活動ってやつじゃないですか、もう」

「同期だった男の仕業という推測が、現実味を帯びてくるな。公安警察とは、工作活動を取り締まる存在だ。当然、取り締まられる側のやることには精通している」

両方に詳しいなんて、最強じゃないか——そう思ったところで、叡太郎は気づいた。

「移動されたら狙いにくいのなら、移動できなくするというのはどうですか。各地で届け出なしのデモが多発したら交通は寸断されますし、長官は動きにくくなります。デモ隊に見つかったら大変ですし」

警察庁長官は、他省庁のトップと比べても何かと顔がニュースに出る。所管する職務のニュースバリューが高いからだ。顔は知られているし、検索すれば沢山出てくる。

「大いにあり得るな」

京輔は頷いた。

「ここから目的地までは——五分か。あと少しなのだが」

コールはだんだん近くなる。目的地へ向かおうとすれば、そのままコールのする方へ行くことになる。カーナビが少し先で右折を指示する。従う他ない。

「うわ、マジかよ」

曲がった途端、叡太郎は呻いた。道路を、デモ隊らしき集団が完全に塞いでいたのだ。普通のデモではあり得ない、無秩序な光景だ。

プラカードもない、のぼりもない。旗とかトランジスタメガホン、太鼓の類もない。

その代わりに、凄まじい熱気があった。怒りが炸裂し、興奮を生む。強い感情が激しい衝動へと姿を変え、撒き散らされていく。そんな様子が、手に取るように伝わってくる。叫んでいた参加者の一人が、こちらを見た。小太りの、眼鏡をかけた男性だ。何か怒鳴りながら、こちらを指さす。車の屋根で回る、赤色灯を。

人々の目がこちらに向く。撒き散らされるだけだった感情が、叡太郎の身に収束する。比喩でも何でもなく、震え上がった。大勢の人間が、一斉に自分へと敵意を向けてくる。その圧倒的な非対称性が、途方もない恐怖となって叡太郎を打ち据える。

「ここは俺に任せて先へ行け」

京輔が言った。そんな場合でもないのに啞然とする。

「リアルにその台詞を言う人、初めて見ました」

漫画でも実際には滅多に見かけない一言である。

「更に、何かアドバイスを残すとかしないでくださいね。ますますできすぎです」

その場合、京輔は激闘の末に斃《たお》れてしまうのがセオリーだ。そして、叡太郎にはラストに京輔の笑顔を空に思い浮かべるというタスクが課せられる。ちゃんと笑っているところを見たことがないので、想像図ということになる。

「お望みならばしてやろう」

頷くと、京輔は叡太郎の方を見てきた。その鋭い目が、叡太郎を射抜く。

「あらぬところのものであり、あるところのものであらぬ。そうあるべし」

京輔は呪文を唱えた。

「やっぱり分からないぞ哲学」

叡太郎は混乱した。

「これもサルトルの言葉だ」

こんな状況においても、変わらず京輔は哲学について語る。

「今存在していない自分、これから変化していく自分こそが大切なのだ。今はまだなれていないものになれる、その可能性こそが重要なのだ」

はっ、と息を呑む。何か、とても心に響く言葉だ。

「さあ、キーだけおいてもう行け。俺はやるべきことをやるぞ」

京輔は車のドアを開けて外へ出る。

「でも、どうするんですか」

叡太郎は問うた。京輔に、大勢のデモ隊を大人しくさせたりする力があるのだろうか。

「何をするかだと？」

京輔は笑った。そう、笑ったのだ。会心の笑みというやつを、叡太郎に向けたのだ。

「哲学者が大衆を相手にやることと言えば、弁明と相場が決まっている」


「警察、辞めろ！　貴族は、消えろ！」

高塚淳平《たかつかじゅんぺい》は、叫んでいた。

人が集まっている、という投稿を見てここに来てみた。どっちみち、やることはなかった。中年以降に仕事を辞めるというのはどういうことか、身を以て思い知っていた。猛烈なパワハラが原因で心身の調子を崩したのが原因であり、今のご時世理解はしてもらえる。理解はしてもらえるが、そこまでだった。

どの仕事も年収が激減する。派遣に登録すれば、精神的負担が大きいコールセンターばかり紹介される。地方の友人には「東京なら仕事はいくらでもあるだろ」と言われる。気持ちは下がる一方だ。しかし家賃は下がらず、物価は上がる。失業保険もそのうち終わり、貯金はいつまでも続かない。

これだけでもつらいのに、世の中は不安定だった。携帯電話の不通には淳平も巻き込まれた。働き過ぎで事故を起こしたという運転手の話には胸が痛くなった。鉄塔が倒されるという話を見て、計画停電の闇を思い出し心細くなった。

一方で、警察のひどさには頭に来ていた。初めは半信半疑だったが、次から次に新しい話は流れてくるし、タイムラインの皆も口々に怒っているので信じるようになった。

——ちくしょう！　ちくしょう！

そんなある日、子供が撃たれる動画を見た。

自分の子供のことが蘇った。離婚した妻に親権を持って行かれ、連絡も取れていない。最後に見た時の姿と、動画の中の撃たれた子供が重なった。

その直後、この辺りで抗議行動があるとＳＮＳで知った。誰の投稿だったのかは分からない。再投稿されたものだったかもしれない。ともあれ、近いので行くことにした。

最初は、人影もまばらだった。徐々に人が集まってきて、やがて大勢になった。

誰かが大声で、警察を罵った。何と罵ったのかは分からない。だがそれは、一つの形にまとまっていった。警察、辞めろ。貴族は、消えろ。

よく考えると、辞めろとはどういうことなのか、消えろといってもどうなってほしいのか、さっぱり分からない。分からないが、物凄いエネルギーが自分の中から湧いてきた。こんな経験は、初めてだった。全てのたがを外されたような、そんな感じだった。何もかもから解き放たれたような、ずっとずっと感じたことのなかったような——高揚感。

「おい、警察がいるぞ！」

誰かがそう叫んだ。

見ると、近くに回転灯を点けた車がいた。運転席のスーツを着た若い男が、こちらを見て隣の男と何か話している。さては、こちらのことをバカにしているのだろうか。

「何だあの野郎、高そうな車乗りやがって」

「税金でパトカー以外にも車買ってるのか、良いご身分だな」

次々に罵声が続く。淳平も同じ気持ちだった。あるいは、同じ気持ちになった。すぐに、誰かが何かをすることもなかった。指示を出す人もいなかった。ただただ、皆で怒りと憎しみを込めて警官を睨んでいた。

しばらくして、助手席から一人の男が降りてきた。部屋着である。少ししてから、運転席の若い男も降りてくる。若い男は——突然、淳平たちと反対の方向に走り出した。

「逃げたぞ！」

「待て！」

みんなで走り出す。誰かを追いかけて走るなんて、子供の頃の鬼ごっこ以来ではないだろうか。なぜかワクワクする。生まれる前から忘れていた何かを、思い出すような——

「東京の都民諸君」

そんな声が、辺りに響いた。淳平は足を止めた。

声の主は、あの男だった。カジュアルな服に長めの髪、伸びたひげ。

「警察に捜査顧問として協力している備前だ」

車に取り付けられたマイクを引っ張り出して、喋っている。「前の車、止まりなさい」とやるためのものだろう。

皆が呆気にとられる。鍋の水を沸騰させるコンロの火を、急に切られたような感じだ。

「よろしい。俺は弁明を行わねばならぬ。諸君の怒りを買う警察という組織の代わりに。しかも極めて短時間で」

男性はマイクを持ったままボンネットに乗り、それから車の屋根に上った。

「高いところからで失礼する。こうせねば全員に俺の姿が見えないだろう」

そう言うと、男は軽く膝を抱えるようにして座る。

「諸君も楽にしてほしい」

いきなり現れ、車の上から呼びかけ、警察の弁明をするなどと言う。勝手な話である。

しかし、みんななぜか彼の話に耳を傾けていた。本当に地べたに座る人も出てくる。

「先ほども言った通り、俺は警察に捜査顧問として協力している。普段は哲学の研究に精を出しているが、様々な理由から手伝っているのだ」

備前が自己紹介を始めた。スマホを触る者もいるが、彼が話し出すと手を止める。

「東京都民諸君。俺は君たちと対話がしたい」

備前は一旦話し終えると、一人一人を見てくる。

対話なんて、嘘くさい。正直そう思った。しかし、彼の目を見て、何も言えなくなった。対話という言葉が嘘くさくても、彼は嘘をついていない。そう感じたからだ。

「警察の代わりに弁明するとか、言ってたよな。あんた警察の味方なのか」

誰かが話しかけた。その通り、まったく同意見だ。

「違う」

備前は首を横に振った。

「俺が警察の味方なのではない。警察が我々の味方なのだ」

ざわ、と空気が荒れた。一旦消された火が、またつきそうになる。

「警察は信頼できないでしょ」

他の一人が、反論した。

「日本の警察は、基本的な意味において信頼できると俺は考えている」

反論した人の方を向いて、備前は答える。

「できるできるってだけ言われても。客観的な証拠あるんですか」

「たとえば、グローバルシンクタンクの経済平和研究所が毎年発表している『世界平和度指数』ランキングにおいて、日本は変動しつつも上位にランクインしている。トータルでも毎年上位にいるし、『社会の安全・安心』という領域に絞れば更に上がる」

すらすらと、備前が難しそうな話をする。質問した人間は少なからず狼狽えていた。速やかに「証拠」を出されるとは思っていなかったらしい。

しかし、備前は畳み掛けたりはしなかった。相手が落ち着くのを待ち、改めて口を開く。

「だが、その問いに答えるとは、こういうことを言うのだろうか。今諸君らが求める信頼とは、何らかの形で数値化された証拠《エビデンス》なのだろうか」

その場にいる全員に向かって、問いかける。

「人は人を信頼するにあたって、いつも証拠の提出を要求するのだろうか」

誰も答えない。しかし、備前は答えを待った。しっかり待ってから、話を再開する。

「『感想』や『お気持ち』を完全に排除した信頼は、あり得ないと俺は考える。信頼とは、心においてあるものだからだ。そこで、俺が警察を基本的に信頼する理由を話そう」

滔々《とうとう》と、備前は話す。

「最初に協力した警察官は、今やすっかり中年太りの幹部となったが、当時はまだそれなりに若々しく精悍だった。組織には向かない人間だし、そもそも刑事部——犯罪捜査の畑でもないのだが、事件に対しては誠実に向き合っていた」

相変わらず、みな彼の話に耳を傾けている。お喋りをする者も、立ち去る者もいない。どうしてなのだろうか。その中の一人であるにもかかわらず、淳平は不思議に思う。

「その男の後も、何人もの相手と協力してきた。みな各々興味深い人柄と特性を持った人間だった。――興味深いと言えば、今行動を共にしている警察官もそうだ」

その時、初めて備前は少し微笑んだ。相手への親しみを感じさせる、温かい笑みだ。

「言葉の端々に書籍への愛情が滲んでいて、最初から興味を持った。自分の適性に悩み、親との関係に悩み、つらい過去に悩む若者だ。しかし、自分では気づいていないようだが、警察官としてはとても立派だ。技術がどうとか、向き不向きがどうというのではない。心意気が、警察官なのだ。その姿を見る度に、『ふむ』と唸らされている」

その言葉に、嘘はないように思えた。彼が誠実であるように、淳平には思えた。

「無論、俺がよい警察官たちとばかり会ってきただけとも言えるだろう。警察の不祥事は厳然として存在する。警察の全てを手放しで擁護するのは、不健康なことに違いない」

だからこそ。備前は言葉を続ける。

「だからこそ、東京都民諸君よ、何をしているのか見てほしい。もし自分が警察の世話になる時、それは助けられる時でも罪を問われる時でも、たまたま何かの場面に通りすがった時でもよい。どうしているのかしっかりと見てほしい。そして判断してほしい」

「見てます。見た上で言ってます」

出し抜けに、一人の女性が口を開いた。眼鏡をかけている。部屋着のような格好で、足元もクロッグサンダルだ。ネットを見て、飛び出してきたのかもしれない。

「警察はひどいことばかりしています。ＳＮＳを見れば分かります」

それまで座っていた彼女は立ち上がり、真っ直ぐ備前を睨みつけて話す。彼女の一生懸命さが、真摯な人柄が、伝わってくるかのようだった。

「インターネットで、警察を批判する情報を沢山集めた。その情報の信憑性が高いと感じたので、警察は批判するに値する存在だと断言する。そういうことだな？」

「そうです」

女性は、堂々と答えた。

「ありがとう。――先ほど、俺は彼から『証拠』について問われた。その問いは全く妥当なものだったと感じる。自説の拠って立つところを明らかにするのは大切だ」

そう言うと、備前は先ほど質問した相手を見た。まだ高校生くらいに見える少年だ。少年は、照れたような面持ちで下を見た。

「では、その批判の証拠性について、問わせてもらう」

「高いです。画像もあります、動画もあります」

ほとんど言葉を被せるように、女性が口を開く。攻撃的で、はらはらしてしまう。

「ああ。俺も見た。中でも子供を撃った動画は、信憑性が高いものだと思われる」

それを、備前はゆったりと受け止めた。

「だが、それが本当に警官の仕業であるかどうかは疑わしい。『その瞬間』が、収められた動画ではないからだ。――一つ問いがある。これはここにいる皆に問わせてもらおう」

女性から顔を上げ、一人一人を見ていく。

「東京都民諸君。諸君は、インターネットの情報を見て集まったのだろう。この辺りで、人が集まると。さて、呼びかけたのは誰だ。知っている者はいるか。話した者はいるか」

「どうでしたっけ」

隣で座っていた男性が、話しかけてきた。一生懸命叫んだせいか汗だくで、来ているTシャツに汗染みが浮かんでいる。確か、最初に警察官を見て叫んだのは彼だったはずだ。

「いやあ、どうだろう」

淳平は首を傾げる。他の皆も、同じだった。誰も呼びかけた人を見ていないらしい。

「初めの内は、心細かったのではないか。しかし、人が集まるにつれ自信が湧き、元気が出て、何か高揚し始めたのではないか」

その通りである。どうして分かるのだろう。

「何も恥じることはない。人は群れで集まり生きる動物だ。故にこういうことが起こる」

備前が、話を続ける。

「盛り上がるにつれ、『一つ』になったのではないか。個がなくなり、集団として行動し始めたのではないか。高揚感のまま、思考を擲っていたのではないか。そして今、冷静になるにつれ自分に戻り、周囲の一人一人を一人一人として認識し始めたのではないか」

言われてみれば、そうだ。初めのうちは、周りの人の区別などついていなかった。だが、徐々に分かるようになった。個人として、受け止めるようになった。

「もし企画した者がいれば、今名乗り出たまえ。誓ってそのことで身柄を拘束はしない」

それでも名乗り出る人間はいなかった。備前は話をまとめる。

「おそらくは、人々を各所に集まらせ、群集心理を利用して暴発させたのだろう。現地で扇動を続けてここにいるという可能性もあるが、構わん。無理に名乗り出ることはない」

これだけ言われても、自分が企画したと名乗り出る者はいなかった。

「――分かりました。よく考えてみます」

ずっと気丈に立っていた女性は、すっかり項垂れてしまう。

「権力に取り込まれるんじゃない！」

彼女の言葉を打ち消すかのように、突然そんな怒声が辺りに響いた。

「この男は官憲の手先と言っていたじゃないか。そんな男に言い負かされるとは」

前期か後期か、多分後期の高齢者だ。髪はほとんどなく、残っているものは白い。彼も眼鏡をかけているが、太いフレームと大きいレンズが目立つ古びたものだった。

「そんな程度の覚悟なら、最初から発言するんじゃない！」

男性が、女性を批判する――否、糾弾する。普段からそういうことをし慣れている、というよりは、昔懸命に取り組んだことが今蘇ってきているような、そんな感じだった。

「いえ、それは」

女性は狼狽える。何とか止めねばと淳平が腰を浮かせたところで、備前が割って入る。

「落ち着きたまえ。――今回の対話では引用を控えるつもりだったが、致し方あるまい」

軽く咳払いすると、備前は男性をじっと見つめる。

「『敵対分子でないかぎり、悪意の攻撃でないかぎり、だれにでもしゃべることはゆるされる。誤ったことをしゃべってもかまわない』」

備前の言葉に、男性ははっとした。

「『知ったことは話し、話すときは全部いう』。『いうものには罪がなく、聞くものは戒めとする』――ニュアンスは感じてもらえるな？」

男性は黙り込んだ。備前は男性の言葉を待つ。男性は俯き、小さく頷いた。備前は微笑み、それ以上責め立てることはしなかった。

「東京都民諸君。少し待ってほしい。今、すぐに犯人を諸君の前に連れてくることはできない。しかし、俺は断言する。この警察へのバッシングは、仕組まれたものであると」

小さなざわめきが生じた。備前の言葉への疑いと言うよりは、不安だ。淳平も同じだから分かる。自分たちは――いいように使われたのではないか？

「待ってほしい。さもなければ、諸君は『自分たちの味方である警察を不当に批判した』という汚名と罪とを負わされることになるかもしれない」

備前が語りかける。

「東京都民諸君よ。俺の弁明は諸君のため、諸君が何者かの思惑に踊らされて警察を批判した結果、諸君の持つ純粋な正義感に対して罪を犯すようなことにならないためである」

――その時。淳平はみなが彼の話に耳を傾ける理由が分かった。彼が、心から真剣に耳を傾けているからだ。ここにいる人々の言葉を、すべて聞こうとしているからだ。

上司は「言い訳するな」といい、黙っていると「何とか言ったらどうだ」と責めた。派遣会社の担当の女性は「やり取りには問題ないので、コールセンター大丈夫だと思います」と繰り返した。地方の友人は「東京は平均時給高いだろ」の一点張りだった。

離婚した妻もそうだった。淳平が何を話しても、聞こうとはしなかった。淳平もそうだった。彼女が何を話しても、聞こうとはしなかった。

備前が、言葉を終える。人々を見回す視線が、淳平のものとぶつかった。

「高塚淳平です」

淳平はなぜか名乗ってしまった。初対面の相手に、親に教わった通りのやり方で名乗る子供みたいな名乗り方だった。くすくすと笑いが漏れる。恥ずかしい。

「うむ。備前京輔だ」

しかし、備前だけは笑わなかった。真っ直ぐ受け止め、改めて名乗り返してきた。

「質問です。あなたを信じて、大丈夫でしょうか」

どうしても聞きたいことだった。そして、彼なら答えてくれそうな気がした。

「分からん」

答えてはくれた。だが、想像以上に端的な答えだった。

「はあ」

あまりに端的な回答に、間抜けなリアクションになってしまった。どっと笑いが起こる。遠くの方で誰かが真似している。本当に恥ずかしい。

「東京都民諸君。どうか落ち着いてほしい。人は公衆の面前で笑われると言いたいことも言えなくなってしまう。じっくり聞いてやってほしい」

一同を落ち着かせてから、備前はふむと腕を組む。

「大変大事な問いかけだ。感謝する。考えてみれば、俺は諸君に俺が信頼に値する人間だということを示していない。しかし、これは中々難しいものだ。——そうだな」

少し考え込む様子を見せてから、備前は腕を解いた。

「西多摩には廃校が多い。俺はその廃校の中の一つに住んでいる。住み心地は大変良いが、他に同じことをする人間は中々いない」

そりゃそうだろうという感じだ。そもそも、廃校をどうやって買うかも分からない。だが、備前は大真面目である。

「故に、廃校に住んでいる人間と言えばすぐに分かる。俺は確かにそこにいるから、来るといい。無論不在にしていることもあるが、その時は靴箱に手紙でも入れておいてくれ」

大真面目に、そんなことを言う。

「今も同様だ。俺は確かにここにいる。何かを装わず、備前京輔としている。信じてくれ」

誰も、何も言わない。しかしそれは、言い負かされたとか、逆にあきれかえって喋る気もなくしたとか、そういうことではない。

「実に有意義な時間だったが、もう去るべき時が来た――俺は顧問の仕事に戻るために、諸君は各々の日常に戻るために。両者のいずれもが、一層よき運命に出会えるように」

備前との対話を通じて、理解し納得したのだ。そんな、誰も見たことがないような出来事を、確かに体験したのだ。

車の屋根から降りると、備前は去って行った。

残された者たちも、三々五々帰途についた。

淳平も帰った。途中、あの眼鏡の女性と帰り道が一緒になり、何だか連絡先を交換したりすることになった。

――この日の騒動で、警官や機動隊とデモ隊が衝突し、少なくない負傷者と大勢の逮捕者が出た。デモ隊側の暴走もあれば、警官側の行き過ぎもあった。

しかし一箇所だけ、一人の負傷者も逮捕者も出さず平和裡に解散した場所もあることは、あまり知られていない。

叡太郎は走る。東京の街を、己の足で駆け抜ける。

走ることは、苦痛ではない。何しろ警察大学校――警大では鍛えられた。ランニングは勿論、剣道、機動隊実習など、きついものが多かった。

何しろ「鷺島」なもので、教官たちは最初の内大いに遠慮がちだった。しかし「手心を加えるな」という指示でも出たのか、ある時よりえらく厳しくなった。同世代においても、叡太郎ほど「昭和のノリ」を味わった人間もそうはいないだろう。

地獄のスパルタ特訓を同世代にすすめるつもりはないが（そこまでせずとも体力は効率よく養える）、今はそれに感謝していた。さすがに「キロ三分」とまではいかないが、力いっぱい走り続ける体力は身についている。目的地まで、自分を自分で運ぶことができる。

——あらぬところのものであり、あるところのものであらぬ。そうあるべし。

京輔の言葉を、反芻する。分からないと言えば分からないが、分かると言えば分かる。

歩行者用の青信号が点滅し始めた。速度を上げて、変わりきる前に駆け抜ける。

——信号は青から赤に変わる。赤から青に変わる。その繰り返しだけだ。しかし、叡太郎はどんな叡太郎にも変われる。どんな叡太郎にもなれる。その可能性を持った存在であり続ける。「これが自分」という固まった何かにならない。多分そういうことだろう。

仮に違っていたとしても、それはそれでいい。今、自分は何だかすっきりしている。何かできそうな気がする。それが大事なのだ。

行く手に自転車が倒れている。スタンドの立て方が甘かったのだろうか。一切スピードを緩めることなく走り、躊躇することもなく飛び越える。

多分、叔父の死において自分の心に引っかかっているのは、何もできなかったことだ。大切な人の死を、ただ受け入れることしかできなかったことだ。

今は違う。今回は何かができる。やれることがある。父が大切な人かどうかは、よく分からないけど。何もできないままではいやだと思える。だったら、何かをしてみせる。

叡太郎は走る。父の下へ。まだ見ぬ、自分の下へ。


各地で騒擾《そうじょう》が発生したと知るなり、鷺島勇は必要な指示を出した。

「わたしも本庁に戻る」

そして、SPの中寺と秘書官の凛にそう声をかける。スマートフォンで指示が出せるとはいえ、やはり緊急事態に際会《さいかい》しては「本部」にいるべきだろう。

「速やかに移動する」

歩きながら、勇は言う。三人がいるのは、立体駐車場である。授与式の会場がある施設に併設されているものだ。

「お待ちください。デモの参加者が長官を見つけたら、危害を加えるおそれがあります」

凛が止めてきた。勇は首を横に振る。

「今回出動した警察官全員が無傷で帰る、というわけにはいかないだろう」

凛を真っ直ぐ見て、勇は言う。

「そんな中、わたし一人が安全なところで安穏としているわけにはいかない。もし巻き込まれるようなら、現場の警察官を指揮する。警察官がいなければ、説得を試みる」

「指揮系統の混乱をお考えください」

なおも、凛は直言してくる。何としてもこの場から離れさせない、と言わんばかりだ。

「長官の身に何かあった場合、職責は次長が引き継ぐ。そのために情報も共有している。また、警視庁には十河《そごう》警視総監がいる。彼女は優秀だ。何の問題もない」

「そういうことではありません」

「――分かった」

勇は妥協することにした。これだけ熱心な言葉を、無下《むげ》にするわけにもいくまい。

「危険は避けると約束する。無理はしないとも誓おう。だから、できるかぎりの移動はさせてくれ。伊福部警視、わたしの弟が殉職したことは知っているね」

「――はい」

凛が、一瞬痛ましそうに目を伏せる。

「その時、わたしは何もできなかった。弟は守るべき市民のために命をかけた。その弟のために、わたしはなにもできなかった。やるべきことがある時、無力だったのだ」

言葉に、普段入らない熱が入った。どうしても、ゆるがせにできないところなのだ。

凛は長く――彼女にしては長く逡巡した。

「分かりました」

やがて、まなじりを決して言う。

「ご無理をなさったと私が判断した場合、強引な手段を執ります。ご容赦ください」

「分かった。感謝する」

勇がそう言うと、凛は口元を緩めた。ふっと、普段はない柔らかさが香り立つ。

「それはちょっと、困りますね」

そんな声が、少し離れた所からかけられた。

「長官。あんたにはここにいてもらわなくちゃ」

中寺だ。その目に、普段の剛直さとは違う色が浮かんでいる。

「中寺警部補。どういうことですか」

勇と中寺の間に入りながら、凛が訊ねる。

「海外に高飛びしても、一生分以上遊んで暮らせるような金額を提示されちゃあね」

中寺は笑う。何者かに買収されたらしい。自らの人を見る目のなさに忸怩《じくじ》たる思いだ。

「この騒動と何か関係が？」

勇は中寺に訊ねた。中寺は何も答えず、歩き出した。

「止まれ」

そんな凛の制止にも耳を貸さない。含み笑いをしながら、なおも近づく。いかに凛が護衛官としての経験が豊富とはいえ、体格差は如何ともし難い。そう踏んでのことだろう。

——それは、彼にとって大きな誤算だった。

凛は、何の迷いも怯えも見せなかった。懐から銃に似た形をした何かを取り出し、中寺に向け引き金を引く。銃弾の代わりに線のついたものが飛び出し、中寺の体に刺さった。

次の瞬間、ばりばりという放電音が響き、中寺は手足を真っ直ぐ硬直させ倒れ込む。

「腹ばいになって左手を横に伸ばせ！」

凛の鋭い声が飛ぶ。何度か痙攣《けいれん》しながら、中寺は従った。凛はすかさず、近くにあった固定型の車止めポールと中寺の手首に手錠をかける。

——麻痺銃《テーザーガン》。飛び出したのは電極であり、そこから相手の体に電流を流して制圧する武器だ。アメリカでは警察官の通常装備として普及している。日本の警察には配備されていないが、勇は弟の件から非殺傷兵器にこだわり、導入を始めたのだ。未だ試験運用であり、凛をはじめ数人にしか持たせていない。

「中寺警部補に不審な行動があり、緊急的に制圧した。至急救援を」

凛が無線で救援を要請する。

彼女の警護官としての優秀さの所以は、洞察力に裏打ちされた瞬時の判断力にある。自分のやるべきこと、自分にできること。全てを一瞬で計算し、最適な行動を取るのだ。その彼女が迷うほどの無茶をさっき自分は頼んだのだな、と思うと苦笑が漏れる。

「どうしましたか？」

そんな声がした。東洋自由新聞の船原という記者だ。取材しようと追ってきたらしい。

「近づくな！」

凛が鋭い声で命じる。

「ひえっ」

離れた所で、スマートフォンを持ったまま、船原は両手を上げた。

「ありがとう」

「いいえ、ご無事で何より――」

凜の表情が、変化する。

「誰だ」

凜が誰何する。その視線の先を見やり、勇は息を呑んだ。

一人の男性が、こちらに歩いてくる。マスクを着け、帽子を目深に被っている。

「――尾島、か」

そう認識した刹那、勇は理解した。騒動のこと、中寺のこと、怪文書のこと、世の中を不安定化させていた諸々の事件。それら全てが、一つに繋がる。

――戦後の警察の歴史において、ただ一度だけ警察庁長官は狙撃されている。狙撃された長官は、その体に銃弾を三発受けながらも奇跡的に一命を取り留めたが、捜査は難航した。当時他に大きな事件が起こっており、既にそちらに人手を取られていたことが大きい。遂に犯人を起訴することができないまま、事件は時効を迎えた。警察のマンパワーは有限であり、そこを衝かれると厳しいのだ。

「そうか、そういうことか――尾島」

正道は何かを取り出した。見なくとも分かる。銃だ。コルトパイソン357マグナム、8インチバレル。弾はフェデラル社製、ホローポイントタイプの357マグナム・ナイクラッド弾。警察庁長官狙撃に使用されたものと、同じ組み合わせだろう。正道は徹底した現実主義者《リアリスト》、実用主義者《プラグマティスト》だったが、一方で験を担ぐところもあった。

「長官!」

凛が、勇の前に身を投げ出す。丁度正道に背中を向ける形だ。殆ど同時に銃声が響いた。弾丸の威力は凄まじく、凛は勇の方へ吹き飛んだ。本来なら、踏ん張るくらいのことはできたかも知れない。しかし不可能だった。押し倒されるような形で、倒れ込む。

なぜそうなったか。凛の体を突き抜けた弾丸が、勇にも命中したからだ。おそらくは、左脇腹。急所は外れたようだ。弾が抜けたかどうかは分からない。

凛が呻き声を上げる。さすがの彼女も、銃弾が体を貫通しては如何ともし難いようだ。勇も、猛烈な痛みに襲われる。凛の体を通った分だけ威力は減衰しているはずだが、とてもそうは思えなかった。体の中を、直接握り潰されているかのようだ。

「失礼、するよ」

それでも、勇は凛を押しのける。彼女を巻き添えにするわけには行かない。

正道は連射することなく、ただ歩いてくる。傍らに立つと、勇を見下ろしてきた。

「なぜだ」

彼の問いは端的だった。それだけで十分だと思ったのだろうし、事実その通りだった。

「正義とは、高潔でなくては、ならない。正義のための正義で——なくては、ならない」

正直なところ、言葉を紡ぐことさえつらい。

「お前は優秀だった。しかし、その優秀さを試したがるところが、あった。あの件もそうだ。情報を得ることそれ以上に、どんな手段でも使いこなせると証明したかったはずだ」

しかし、かつての友の問いには答えたかった。

「それは許されない。たとえ結果が正義にかなうものであっても、許してはならない」

正道の目を見て、言う。

「警察は、正義を所管する。正しくあること、それ自体が目的であり責務なのだ」

正道の目は、赤くなっているように見えた。そこに揺蕩《たゆた》っている感情は分からない。だが、なぜか怒りや憎しみではないように見えた。

正道は、無言で銃口を向けてくる。その指が、引き金にかかる。

悪くない人生だった。そう思う。一方で、やはり未練もある。仕事のこと、妻のこと、そして息子のこと――

はっ、と。勇は目を見開いた。信じられないものを見たのだ。

横から誰かが飛び出し、正道に体当たり《タックル》を仕掛けた。正道は、その場に倒れ込む。

「叡太郎――？」

正道と格闘しているのは――勇の息子だった。

「動くな、大人しくしろ！」

うんざりするほど月並みな台詞だが、今は語彙に凝っていられない。

「放せ！」

尾島正道が暴れる。小柄な体格からは、想像もできないほどの力だ。

「ぐっ――」

正道の肘が、顎近くに入った。直撃《クリーンヒット》こそ避けたが、一瞬ぐらりと意識が揺れる。

正道はすかさず距離を取ろうとした。その手には、未だ拳銃が握られている。

「このっ」

それを確認するよりもおそらくは早く、叡太郎は再び組み付く。撃たれたら一巻の終わりだ。

――手強い。単純な腕力なら、叡太郎の方に分があるだろう。だが、どうしても押さえ込むことができない。正道の体捌《さば》きは、恐ろしいほどに達者なのだ。

それでも、必死で叡太郎は食らいついた。

ここで撃たれるわけにはいかない。撃たせるわけにもいかない。どうしても、是が非でも、何としてでも、何が何でも。叡太郎はここで、やりきらなければならない――

「――っ」

突如として、異変が起こった。正道が、苦悶の呻きを上げたのだ。叡太郎が特に何をしたわけでもない、はずなのだが――いや、考えている場合ではない。

「尾島正道。逮捕する」

叡太郎は押さえ込み、手錠を取り出してかけた。丁度近くに金属製の柵――設備機器に利用者が近づかないようにするためのものだろう——があったので、そこと繋ぐ。現逮——現行犯逮捕も、そもそも犯人を逮捕するのも初めてだ。

激しく息をつく。一方、正道はさほど呼吸を乱してもいなかった。叡太郎に余分な力を使わせ、消耗を誘っていたようだ。何事もなく続けていたら、どうなっていたか。

「お前は、鷺島の息子か」

正道が訊ねてくる。その声に、不思議と怒りや悔しさは感じられなかった。

「だったらどうした」

叡太郎が答えると、正道はふんと鼻を鳴らした。

「どうもせん」

それだけ言うと、もう正道は何も語ろうとしなかった。

「——そうだ」

ばっと立ち上がる。

「救急車は呼んでます」

遠くの方にいた民間人——中年の男性だ——が言う。

「ご協力、感謝します!」

とりあえずそれだけ答えると、叡太郎は辺りを確認した。父と、女性の秘書官、手錠をかけられた大柄な男性。

「わたしは、大丈夫。長官を。もう一人は、不審な行動があったので制圧した」

女性が言う。撃たれて服が真っ赤に染まっているが、言葉ははっきりしている。凄まじい精神力である。

「分かりました」

父の下に駆け寄る。左脇腹に弾が当たったようだ。少しでも止血できればと圧迫する。

「大丈夫ですか？」

叡太郎は訊ねた。

「ああ。命に別状はないと思われる」

父はそれだけ答えた。額に脂汗が浮いている。物凄い苦痛に、苛まれているようだ。

「しかし、念のために伝えておくことがある」

「やめてよ、そんな遺言みたいな」

「遺産については、弁護士に任せている。わたしの私物の処分については一任するから、母さんと相談の上納得のいく形で処分してくれ」

「しかも相続の話から始めないで」

「なぜだ」

父は、本当になぜだと思っている目で見てくる。

「――叔父さんが言ってた。『兄貴はどんな時でも真面目なのが真面目に面白い』って」

当時は何のことか分からなかったが、今少し理解したような気がする。

「面白いことを言うのは、あいつの専売特許だったが」

はっとする。その声に込められた、親しみの響きに。

動揺する。自分の知らない何かを、垣間見たような感覚に。

「——あまり、喋らない方がいい、です」

内心の波立ちを抑えようと、叡太郎はそう言った。色んなことが一度に起こって、自分の中で処理しきれていない。これ以上揺さぶられると——

「お前は、やはり、あいつの側だ」

びくり、とする。抑えようとしても、父が揺さぶってくる。

一番、聞きたくなかった言葉。ずっと、悩んできた言葉。どうして、今それを。

「わたしのような、つまらない人間ではない。様々な余地があり、仕事以外の、人としての領域が広い。そんな人間だ」

「——え？」

叡太郎は、目をしばたたかせる。父の言葉の意味が、上手く摑めない。今まで自分は、父の言葉を——誤解していたのだろうか？

「しかし、よく駆け付けてくれたものだ」

「それは、もう叔父さんの時みたいなのはいやだったから」

父の問いに、叡太郎は答える。

「近しい人間がピンチの時に、何もできないでいるのはいやだったから」

「——そうか」

父は口元を緩めつつ、頷いた。

「そうか」

そして、それきり。父は目を閉じ、何も言わなくなった。

「お父さん？　――お父さん！」

「何かな」

父は目を開いた。

「そうだ。山梨の家の名義だが、後々の手間を考えると母さんよりもお前にした方がいいかもしれんな。固定資産税はさほどかからないから――」

「だから相続の話はやめてよ！」

「ううっ」

秘書官の女性が呻き声を上げた。

「笑わせないでください」

悪の組織の幹部みたいな台詞だが、言葉通りの意味だろう。傷に響くに違いない。

「なるほど。わたしも『ウケ』を取れたようだな。優の墓前で自慢できそうだ」

「そうだね。――いや、そうですね、長官」

父と目を合わせ、微笑みを交わす。あらぬところのもの。未だなっていないもの。それは、この父との関係も同じなのだろう。叡太郎は、そう思ったのだった。

終章　哲学入門

哲学に入る門は到る処にある。

三木清『哲学入門』

「どうしていつもこういう店なんだ。料亭とか、立場に相応しい店にするべきだろう」

正道は辟易とした。他の席の笑い声やらなんやらで、実に騒々しい。

「ああ？　賑やかでいいだろうが」

店を選んだ落合静夫が、目をすがめる。よく日に焼けた肌、精悍な顔つき、乱暴な口調。キャリア警察官というより、地方県警の叩き上げ捜査一課長という雰囲気である。

「ここは落合くんに同意ですね」

鷺島勇が頷いた。こちらはいかにも警察官僚といった感じの、眼鏡をかけた優男だ。元々は粗食で痩せていたのだが、最近女性と付き合い始め栄養状態が随分と改善した。

外見も人柄も正反対のこの二人だが、なぜか共通して庶民的な店を好む。若い頃はまあよいだろうが、いつまでもそれではどうだろうかと正道は思う。

「また軟骨とたこわさばかり食べてやがるなお前は」

会話の内容も進歩がない。三人で飲む度に勇がたこわさか軟骨ばかりを食べ、静夫が突っ込みを入れる。いつまでもそればかりなのはどうだろうか。

「様々な僥倖と偶然が重なった末とはいえ、君は警視正になったんだ。自分の立場をわきまえたらどうなんだ」

正道は、そう非難した。

「先を越されたことが悔しいなら、素直にそう言やあいいのによ」

静夫が混ぜっ返してくる。

ないわけはないのだが、つい強がってそう答えてしまう。

「そんなことはない！」

静夫は正道の口真似をしてきた。何たる侮辱だろうか。正道は憤慨する。

「そんなことはなーい」

「そんなに出世がしたいもんかねえ。よく分かんねえな」

言いながら、静夫はフライドポテトをがっつく。彼の発言は、強がりではない。一生現場に出たいのだそうだ。正直全く理解できない価値観ではあるが、この男らしいといえばこの男らしい。高い捜査能力と、諦めず取り組む粘り強さ。なるほど刑事部《ジ》向きではあるので、やらせておくに越したことはないだろう。また、先ほどのように正道の口真似などという子供じみた嫌がらせをしてくるところは、とても警察庁長官の器ではないと言える。

「いいか、鷺島。長官の椅子を譲ることはないから、そのつもりでいることだな」

手にしていた串カツの串で、正道は勇をびっと指す。

「ええ。全く問題ないですよ」

勇は正道の宣言を飄々《ひょうひょう》とかわすと、カシスオレンジを飲んだ。

「勘弁してくれよ。尾島みたいな陰険男が長官じゃ、警察がゲシュタポになっちまう」

げんなりしたように静夫が言ってくる。人を秘密警察扱いするとは、失礼な話である。

ふて腐れながら、正道はビールを飲んだ。店に相応しい、荒っぽい味だ。まあ悪くない。

「まだ鷺島の方がマシだ。全警察官に毎年警察白書を熟読しろとか訓示出しそうだが」

「読むべきですよ。我々の職務を取り巻く環境をより深く理解できるようになります」

勇は生真面目に答えた。

「ほんとに熟読してやがるんだよなあ」

静夫が目をすがめる。

「俺たちの代は、鷺島が警察庁長官でいいよ。んで、尾島は警視総監でもしてろ。俺は地方の県警で厄介になるから」

「いいや、僕が長官だね」

ビールを呷《あお》りながら、正道は言った。

「落合くん。キャリア警察官は都道府県警で仕事をすることがあっても、基本的には警察庁に戻ってくるものです。ずっと地方にいたいと言っても、できるものではありません」

勇が、妙な角度からの突っ込みを静夫に入れる。

「スーパー刑事になって、難事件とあらばどこの県警にも飛んでいくんだよ。さっさと出世してそういう仕組みでも作りやがれってんだ。てめえは人事畑なんだろうし」

「——なるほど。難事件専門のスペシャリストとしての人材運用ですか。面白いですね」

「いかに面白かろうとも、関係のない話だ。長官になるのは僕なんだからな」

三者三様の話をしながら、宴の夜は更けていく。

——懐かしい、夢を見た。

勇が警視正になったころ、ということは三十歳前後だろう。大体そのくらいから、警視正になる者が出てくる。中でも勇は早く、同期で一番乗りだった。

あの頃はよかった。未来に希望があった。憎まれ口を叩き合える、仲間もいた。

今はもう何もない。計画は最後の最後で頓挫《とんざ》し、正道は容疑者として身柄を拘束された。手元にあるものと言えばせいぜいこの命くらいだが、それももう残り僅かだ。

——彼のしたことは明るみに出た。彼が手駒とした者たちの何人かが、「何者かの指示で動いていた」と白状《うたった》したのだ。

元々、隠し続けるつもりはなかった。計画を実行する、そのためだけの仕掛けだった。正道が乱した世の中は、元に戻り始めている。しかし、禍根は残るはずだ。インターネットに信を置きすぎることを改める契機にでもなればよいが、まあ無理だろう。

取り調べには完黙を貫いた。そうしているうちにまたあの痛みがやってきた。診断を受け、死の病に冒されていることが知られ、警察病院に移された。

自らの手を見る。計画の失敗後、体は急速にしぼんでいった。体に満ち満ちていた怨念と執念とがまとめて消え、本来あるべき姿——死病に冒された人間の痩せ細った姿に戻ったかのようだった。

悔いはない。やれるだけのことをやった。やってはならないことも沢山やったが、それについてはどれだけ裁かれるだろう。罪に見合う罰を受ける時間は、残ってはいまい。

少しほっとしたのは、子供が一命を取り留めたことだった。ほっとしたことに、自分でも驚いた。自分のような人間でも、冷徹にはなりきれないようだった。

自分の力を試したい人間。勇のそんな評価は、おそらく正しい。自分には人を操る才能がある。それがどこまで通用するか、試してみたい。肩書抜きで、組織なしでどこまでやれるか、挑戦したい。そんな気持ちがなかったと言えば、嘘になる。

自分のことを、これほど客観的に評価できたのも初めてだった。澄んだ境地、というのか。ずっとずっと長く、自分の心にあったもの。それを、眺めることができる。

子供の頃から、ほしいものは何でも手に入れてきた。いい成績、クラスの人気、気に入った女。全て我が物にしてきた。

やり方は簡単だ。適切なことを、適切にやればいい。相手が欲する言葉をかけ、相手の必要とするものを提示する。それと引き換えに、こちらが望むものを手に入れるのだ。

しかし、そのやり方が通用しない相手に初めて出会った。鷺島勇だ。生真面目な、警察法が服を着て歩いているような（実際全ての条文を苦もなく暗唱していた）勇は、正しくあることについて揺るぎなかった。あらゆる障壁に対して真正面から挑み、そして突破した。その姿勢は誰の心にも尊敬を生み、勇は然るべき評価を受けた。

そして、裏口から賢く忍び込むやり方が身上だった正道は、いつも勇に一歩後れを取っていた。どんなに上手くやっても、どんなに賢く立ち回っても、彼に追いつき追い越すことはできなかった。悔しく思ってばかりいたが、本当は当然のことだった。

王になる者は、王道を歩む者なのだ。そのことを、正道はようやく受け止められた。絶体絶命の危機においても、鷺島勇は鷺島勇だった。心のどこかで分かっていたこと――やはり彼に自分は及ばないことを、正道は心から納得した。多分、こうなることを期待していたのではないだろうか。

ああ、悔いはない。しかし、心残りはあるかもしれなかった。夢に出てきた三人は、遠からず鷺島勇一人になる。寂しくないはずは、ないだろう。

彼には息子がいる。父の危機に駆け付けて、その命を救い出してくれるような、そんな息子がいる。勝手な願いだが、彼がその寂しさを埋めてくれるだろうか――

【こんにちは。今日は良い天気ですね】

父からだ。メッセージアプリでいちいち時候の挨拶をしてくる人は、他にいない。

【何か用?】

叡太郎自身も時候の挨拶はしないので、早速本題に入る。

【病室では退屈でして、読書を始めようと思うんです】

父は、こうしてあれこれ話しかけてくるようになった。ちなみに、普段話す時は丁寧語ではない。文字でやり取りすると、このように畏《かしこ》まってくるのだ。

【へえ、何を読むの?】

【恥ずかしながら小説をちゃんと読んだことがなくてですね】

【うん】

【定番であろう夏目《なつめ》漱石《そうせき》を読もうと思いました。『定本 漱石全集』なるものが出ているようなので、それを購入しようかと】

【待った待った】

全集というのは、本当に全部を集めたものである。漱石であれば、適当に答えたらしい雑誌インタビューとか（ノーベル文学賞の受賞者について聞かれ、「読んだことないけど写真見るとイケメンですね」みたいに回答している）、読んだ本への書き込みとか（『愚作ナリ』とか『何ノ事ダカ分ラヌ』とか好き勝手書いている）まで収録されている。興味本位で読むならこれほど面白おかしいものもないが、どう考えても文学へのファーストチョイスではない。

【そうですか。何かおすすめが？】

父はそんなことを聞いてきた。

「むむっ」

叡太郎は声に出して呻いた。ここでしっかりすすめなければ、父は『定本 漱石全集』を買ってしまう。病室に函《はこ》入りの全集を山と積み上げ、最初から総索引に至るまで、一頁一頁丁寧に目を通しそうだ。ちょっと面白いが、さすがにそれはまずいだろう――

「で、どうしたのだ？」

京輔の問いに、叡太郎は苦笑しながら答えた。

「結局、漱石読みたいなら岩波文庫の漱石をまとめて買ったらってすすめました。勿論岩波以外からも出てますけど、全集も岩波だしなあと思ってなんとなく」

「なるほどな。岩波なら『文学論』や『漱石俳句集』などもあるはずだ。いっぱしの漱石通になるだろう。しかし、まとめて買えとは思いきったすすめ方だな」

「入院長そうですしね。漱石と対話するのも悪くないでしょ」

父は、幸いにして命に別状はなかった。銃弾によるダメージは相当なものだったが、幸いにして臓器の移植なども必要なく、今のところ順調に回復しているという。

とはいえ、決して簡単な道のりではない。それは盾になった秘書官の人も同様で、完全に復調できるかどうかは何とも言えないらしい。

「何から何までとんでもない事件だった」

京輔が言った。まったく同感である。

銃を奪われた警察官は、高中だった。彼は自分の油断がこの事件を招いたと責任を感じ、辞職を決意した。撃たれた子供は一命を取り留め、また彼の証言で高中に罪のないことが判明したにもかかわらず、彼の決心は揺るがなかった。

――鷺島さんは、僕の分も頑張ってくださいね。

そう寂しそうに言った彼の顔が、今も忘れられない。

スマートフォン回線の大規模障害、長野県での停電、そしてSNS上での警察叩きなど、様々な出来事が、実はあの事件に繋がっているのだという。

もし停電がなければ、長野の一件ではまた別の展開があったのではないだろうか——浮かんできたそんな考えを、叡太郎はすぐさま追い払う。確かに、そうかもしれない。だが、だからといって、叡太郎のしてしまったことがなかったことになるわけではない。叡太郎は、自らの行いを受け止め、背負わねばならない。これからも、ずっと。

取り調べに、尾島正道は何も語らない。重い病気を患っていて、余命は僅からしい。真相が明らかになる日が来るかどうかは、分からない。

叡太郎は父に聞こうと思ったが、聞けなかった。かつての同期に命を狙われたという衝撃がどれほどかも分からないし、そしてまだ——深く踏み込んだ話をする自信がない。深い話ができるかどうかは自信の有無の問題でもないとは思うのだが、踏み込む勇気はなかった。また、いつか勇気を持って聞ける日が来たら、聞いてみようと思っている。

「どうですか。哲学的に見たら」

一方、京輔にはそんな質問もできた。父が知ったら怒るだろうか、落胆するだろうか。

「語りえないことについては、沈黙するほかない。オーストリア出身の哲学者、ルートヴィヒ・ウィトゲンシュタインの言葉だ」

京輔は呪文を唱えた——という程のことでもないかもしれない。

「そうですね」

語ることのできないこと。尾島正道の内心とは、そういうものだろう。

「人は自分の内面を相手に伝えるために、言葉を生み出した。それは取りも直さず、言葉によってでなければ伝わらないものも内心にはあるということを意味している」

「言葉、かぁ」

叡太郎は、周囲を見回した。

体育館を埋め尽くすほどの本。その一冊一冊に、著者の言葉が詰まっている。『読書は過去の人との対話だ』とデカルトは言ったそうだが、だとすると京輔は、ここで日々賑やかに色々な人とお喋りしているのかもしれない。

「しかし、改めて考えてみると廃校を買い上げて住むってとんでもないですね」

確かに、居住スペースは広いし設備も整っている。だが住むという発想はありえない。

「一体どうやって入手したんですか？　何だか怪しいんですけど」

そもそもそこが謎だ。買いたいと思って買えるものでもあるまい。

「そう難しい話ではない。後ろ暗いところもない」

京輔は、心外だと言わんばかりの表情を見せる。

「最初は、『地域振興』『地域活性化の拠点』という目的の下で、『最低数年間は転売不可』という形の条件付き入札が行われた。それを民間の企業が落札し、地域密着型のカフェ兼イベントスペースとして運営していた」

「なるほど、思いつきはいいですね。ただ立地がなあ」

毎回やって来ているから分かるが、気軽にふらっと訪れられる場所ではない。

「うむ。話題にはなったが、立地がネックになり倒産したらしい。条件となっていた年数は過ぎていたので、縛りのない状態で再び競売にかけられ、それを俺が落札したのだ」

「なるほど」

費用等気になるところはまだあるが、少なくとも手続き的に購入は可能らしい。

「じゃあ、備前さんもイベントスペースにしたらいいんじゃないですか。哲学カフェとかあるじゃないですか。あんな感じで。むしろ哲学の学校にするとか」

「ならば俺が校長でお前が理事長だな。実務的な運営はすべて任せよう」

「無茶振りしてみたら無茶振りが返ってきた。しかも理事長ってことはちゃんと法人化を考えているという」

「哲学者は西多摩にいる、という時代が来るかもしれんな」

他愛ない話をしていると、叡太郎のスマートフォンが振動した。聖菜からの着信だ。

『もしもし、小松原です』

例によって、元気いっぱいの声だ。

『あれだけわたしをこき使ったにもかかわらず特ダネを他社に譲った鷺島さん、こんにちは！』

声色に棘は一切ない。

「あ、いえ。それは――」

『ちょっと今日はお伝えしたいことがあるんですよ、あれだけわたしをこき使ったにもかかわらず特ダネを他社に譲った鷺島さん』

ないからこそ、余計に難儀である。

「まいったなぁ」

叡太郎は京輔を見る。京輔は知ったことかとそっぽを向く。

『あれだけわたしをこき使ったにもかかわらず特ダネを他社に譲った鷺島さんですけど、いつもよくして頂いてますので。伝えるべきことは伝えようかなあと』

聖菜が言っているのは、正道を取り押さえた時のことである。

居合わせた民間人の男性は、実は東洋自由新聞の記者だった。彼は動画を撮影しており、叡太郎が正道を取り押さえるその瞬間も捉えていた。特ダネ中の特ダネである。

まず写真として翌朝の東洋自由新聞の一面及び社会面をでかでかと飾り、動画としては新聞社サイトの記事で発表された。拡散された「子供が撃たれた動画」に登場する男が犯人だったということでも大いに話題となり、陰謀論の歯止めとしても功を奏した。

『あれだけわたしをこき使ったにもかかわらず特ダネを他社に譲った鷺島さん、感謝してくださいね』

一方、出し抜かれた形の聖菜にはこうしていびられているのである。

『詩朗さんっていらっしゃるでしょう。落合静夫さんのお子さんの。あれからも時々弊誌の記者が彼に取材をしていたんですが、この度めでたく退院されました』

「そうですか、それはよかった。教えてくれてありがとうございます」

父から譲られた本を握りしめる彼の姿を、思い出す。順調に回復しているなら、とても喜ばしい。

『どういたしまして。ではまたお茶でもしましょうね、あれだけわたしをこき使ったにもかかわらず特ダネを他社に譲った鷺島さん』

ようやく通話は終わった。

「何の用だ」

「小松原さんにいびられました。あと、詩朗さんが退院されたそうです」

「そうか。あの記者めはいつか俺の哲学的論証で撃ち破る。退院はよかったな」

ふ、と軽く微笑む。京輔も気にかけていたらしい。

「また今度会いたいものですね。——あ、そうだ。会うと言えば、親父が今度哲学の話をしたいって言ってましたよ」

「ほほう。何についてだ」

京輔の目がぎらりと輝く。

「ええと、何だっけな、道徳の話です」

「『道徳形而上学の基礎付け』だな。いや、長官の年なら『道徳形而上学原論』か」

「ああ、それですそれです。原論の方」

「長官ならそうだろうと思っていた。姿勢に滲み出るものがある」

「すごいなあ。哲学が分かる人間同士だと伝わるんですね。僕もちゃんと勉強しようかな」

叡太郎は言った。教養というものの魅力を感じる。

「よし、サルトル全集を貸してやろう」

京輔が言った。教養というものの重たさを感じる。

「だから何事も全集はファーストチョイスじゃないですって。大体、哲学って『入門』ってタイトルついててもやたら難解だったりするじゃないですか。最近試しにそういう題名の本を読んでみたら、『入門』なのに門前払いを食らいましたよ」

最初の数ページはまだ何とか読めた。しかし「主観はあらゆる存在を剝奪されている」とか「環境は単に閉じたものではなく、その世界性格において開いたものの性質をもっている。即ちそれは閉じたものであると同時に開いたものである」とか呪文めいた文章が出てきて、遂には「アリストテレスが考えた如く、それらの技術のアルヒテクトニックを、その目的・手段の関係における階層構造を考えねばならぬであろう」と言われて頭が爆発した。アルヒテクトニックなる謎の言葉については、次の次の頁くらいで「カントに依《よ》ると、アルヒテクトニックとは、『体系の技術』であり、知識は一つの理念のもとに、全体と部分の必然的な関係において、建築的な統一にもたらされることによって科学的となるのである」と補足されていた。頭は再度念入りに爆発した。

「ほう、誰の哲学入門だ」

京輔が興味津々の様子で訊いてくる。哲学の本の話ができるのが嬉しいようだ。

「三木清って人の本です。初めてここに来た時見かけた本で、これも何かの縁かなって」

「ふん」

叡太郎の答えを聞くなり、京輔は笑った。

「ひどい。そうやって初心者をバカにして。これだから哲学者って生き物は」

「誤解だ。俺は嘲笑したのではない。なぜそんな誤解が生じるのだ」

京輔は当惑した様子を見せた。

「普段全然笑わない人が急に笑うからです」

あちらへこちらへと行動を共にしてきたが、京輔の笑顔など滅多に見た記憶がない。はっきり覚えているのは、デモ隊を前に「弁明する」と言い放った時くらいだ。

「三木清の『哲学入門』は難解なことで有名だ。全集の編纂に携わった哲学者の桝田《ますだ》啓三郎《けいざぶろう》にも『「平易に」という最初の目的に反してむしろ難解なものではある』とか『その十分な理解には読者の根気づよい努力を要する』などと言われているし、近年になって一行一行に至るまで可能な限り分かりやすく言い換えた本が出版されたほどだ」

そこまで言ってから、京輔は何かを思い出したという顔をした。

「丁度いい。そんなお前のために用意したものがある」

そして立ち上がり、どこかへ向かう。何だろう、と思いながら叡太郎はついていく。

京輔が向かったのは、体育準備室だった。バスケットボールが沢山入ったかごやら、跳び箱やらマットやらがしまってある、あの部屋である。

しかし、この体育館では違っていた。本で埋まっているのかというと、そうでもない。

「色々ありますね」

何かの像に誰かの絵。鎧《よろい》。掛け軸。水墨画。種々雑多なもの、またもので埋め尽くされている。中には、剣や刀まである。

「あの、模造刀ですよね」

おそるおそる聞いてみる。本物だと、法的に色々面倒になりそうだ。

「確かそのはずだ」

不安の残る返事をよこす京輔は、いくつも並んだ大きな段ボール箱の前でしゃがみ込み、何やらがさごそしている。

手持ち無沙汰な叡太郎は、部屋の中を見回し、いくつか大変気になるものを見つけた。

「——えーと」

一つは、巨大な石板だ。表面には、何らかの古代文明の文字らしきものが彫り込まれている。

ガラス箱の中に収められた王冠も気になる。明らかに、本物と思しき大きな宝石が沢山あしらわれている。

京輔から聞いた両親の話が蘇る。探検家と怪盗。いや、しかし、まさか、そんな。

「よし、これでいいな。運び出すから手伝ってくれ」

愕然としている叡太郎に、京輔はそんなことを言ってきた。

「この段ボール箱ですか？　何が入ってるんです？」

段ボール箱は、大きなサイズのものが四つも五つもある。

「サルトルの話をした時、もっと入門的なものがいいと言っていただろう」

京輔が蓋を開ける。中には『いまを生きる思想　ショーペンハウアー』とか『カント『純粋理性批判』入門』とか『大人のための哲学入門』とか『ニーチェ入門』とか『実在主義とは何か』とか『ラカン』とか『デカルト『方法序説』を読む』とか『哲学史入門』とかいった題名の本がぎっしり詰まっている。

「そこで入門にふさわしい本を厳選して、ここによけておいたのだ」

叡太郎はスマートフォンで辞書サイトを開き、「厳選」という言葉を検索した。

『厳選。厳重に選択すること。きびしい基準で選び出すこと』。デジタル大辞泉」

「大辞泉なら全ての版が揃っているから使うといい。そして、その言葉通りだな。数多《あまた》ある入門書の中から、価値あるものをこの俺の基準を厳しく適用して選び抜いた」

自信満々の様子で京輔は答えてきた。

「普通数冊くらいに絞るでしょう」

「数冊で哲学に入門できるものか。ガイドとして、俺の感想を書いたものものつけるぞ」

京輔はバインダーを取り出す。ルーズリーフが百枚単位で挟めそうな分厚いものだ。

「これは大変なことになったぞ」

思わず、そんな呟きを漏らす叡太郎だった。

哲学がむつかしいということは、いわゆる定評である。

三木清『哲学はやさしくできないか』

あとがき

この度は、『事件現場のソクラテス』を手に取って頂きありがとうございます。

僕が二見サラ文庫様で書いた『期間限定皇后』(面白いですよ！)を読んでくださった星海社期待の新人編集者・K田様からお声掛け頂き、この小説は生まれました。

具体的には、喫茶店で打ち合わせしていて「哲学の学徒が事件の度に何か色々する話とかどうですか」と漠然としたアイデアを出してみたところ、するする話が固まりK田様からも「めっちゃいいですね！」とリアクションを頂き、書くことになったという形です。

とはいえ、すぐには書き出せませんでした。何しろ、こちとら哲学の学徒でも何でもないただの尼野ゆたかです。色々な本を紐解くところから始めなければなりませんでした。

そういった本、いわゆる参考文献の読み方は、作家によって様々です。よくイメージされるのは「書くものが既に明確にあって、その補助となる情報やリアリティを出すための素材を集める」というものでしょう。一方「まずは読書の森を彷徨って、そこで出合った様々な物事との語らいを通じて閃きを得ていく」というものもあり、僕はこちらに近い感じです。読書を楽しんでいるうちに、勃然としてアイデアが湧き出てくるのですね。

『事件現場のソクラテス』のための読書も、大変充実したものでした。古今東西の哲学者たちの思索や問い、それらについての解説を読む時間は、本当に楽しくまた有意義なものでした。知らなかったことを知ったり、色々なことを考えたり、ちょっとよく分からなくて茫然としたり。そんな経験をする度に、物語の世界が広がったのですね。読みたい本が増え続け脱線することも度々でしたが、回り道からも色々な収穫を得られました。

巻末で、出合った本たちを紹介しています。入門書から脱線部分まで並べてみました。『本を読む本』という読書についての名著では、読書を「言葉の意味を理解する初級読書」、「拾い読みし、またざっと読む点検読書」、「徹底的に読み込む分析読書」、「一つの主題について複数の本を比較し読むシントピカル読書」に分類し、使い分けることをすすめています。僕は今回全ての本をシントピカルに読めたわけでは到底なく、改めてじっくり読もうと思ってます。興味おありの方は、是非一緒に読書の森を散策してくださいませ。

最後に謝辞を。読書の森に出かけて行っては消息を絶ちがちだった僕ですが、それでも『事件現場のソクラテス』を完成できたのは、沢山の方々のお力添えあってのことです。

この本のために身を粉にして働いてくださったK田様。素晴らしいイラストを描いてくださった慧子様。様々に有益な助言をくださった太田克史様、唐木厚様。ぎりぎりまで取り組んでくださった校閲様、デザイナー様、DTP様。大変な日程をこなしてくださった印刷会社様。そして有形無形の助力を与えてくれた家族友人。皆様本当にありがとうございました。哲学的な名言を引用して締めくくりたいけど紙幅がない。それではまた!

二〇二四年九月　夕日が差す南の山々を眺めながら　尼野　ゆたか

参考文献一覧

〈入門書〉

戸谷洋志『NHK出版　学びのきほん　哲学のはじまり』NHK出版、2024年

若松英輔『NHK出版　学びのきほん　考える教室　大人のための哲学入門』NHK出版、2019年

千葉雅也・納富信留・山内志朗・伊藤博明『哲学史入門Ⅰ　古代ギリシアからルネサンスまで』斎藤哲也編、NHK出版、2024年

上野修・戸田剛文・御子柴善之・大河内泰樹・山本貴光・吉川浩満『哲学史入門Ⅱ　デカルトからカント、ヘーゲルまで』斎藤哲也編、NHK出版、2024年

谷徹・飯田隆・清家竜介・宮﨑裕助・國分功一郎『哲学史入門Ⅲ　現象学・分析哲学から現代思想まで』斎藤哲也編、NHK出版、2024年

黒崎政男『哲学者クロサキの哲学超入門』平凡社、2016年

岩崎武雄『哲学のすすめ』講談社、1966年

鷲田清一『哲学の使い方』岩波書店、2014年

小林昌平『その悩み、哲学者がすでに答えを出しています』文響社、2018年

〈引用文献〉

フィリップ・ヒル『ラカン』新宮一成・村田智子訳、筑摩書房、２００７年
ジャック・ラカン『エクリ　Ⅰ』宮本忠雄・竹内迪也・高橋徹・佐々木孝次訳、弘文堂、１９７２年
三木清『読書と人生』新潮社、１９７４年
ショウペンハウエル『読書について　他二篇』斎藤忍随訳、岩波書店、１９６０年
三木清『三木清全集　第十七巻』岩波書店、１９６８年
ニーチェ『ツァラトゥストラはこう言った（上）』氷上英廣訳、岩波書店、１９６７年
芥川竜之介『侏儒の言葉』岩波書店、１９３２年
阿部謹也『「教養」とは何か』講談社、２０１２年
カント『判断力批判（上）』篠田英雄訳、岩波書店、１９６４年
デカルト『哲学原理』桂寿一訳、岩波書店、１９６４年
デカルト『方法序説』谷川多佳子訳、岩波書店、１９９７年
デカルト『方法序説』落合太郎訳、岩波書店、１９５３年
三木清『人生論ノート』新潮社、１９５４年
ショーペンハウアー『ショーペンハウアー全集　８』金森誠也訳、白水社、１９７３年
ショーペンハウエル『女について』石井正・石井立訳、角川書店、１９６８年

ショーペンハウアー『ショーペンハウアー全集　12』生松敬三・木田元・大内惇訳、白水社、1974年
ショーペンハウアー『倫理学の二つの根本問題　ショーペンハウアー全集　5』坂田親信・渡辺幸博訳、全國書房、1975年
上妻精「ヘーゲルとショーペンハウアー」『ショーペンハウアー研究　創刊号』日本ショーペンハウアー協会編、日本ショーペンハウアー協会、1993年
ニーチェ『悲劇の誕生』秋山英夫訳、岩波書店、1966年
小林秀雄『モオツァルト・無常という事』新潮社、1961年
アンリ・ゲオン『モーツァルトとの散歩（改訳新版）』高橋英郎訳、白水社、1988年
丸山真男『「文明論之概略」を読む　上』岩波書店、1986年
プラトン『ソクラテスの弁明・クリトン』久保勉訳、岩波書店、1927年
マルクス『資本論（三）』エンゲルス編、向坂逸郎訳、岩波書店、1969年
毛沢東『毛沢東語録』竹内実訳、平凡社、1995年
夏目金之助『定本　漱石全集　第二十五巻』岩波書店、2018年
夏目金之助『定本　漱石全集　第二十七巻』岩波書店、2020年
三木清『哲学入門』岩波書店、1940年
三木清『三木清全集　第七巻』岩波書店、1967年

〈参考文献〉

ジャン・ポール・サルトル『実存主義とは何か　サルトル全集　第十三巻』伊吹武彦訳、人文書院、１９５５年
ショウペンハウエル『自殺について　他四篇』斎藤信治訳、岩波書店、１９５２年
田中美知太郎『哲学入門』講談社、１９７６年
ドナルド・D・パルマー『サルトル』澤田直訳、筑摩書房、２００３年
田中美知太郎『ソクラテス』岩波書店、１９５７年
谷川多佳子『デカルト『方法序説』を読む』岩波書店、２０１４年
岸見一郎『NHK「１００分 de 名著」ブックス　人生論ノート〜孤独は知性である』NHK出版、２０２１年
三宅浩史『三木清『哲学入門』パラフレーズ』風詠社、２０１０年
堀川哲『世界を変えた哲学者たち』角川学芸出版、２０１２年
マイケル・サンデル『これからの「正義」の話をしよう　いまを生き延びるための哲学』鬼澤忍訳、早川書房、２０１０年
斎藤幸平『人新世の「資本論」』集英社、２０２０年
千葉雅也『勉強の哲学　増補版』文藝春秋、２０２０年
丸山俊一・NHK「欲望の時代の哲学」制作班『マルクス・ガブリエル　欲望の時代を哲学する』NHK出版、２０１８年

永井玲衣『水中の哲学者たち』晶文社、2021年
吉川浩満『哲学の門前』紀伊國屋書店、2022年
木田元『哲学は人生の役に立つのか』PHP研究所、2008年
カント『道徳形而上学原論』篠田英雄訳、岩波書店、1960年
カント『道徳形而上学の基礎づけ』中山元訳、光文社、2012年
鹿島圭介『警察庁長官を撃った男』新潮社、2012年
野地秩嘉『警察庁長官』朝日新聞出版、2021年
時任兼作『特権キャリア警察官』講談社、2018年
古野まほろ『警察官僚』祥伝社、2022年
荻野富士夫『特高警察』岩波書店、2012年
城祐一郎『警察官のための死体の取扱い実務ハンドブック』立花書房、2022年
野口裕司・金子直之「自殺企図によるパラコート中毒3例の報告：行政介入への提言」『日本救急医学会関東地方会雑誌　40巻3号』日本救急医学会関東地方会、2019年
長谷部理佐・坂本壮・中村聡志・藤森大輔・吉田隆平・糟谷美有紀・伊藤史生・高橋功「パラコート中毒の5例」『日本救急医学会関東地方会雑誌　44巻2号』日本救急医学会関東地方会、2023年
村上靖彦『客観性の落とし穴』筑摩書房、2023年
鈴木宏昭『認知バイアス』講談社、2020年

筒井清忠『日本型「教養」の運命』岩波書店、2009年
山本貴光『マルジナリアでつかまえて』本の雑誌社、2020年
山本貴光『マルジナリアでつかまえて2』本の雑誌社、2022年
岡田憲治『なぜリベラルは敗け続けるのか』集英社インターナショナル、2019年
ジュール・ベルヌ『ベルヌ冒険名作選集4　十五少年漂流記』那須辰造訳、岩崎書店、1959年
ジュール・ヴェルヌ『十五少年漂流記』波多野完治訳、新潮社、1951年
小松貴『昆虫学者はやめられない』新潮社、2022年
ヘルマン・ヘッセ『庭仕事の愉しみ』フォルカー・ミヒェルス編、岡田朝雄訳、草思社、2011年
小池伸介『ある日、森の中でクマさんのウンコに出会ったら』辰巳出版、2023年
モーツァルト『モーツァルトの手紙（上）（下）』柴田治三郎編訳、岩波書店、1980年

本書は、書き下ろしです。

使用書体
本文――――A P-OTF 秀英明朝 Pr6N L＋游ゴシック体 Pr6N R〈ルビ〉
柱――――A P-OTF 凸版文久ゴ Pr6N DB
ノンブル――ITC New Baskerville Std Roman

星海社
FICTIONS
ア11-01

事件《じけん》現場《げんば》のソクラテス

2024年10月21日　第1刷発行　定価はカバーに表示してあります

著　者――尼野《あまの》ゆたか

発行者――太田克史《おおたかつし》
編集担当――栗田真希《くりたまき》

発行所――株式会社星海社
〒112-0013 東京都文京区音羽 1-17-14 音羽 YK ビル 4F
TEL 03(6902)1730　FAX 03(6902)1731
https://www.seikaisha.co.jp

発売元――株式会社講談社
〒112-8001 東京都文京区音羽2-12-21
販売 03(5395)5817　業務 03(5395)3615

印刷所――TOPPAN株式会社
製本所――加藤製本株式会社

ISBN978-4-06-537374-3　N.D.C.913 382p 19cm　Printed in Japan

SEIKAISHA

星々の輝きのように、才能の輝きは人の心を明るく満たす。

その才能の輝きを、より鮮烈にあなたに届けていくために全力を尽くすことをお互いに誓い合い、杉原幹之助、太田克史の両名は今ここに星海社を設立します。

出版業の原点である営業一人、編集一人のタッグからスタートする僕たちの出版人としてのDNAの源流は、星海社の母体であり、創業百一年目を迎える日本最大の出版社、講談社にあります。僕たちはその講談社百一年の歴史を承け継ぎつつ、しかし全くの真っさらな第一歩から、まだ誰も見たことのない景色を見るために走り始めたいと思います。講談社の社是である「おもしろくて、ためになる」出版を踏まえた上で、「人生のカーブを切らせる」出版。それが僕たち星海社の理想とする出版です。

二十一世紀を迎えて十年が経過した今もなお、講談社の中興の祖・野間省一がかつて「二十一世紀の到来を目睫に望みながら」指摘した「人類史上かつて例を見ない巨大な転換期」は、さらに激しさを増しつつあります。

僕たちは、だからこそ、その「人類史上かつて例を見ない巨大な転換期」を畏れるだけではなく、楽しんでいきたいと願っています。未来の明るさを信じる側の人間にとって、「巨大な転換期」でない時代の存在などありえません。新しいテクノロジーの到来がもたらす時代の変革は、結果的には、僕たちに常に新しい文化を与え続けてきたことを、僕たちは決して忘れてはいけない。星海社から放たれる才能は、紙のみならず、それら新しいテクノロジーの力を得ることによって、かつてあった古い「出版」の垣根を越えて、あなたの「人生のカーブを切らせる」ために新しく飛翔する。僕たちは古い文化の重力と闘い、新しい星とともに未来の文化を立ち上げ続ける。僕たちは新しい才能が放つ新しい輝きを信じ、それら才能という名の星々が無限に広がり輝く星の海で遊び、楽しみ、闘う最前線に、あなたとともに立ち続けたい。

星海社が星の海に掲げる旗を、力の限りあなたとともに振る未来を心から願い、僕たちはたった今、「第一歩」を踏み出します。

二〇一〇年七月七日

星海社　代表取締役社長　杉原幹之助
代表取締役副社長　太田克史